KB271340

칠대천마

七代天魔

칠대천마 4

김운영 新무협 판타지 소설

초판 1쇄 찍은 날 § 2007년 7월 18일
초판 1쇄 펴낸 날 § 2007년 7월 20일

지은이 § 김운영
펴낸이 § 서경석

편집장 § 김대식
편집책임 § 조수희
편집 § 이환진

펴낸곳 § 도서출판 청어람
등록번호 § 제1081-1-89호
등록일자 § 1999. 5. 31
어람번호 § 제2-1254호

주소 § 경기도 부천시 원미구 심곡1동 350-1 남성B/D 3F (우) 420-011
전화 § 032-656-4452 팩스 § 032-656-4453
http://cyworld.nate.com/bluebook_
E-mail § blue_book@hanmail.net

© 김운영, 2007

ISBN 978-89-251-0808-7 04810
ISBN 978-89-251-0689-2 (세트)

代魔七天

칠대천마

대마

4

청염마조(靑炎魔鳥)

김운영

新무협 판타지 소설

EXCITING ORIENTAL FANTASY

BLUE K
도서출판

目次

第一章　　**봉문지로(封門之路)**　/ 9
우리를 막을 자는 없다

第二章　　**청성지난(靑城之亂)**　/ 41
천마의 명은 지엄하다

第三章　　**상인지도(商人之道)**　/85
상인에겐 상인의 사정이 있다

第四章　　**천문기사(天文奇士)**　/ 125
그만이 마교를 상대할 수 있다!

第五章　　**청염돌풍(靑炎突風)**　／165
세상이 뭐라 하든 난 무인이다

第六章　　**첩첩계략(疊疊計略)**　／201
앞뒤로 일을 꾸민다

第七章　　**사형재회(師兄再會)**　／239
네놈이 나의 모든 것을 빼앗았다!

第八章　　**활선비무(活仙比武)**　／283
활선문은 사람을 구한다.
누구도 활선문의 행동을 막지 못한다

　- 사형의 말씀으로 볼 때 천마의 무공은 인간이 상상하기 어려울 정도라고 생각됩니다. 만약 제가 바르게 이해를 했다면 천마 혼자서도 구대문파 중 하나를 멸망시킬 수 있을 정도가 아닐까 합니다.

　- 맞아, 내가 보기에도 그래.

　- 그런데 중원무림에서는 그걸 모르는 듯합니다.

　- 아무래도 그렇지. 그들이 알 수 있는 한계는 쌍성이니까. 천마가 그들을 꺾었다고 해도 사람들은 단지 쌍성과 천마가 거의 비슷한 수준이라고만 생각하고 있어.

　- 그렇다면 천마의 진정한 강함을 아는 자는 없는 겁니까?

- 직접 천마와 싸워본 사람도 모를 거야. 그들 대부분은 쌍성에게 패했을 때와 똑같다고 생각하겠지. 단지 쌍성과 남도왕은 확실하게 알 거야.

- 으음, 그럼 그게 현재 중원무림의 가장 큰 문제점이라 할 수 있겠군요.

- 맞아. 천마를 두려워하기는 해도 천마 혼자만이 아닌 마교 전체를 두려워하는 거니까. 내가 보기엔 마교 전체보다 천마가 더 두려운 존재인데 말이야.

- 그럼 어쩔 수 없습니다. 중원은 먼저 천마의 진정한 무서움을 알아야 합니다. 그래야 회천(回天)의 기적이 일어날 수 있습니다.

第一章

봉문지로(封門之路)

우리를 막을 자는 없다

南斗延壽保算時老君告天師曰

大八會之真文三洞三清之上

稟道元始天尊昔經歷于億萬劫天地始終

太上說南斗延壽保算

安真經太上說南斗

此經乃九天八

興衰而人倫五運遞變萬稟道

봉문지로(封門之路)

우리를 막을 자는 없다.
가로막는 자는 죽어라. 막지 않는 자는 굴복하라

천마신교의 진군이 시작되었다! 이 소문은 순식간에 중원 무림에 퍼졌다.

놀랍게도 그들은 당당하게 옥문관을 넘었다.

모두가 넘은 것은 아니다.

혈장천마를 비롯하여 최강 전투부대인 수라혈살대를 포함한 핵심고수 삼백이 중원으로 들어왔다.

수천의 인원으로는 옥문관을 넘지 못한다. 그래서 지금까지는 천마신교가 중원을 칠 때 대부분 청해를 통해 들어왔다. 하지만 삼백이라면 옥문관을 넘어서도 관이 저지하지 않는다. 삼백이면 군대가 아닌 그냥 일단의 무림인 집단일 뿐이니까.

한편 청해 인근에는 수천의 무인들이 나타나 가욕관 일대에 진을 쳤다. 중원으로 들어오지는 않았지만 언제라도 들어올 수 있도록 대규모 군량을 날라 새로 지은 창고에 쌓았다.

말하자면 천마신교는 양동 작전을 펼친 셈이다.

혈장천마는 준마 열여섯 마리가 끄는 거대한 마차에 탔다. 마차 자체가 웬만한 집보다 컸다. 공식적인 천마의 외부 출두 시에 동원되는 이 마차의 이름은 천마거이다.

그 외관만으로도 위용을 자랑하는 천마거의 앞쪽에는 백인의 수라혈살대가 하나의 깃발을 들고 길을 열었다.

남은 이백은 천마의 호위를 담당했다.

수라혈살대가 든 깃발은 길이가 일 장이나 되었다. 그리고 그곳에는 붉은 주필로 비무라는 글자와 중원에 있는 한 문파의 이름이 쓰여 있었다.

그걸 들고 그들은 한 걸음, 한 걸음 보조를 맞추어 당당하게 앞으로 나아갔다.

동시에 중원 곳곳에 묘한 벽보가 붙었다. 누가 붙였는지는 알 수 없지만, 내용은 똑같았다.

위대하신 천마께서 선언하셨다.
중원의 백대문파에 비무를 청한다!
비무 방법은 간단하다. 본좌가 수하들과 함께 대상 문파에 도착하기 전, 대표를 보내 일 대 일로 겨루든 아니면 무리를 보내 기습을 해도 된다.

기습자가 비무 상대인 문파의 봉문기를 부러뜨리면 이긴 것으로 하겠다.

한 번이라도 지면 본좌는 신강으로 돌아가 나오지 않겠다.

그러나 막지 못하는 문파는 현판을 떼고 대신 해당 문파의 봉문기를 꽂은 채 십 년간 봉문하라. 그렇게 하면 더 이상 건드리지 않겠다.

하지만 만약 이를 어길 시에는 단 한 명도 살려두지 않으리라.

이것은 정당한 비무이다.

최후의 비무 상대는 무림맹이다. 그리고 본좌는 그곳에서 과거 본좌에게 패한 자들에게 다시 도전할 기회를 주겠다.

쌍성과 남도왕, 그대들 셋이 모두 덤벼라!

너희들을 동시에 꺾어 본좌가 하늘보다 높음을 알게 하리라!

그리고 그 아래로 천마신교가 지정한 중원의 백대문파가 나열되어 있었다.

천하가 진동했다.

일방적인 비무 선언!

천마는 중원에서 가장 큰 백대문파를 모두 봉문 시키겠다

고 선언했다. 또한 중원의 최강자 세 명의 연수 합공을 받아
이길 수 있다고 했다.

천마를 비롯한 삼백의 정예무인들은 그 선언문에 따라 행
군을 시작했다.

옥문관에서 가장 가까운 대문파는 바로 공무문이었다.

"왜 하필 우리 문파가!"

공무문의 문주는 그야말로 공포에 질린 표정으로 외쳤다.
급하게 모인 문의 수뇌부들 또한 그와 같은 심정이었다.

"시간이 없습니다. 천마가 오기 전에 결정을 내려야 합니
다."

그나마 이성을 잃지 않은 장로 한 명이 가장 시급하고 중요
한 일을 거론했다.

"결정? 무슨 결정? 설마 나보고 천마랑 싸워서 이기란 소린
아니겠지?"

공무문주는 힘이 쭉 빠진 소리로 자포자기 하듯 말했다. 그
것이 말도 안 되는 소리임은 모인 모두가 알고 있었다.

그때 장로 중 하나가 다른 방도는 있을 수 없다는 듯 외쳤
다.

"우리 힘만으로는 도저히 천마를 막을 수 없습니다. 항복
해야 합니다!"

항복이라는 말에 문주의 표정이 조금 펴졌다. 그가 생각하

기에도 항복밖에는 길이 없었다. 하지만 자신의 입으로 그걸 먼저 말하기에는 체면이 허락지 않았다.

이제 다른 자의 입에서 항복이 거론되었으니 속내를 내보여도 된다고 생각했다.

"항복 외에는 다른 길이 없다는데 다들 동의하시오?"

대부분의 수뇌부들은 어쩔 수 없다는 표정을 지으며 입을 다물었다. 바로 그때 장로 중 하나가 조심스레 입을 열었다.

"저희가 항복의 의사를 밝히려면 문주께서 직접 현판을 떼고 봉문의 의사를 밝혀야 합니다. 불가항력이라고는 하지만 이 일은 문파의 치욕. 두고두고 오명이 되어 남을 게 분명합니다."

"그건 그렇지만 다른 방도가 없지 않소?"

공무문주는 짜증이 묻어나는 어조로 다그치듯 말했다.

"항복은 하되 일단 체면이라도 차리는 것이 어떨까 합니다."

"봉문에 현판까지 떼는데 체면은 무슨 체면?"

"일단 문주님께서 일 대 일 비무에 나서신다면 문파의 최소한의 체면은 살릴 수 있습니다."

"아니, 지금 뭐라는 게요? 보자 보자 하니, 나보고 죽으란 게요?"

"그게 아닙니다. 일단 비무에 나서신 후 패배를 인정하시면 됩니다. 그럼 우리 문파가 아무 저항 없이 저들에게 무릎을 끓었다는 오명은 쓰지 않아도 됩니다.”

장로의 말에 다른 수뇌부들도 그럴듯하다는 듯 고개를 주억거리는 것이 보였다. 그리고 덩달아 그의 말에 찬성하는 의견이 대세를 이루었다.

“저도 그렇게 생각합니다.”

“문주님의 무공이라면 큰 피해를 입기 전 적절하게 패배를 인정하고 보기 좋게 물러날 수 있을 것입니다.”

공무문은 힘이 약하다고 해도 천마가 정한 백 개 문파 중 하나이다. 문주의 무공 또한 약하지 않아 절정고수 중에서도 뛰어난 편이라 할 수 있었다.

‘일단 비무를 요청하고 패배를 인정한다?

이기려는 비무가 아니다. 적당히 손을 섞은 후 패배를 인정하기만 하면 된다. 만약 그럴 경우 공무문의 봉문은 결코 치욕이라 할 수 없다. 오히려 천마에게 당당히 맞섰지만 불가항력이었다고 우길 수도 있다.

공무문주는 마침내 그 의견에 따라 행동하기로 했다.

천마거가 공무문 앞에 도착했을 때, 이미 공무문의 주요 인원들은 문파 밖으로 나와 대오를 이루고 있었다.

“비무를 요청하는 바요.”

공무문주는 떨리는 마음을 애써 진정시키며 한 걸음 앞으로 나서 크게 외쳤다. 장로들을 비롯한 문도들의 시선이 자신에게 집중되어 있다.

'이번 위기만 넘기면 공무문은 오히려 더 커질 수도 있다!'

공무문주는 나름의 계산을 끝내고 나름대로 의젓하게 천마거 쪽을 바라보며 기다렸다.

하지만 세상만사란 결코 뜻대로 되지만은 않는 법이다. 천마와 손속을 겨루었다는 명예는 말처럼 쉬운 것이 아니었다. 정작 천마거의 문은 굳게 닫힌 채 열리지도 않았다.

그렇다고 공무문주의 요청이 거절된 것이라고 볼 수도 없었다. 천마신교 측에서 그를 상대하기 위해 한 명이 앞으로 나섰기 때문이다.

"나는 백부비천 이막이라 하오. 위대하신 천마의 명을 받들어 그대와의 일 대 일 비무에 응하겠소."

"그, 그런!"

공무문주의 얼굴이 한 순간 크게 구겨졌다.

"조건은 전혀 달라진 바 없으니 염려 마시오. 자, 그럼 시작합시다."

이막은 더 할 말이 없다는 듯 다시 거리를 띄운 후 공격 의사를 밝혔다. 결국 공무문주는 울며 겨자 먹기 식으로 수라혈살대의 대주와 겨루게 되었다.

비무는 순식간에 끝이 났다. 공무문주가 아무리 절정고수라지만 이막은 이미 초절정의 벽을 바라보는 상태였다. 거기에 실전 감각과 마음가짐에 있어서 공무문주는 결코 이막의 상대가 될 수 없었다.

결국 엉거주춤 나섰던 공무문주는 패배했다는 말을 꺼내기도 전에 머리가 터져 죽었다. 이막의 도끼가 그의 머리를 부수는데에는 채 십 초식도 필요치 않았다.

"헉, 저럴 수가!"

"문주님이!"

공무문에 속한 이들은 공포에 질린 눈으로 처참한 시체가 되어 바닥에 쓰러진 문주를 보았다.

복수 따위를 외치는 이는 아무도 없었다.

마치 얼어붙은 것처럼 서 있는 그들 사이로 천마신교의 인원 몇 명이 물 흐르듯 파고들었다. 그들은 너무나 당연하다는 듯 전 문도가 보는 앞에서 현판을 떼어냈다.

이어 공무문의 봉문기가 정문 앞에 꽂히고 문에 못질까지 하는데도 공무문도 중 누구 하나 움직일 생각을 하지 못했다. 그렇게 공무문은 천마거의 비무 봉문행의 첫 희생 문파가 되었다.

두 번째 대상은 만통파였다.

두 개의 커다란 방패를 사용하는 문파로, 문주인 천지쌍패 곽구는 강호에서 상당한 이름을 날린 고수였다.

곽구는 수하인 십이철방과 함께 기습을 가했다. 십이철방이 방패를 앞세우고 돌진하면 그 뒤에 숨어 있던 곽구가 단번에 방패를 타고 허공을 날아 만통파의 봉문기를 자르려는 계획이었다.

일단 봉문기만 자르면 중원의 영웅이 될 수 있다. 천마의 행군을 막는 것보다 더한 명예는 없으리라.

그러나 안타깝게도 곽구의 기습은 실패했다.

그가 방패를 타고 몸을 날리는 순간, 그의 머리 위로 열 자루의 도끼가 날아왔다.

기겁한 곽구가 또 하나의 방패로 몸을 막았지만 도끼는 강철로 된 두꺼운 방패를 산산조각 냈다. 그 뒤로 다시 열 개의 도끼가 날아와 곽구의 몸을 방패와 똑같은 형태로 만들었다.

아래쪽에서 돌진하던 십이철방 역시 마찬가지. 수라혈살대에 당해 단숨에 몰살당했다.

수라혈살대의 대주인 백부비천 이막은 땅에 떨어진 손도끼를 회수하면서 비웃듯 말했다.

"크크크, 이놈들이 우리 수라혈살대를 뭘로 본 거지? 열두 놈 전원이 절정고수라 해도 어림없는 일인데, 떨거지들로 눈을 가리고 한 놈이 벼룩처럼 뛴다고 성공할 거라 생각한 건가?"

하룻강아지 범 무서운 줄 모른다더니, 신강에서는 이런 일은 꿈에도 못 꾼다.

"역시 중원 놈들은 꿈속에서 사는군요. 이제 우리가 엉덩이를 차서 깨워야 할 것 같습니다."

부대주인 진공괴 두일두의 말에 이막은 웃으면서 대꾸했다.

"크크크. 암, 깨워야겠지. 그런데 꿈도 못 깨고 엉덩이가 터져 죽으면 어떻게 하지?"

"크하하하. 그것도 그렇네요. 좀 부드럽게 다루는 게 좋을지도 모르겠군요."

그들의 대화는 너무나도 오만했다. 그러나 다른 수라혈살대들은 아랑곳하지 않고 묵묵히 앞만 보고 걸었다.

생각하고 농담을 할 수 있는 것은 대주와 부대주 뿐이다. 대원들은 그저 명을 완수하는 가장 완벽하고 비정한 기계가 되면 된다.

곽구가 죽자 만통파도 봉문을 했다. 곽구가 출진하기 전에 유서를 남긴 모양이었다.

그러나 다음 대상은 조금 반응이 달랐다.

그들은 현실을 직시했는지 천마를 막으려 하지 않았다. 대신 모두 짐을 싸서 도망을 쳤다. 문파가 완전히 텅텅 비어 있었다. 또한 현판도 없었다.

이막은 피식 하고 웃으며 깃발을 꽂고 문에 못질을 하게 했다. 그리고는 다음 목표인 적수방으로 향했다. 적수방 역시 마찬가지였다.

문제는 그 다음에 일어났다.

천마의 행렬이 적수방이 있는 지역을 떠나 평야에 들어섰을 때, 사방에서 함성이 일며 수많은 사람이 튀어나왔다. 대충 헤아려 봐도 일천 명은 될 듯한 인원이었다.

"쥐새끼 같이 땅에 매복해 있었다는 건가?"

이막은 주위를 둘러보며 짐짓 신기하다는 듯 말했다.

"땅을 파고들어 갔으니 두더지 아닐까요?"

두일두 또한 이막의 말을 받으며 농담을 던졌다. 두 사람 모두 긴장한 기색이라고는 전혀 보이지 않았다. 이막은 오히려 만족스러운 미소를 지으며 말했다.

"오, 그래도 예상보다 빠르게 대규모 전투가 일어나는군."

"그렇군요. 화끈해서 좋습니다."

이막은 손을 번쩍 들어 올려 뒤를 따르던 이백 명의 무사에게 손짓을 했다.

그러자 그들은 등에 매고 있던 나무 방패를 꺼내 손에 끼웠다. 암기를 막기 위해 고안된 두터운 나무 방패였다.

"팔방무봉진을 펼쳐라!"

"개진!"

지휘관의 호령에 맞추어 그들은 일제히 퍼져 나갔다. 그러자 곧 평야에 천마거를 중심으로 여덟 개의 꽃잎과도 같은 모양의 진형이 나타났다.

"출진 준비!"

이막은 크게 외치며 자신이 들고 있던 봉문기를 들어 휙 하고 던졌다. 봉문기는 하늘로 날았다가 포물선을 그리며 천마거 주변에 꽂혔다.

팔방무봉진은 최강의 호위진. 이 진이 무너지기 전까지 봉문기는 안전할 것이다.

"그럼 나가볼까?"

이막은 등과 허리에서 네 자루의 손도끼를 꺼냈다. 손 위쪽과 아래쪽으로 같이 도끼를 들어 한번에 양손으로 네 자루를 쥐는 독특한 자세였다.

부대주인 두일두도 머리에 뿔이 네 개 달린 철 투구를 꺼내 썼다. 그는 철권과 함께 철두를 무기로 쓰는 인간 병기라 할 수 있었다.

"출진! 저 병아리 같은 놈들에게 피 냄새가 뭔지 가르쳐 주는 거다!"

"크하하하하하!"

대주의 명령과 부대주의 광기어린 웃음을 들으며 수라혈살대는 진형을 갖추었다.

그들은 화살촉과 같은 돌격의 진형을 형성하여 사방을 포위한 자들의 정중앙을 둘로 쪼갰다.

그사이 상대도 필사적으로 공격을 가해 왔다. 하지만 천마거와 봉문기는 이미 이백의 무사에 의해 철저히 지켜지고 있었다. 결국 희생을 불사한 돌격도 팔방무봉진의 변화에 막혀 거의 앞으로 나아가지 못했다.

반면 적진 한가운데로 뛰어든 수라혈살대는 적들을 부수고 또 살육하기 시작했다. 표정 하나 변하지 않고 묵묵히 가진 병기를 휘두르는 그들은 인간이라기보다는 악마에 가까웠다. 그것도 냉혈의 악마.

"아아아악!"

누군가 참지 못하고 비명을 질렀다. 그리고 무기를 버린 채 도망을 쳤다.

그것을 신호로 다른 자들도 하나둘 몸을 돌렸다. 수라혈살대는 그런 자들은 방치해 둔 채 계속해서 싸우려는 자들만 철저하게 유린했다.

소운은 천마거에 타고 있었다. 천마의 시중을 들기 위해서이다.

그는 가려진 차양을 살짝 열고는 밖을 내다보았다. 한참 살기가 치솟고 공포와 절망의 비명 소리가 하늘을 울리고 있었다.

"후우, 천마의 진군을 가로막는 자들은 마교 최강의 전투 부대인 수라혈살대 백 명을 저런 오합지졸로 감당할 수 있을 거라 생각한 건가?"

그들은 빨리 알아야만 한다. 여기 있는 삼백 명은 단순히 숫자로만 따질 수 없는 전력이라는 것을. 그래야 희생이 준다.

봉문기를 부러뜨리는 것 역시 마찬가지다. 설마 기습을 하면 기를 부러뜨릴 수 있다고 생각하는 걸까? 그렇게 천마신교가 허술하다고 여기는 것인가?

소운은 더 이상 보기 싫다는 듯 다시 차양을 가렸다. 그리고는 눈을 지그시 감은 채 등받이에 몸을 기댔다.

"이제 저들도 알겠지. 무림맹이 전력을 집중하지 않으면 천마거를 멈출 수 없음을."

고목신군이 세운 계획과 소운의 의견에 의해 시작된 백대문파의 봉문. 단 삼백 명으로 이 일을 행한다면 무림맹은 궁지에 몰릴 수밖에 없다.

하지만 이 일은 겉으로 드러난 것처럼 단순하지가 않다. 파격적인 행보 뒤에 세워진 치밀한 계획은 중원무림에 치명적으로 작용할 것이다.

준비는 완벽하다. 무림맹은 이미 늦었다.

"후후후, 무림이 위험해지면 질수록 사람들은 필사적으로 뭉치게 되겠지. 그렇게 되면 단 한순간의 기회만 있어도 전세를 뒤집을 수 있게 된다."

중원무림의 문제점은 바로 뭉치지 않는다는 것이다.

자파의 자존심이 무림의 평화보다 우선한다. 하지만 궁지에 몰리면 그들은 알 것이다. 모든 것을 버리지 않으면 기적은 일어나지 않는다는 것을.

"중원이 하나로 뭉치는 순간, 기적은 일어난다."

소운은 예언하듯 중얼거렸다. 그걸 위해 천마신교는 완벽할 정도의 힘과 계략으로 중원무림을 점령해 나가야 한다.

"천마신교! 시작이다. 화려한 불꽃처럼 터져 흩어질 때까지 하늘을 향해 치솟아 올라라.”

소운은 눈을 감고 그 날을 상상하기 시작했다.

건곤일척으로 천마신교가 무너진다. 중원무림은 더할 나위 없이 강해질 것이다. 그리고 결정적으로 천마신교가 중원으로 옮긴 대부분의 재물은 소운의 소유가 될 것이다.

바깥 상황은 이미 그의 머릿속에 없었다.

“후퇴! 후퇴다!”

습격을 지휘하던 자가 크게 외쳤다. 때는 이미 절반 이상이 죽거나 도망간 상황이었다.

곧 모든 무사들이 싸움을 포기하고 도망가기 시작했다. 습격을 시작했을 때에는 사방에서 몰려왔지만 도망갈 때에는 팔방으로 흩어졌다.

백부비천 이막은 손가락으로 처음에 소리친 자를 가리켰다.

“저놈 쪽을 쓸어버려!”

“목소리 큰 놈은 죽어야 한다!”

두일두도 지지 않겠다는 듯 외치며 가장 먼저 달려 나갔다. 뿔로 들이받아 버리겠다는 의지가 그의 머리에서 풀풀 풍겨 나왔다.

곧 수라혈살대는 파도처럼 그들을 덮쳤다. 그리고는 뒤에서부터 집어 삼키듯이 하나하나 살육해 갔다.

그것을 끝으로 수라혈살대는 천마거 쪽으로 돌아왔다. 도망간 자들을 깊게 쫓을 필요는 없다는 명령을 받았다.

"적 추살 삼백 이상, 나머지는 전원 도주했습니다."

이막은 천마거 앞으로 가 예를 취하며 승리의 보고를 했다. 그리고는 그쪽에 꽂아 놓은 봉문기를 다시 뽑아 앞으로 갔다. 다른 자들도 이막의 뒤를 따랐다.

"출진!"

이막이 다시 외치자 다른 이백의 무인들도 그때서야 팔방무봉진을 거두고 천마거를 따라 걷기 시작했다.

그런데 그 뒤에 남은 몇 명이 땅에 쓰러져 있는 시체들을 검사하기 시작했다. 그리고는 그중에서 앞서 지나왔던 적수방의 무사들을 발견했다. 그들은 묘한 미소를 지으며 몸을 날려 천마거 쪽으로 돌아갔다.

며칠 후, 적수방의 건물이 불타올랐다.

처음 천마거가 지나갔을 때에는 그냥 봉문기만 꽂았을 뿐, 안을 건드리지는 않았다. 그런데 이번 전투에 적수방의 무인이 끼어 있다는 것이 알려지자 일단의 무리가 나타나 건물 전체를 불태우고 철저하게 파괴한 것이다.

뿐만 아니라 일대의 마을을 뒤져 적수방과 연관된 모든 사람을 죽이기 시작했다.

봉문기가 꽂힌 방파의 사람이 천마거에 덤비면 봉문이 아닌 몰살을 시키겠다는 선언을 철저하게 지켰다.

　그 뒤로도 천마거는 계속해서 나아갔다. 천마거가 지나친 길에서 그들이 지정한 문파는 하나도 남김없이 봉문기를 꽂아야 했다.

＊　　　＊　　　＊

　무림맹에서는 연일 회의가 열렸다. 매일같이 전서구로 급보가 날아들었다. 비상소집령은 이미 오래전에 내려졌기에 오늘도 중원 각지에서 무인들이 모였다.
　화산파의 매설비천 초산이 지휘하는 진영회에서는 수많은 정보를 분석하느라 잠을 잘 틈도 없었다.
　구대문파와 오대세가가 모두 모이는 무림총회가 열릴 때까지 모든 정보를 정리해 놓고 앞으로 나아갈 방향을 제시해야 했다.
　오늘이 바로 무림총회가 열리는 날이다.
　초산은 수천 장의 보고서를 집약시킨 작은 책자를 들고 회의장으로 향했다.
　회의장으로 들어서니 의외로 조용했다. 참석자 대부분이 상당히 긴장한 얼굴로 초산을 보았다.
　“시작하겠습니다.”
　초산은 개회식 따위는 생략해 버리고 즉시 정황보고에 들어갔다.

"이미 알고 계시다시피 천마가 직접 삼백 명의 정예고수를 이끌고 옥문관을 넘었습니다. 이미 그들이 지정한 백대문파 중 감숙에 위치한 여섯 문파가 모두 봉문을 당한 상태입니다. 그중에서 봉문 이후 활동을 한 적수방은 철저하게 파괴되었고, 문인들 또한 추살되고 있습니다."

"으음, 천마 그자가 그렇게까지 광오할 줄이야."

제갈세가의 가주인 은염신산 제갈부가 고개를 저으며 중얼거렸다. 그는 초산과 함께 무림맹의 두뇌라 할 수 있는 자였는데, 이번 사태는 이해가 되지 않는 부분이 너무 많았다.

"단 삼백 명으로 무림을 평정할 수 있다고 생각하는 것인가? 우리 무림맹의 힘을 그렇게까지 얕볼 수도 있는 것인가?"

그가 개탄하는 것도 무리는 아니다. 아무리 천마의 무공이 강하다고 해도 혼자서 수만 명을 상대할 수는 없다. 하물며 그를 따르는 수하들은 더욱 그렇다.

초산이 말했다.

"이 일에 대해 제갈 가주께서 의견을 내어주시기를 요청합니다."

오랜 세월 동안 무림의 지낭으로 통해온 제갈세가는 무림맹의 회의에서 첫 발언권을 얻는 경우가 많았다. 사람들은 기대에 찬 시선으로 제갈부를 보았다.

제갈부 역시 그럴 줄 알았다는 듯이 자리에서 일어나 천천히 자신의 생각을 말했다.

"봉문비무 선언에는 몇 가지 허점이 있습니다. 첫째, 그들이 단 삼백 명으로 중원에 들어섰다는 점. 삼백 명이라면 아무리 천마를 포함한 정예고수들의 집단이라고 해도 우리가 힘을 모으면 단숨에 전멸시킬 수 있을 겁니다."

제갈부는 손가락을 하나 꼽았다. 다시 말해서 지금 상황대로라면 무림맹이 마음만 먹으면 천마를 죽일 수 있다는 뜻이다.

"둘째, 봉문기가 파괴되면 천마 자신이 신강으로 돌아가 영원히 나오지 않겠다고 한 점. 우리가 모두 나서지 않고도 정예부대를 투입하여 봉문기만 파괴하면 이 사태는 해결될 것입니다."

제갈부는 다시 손가락 하나를 꼽았다.

"셋째, 그들은 대상 문파가 저항을 하는 수단은 전혀 제한하지 않았습니다. 다시 말해서 비무를 하든, 기습을 하든, 또 다른 문파의 조력을 얻든 상관이 없는 것입니다. 이로써 우리는 아무런 거리낌 없이 전력을 투입할 수 있게 되었습니다. 단번에 수천 명의 무인들을 투입해도 천마는 할 말이 없을 겁니다. 이를 종합적으로 생각해 볼 때 천마는 일종의 과대망상증에 걸린 것이 틀림없습니다."

"과연 그렇구려."

일목요연한 정리에 사람들은 모두 이해했다는 듯 고개를 끄덕였다.

"당장 정기회를 파견합시다. 생각 같아서는 전력을 동원해서 천마를 격살하고 싶지만, 기를 부러뜨려 천마가 정말 돌아가는지 안 가는지를 보고 싶소이다."

청성파의 장로인 철붕 고무준이 말했다. 그러자 몇몇 사람들이 그 광경을 상상하고는 웃음을 터뜨렸다.

"하하하하."

초산은 고개를 저으며 대답했다.

"확실히 강호의 평화를 위해서라면 봉문기만 부러뜨리면 일이 해결될 듯합니다. 가장 피해가 적은 해결책이지요. 하지만 만약 천마가 후안무치하여 자신의 말을 지키지 않는 자라면 우리는 그에 대비해야 할 것입니다."

"크하하하, 설마 그래도 천마 정도 되는 자가 그럴 수 있겠소? 그 과대망상 마두는 봉문기가 부러지는 순간 꿈에서 깨어날 것이오."

사람들은 그의 말에 동의하듯 저마다 고개를 끄덕이거나 수염을 쓰다듬으며 자신들의 의견을 말했다. 대부분이 무림맹의 정예부대인 정기회를 투입하여 봉문기를 부러뜨리자는 의견이었다.

그런데 그때 무당의 장로인 절검자가 일어나 말했다.

"천마란 자가 과대망상증에 걸렸다는 것은 빈도도 동의하오. 하지만 그자가 그렇게까지 멍청하다고는 생각지 않소이다. 봉문기의 선언에는 틀림없이 뒤가 있을 터이니 그걸 대비하는 게 좋겠소."

"그 뒤라는 게 무엇인지 고견을 듣고 싶습니다만."

"그건 빈도도 알 수 없소. 제갈 가주나 매설비천 초 장로께 서는 짐작되는 것이 있지 않을까 하오만."

절검자는 창끝을 살짝 두 사람에게 넘겼다. 하기야 이번 일 에 뒤가 있다면 무림맹의 두뇌라 할 수 있는 두 사람이 생각 해야 할 문제다.

초산은 다시 제갈부를 보았다. 의견이 있는지 없는지를 눈 으로 먼저 묻고 발언권을 줄지 말지를 결정해야 했다.

제갈부는 손으로 가볍게 수염을 쓰다듬었다. 할 말이 없다 는 뜻이다. 초산은 즉시 고개를 돌려 다른 의견이 있는 사람 을 찾았다. 그러나 대부분의 사람들은 별생각이 없다는 눈빛 이었다.

그런데 그때 한쪽 구석에 앉아 있던 자가 크흠 하고 헛기침 을 했다. 초산이 그를 보니 한 명의 늙은 거지였다.

"아! 태상 장로님을 뵙습니다. 미처 알아차리지 못한 후배 를 용서해 주십시오."

분명히 조금 전까지는 없었는데, 개성이 땅에서 솟아난 듯 자리에 앉아 있는 것이다. 사람들은 급히 자리에서 일어나 개 성에게 포권을 취했다.

개성은 신경 쓰지 말라는 듯이 손을 저으며 말했다.

"아무래도 일이 일이니만큼 나라도 참석하는 게 좋을 것 같아 왔지. 검치는 여전히 검이나 쓰다듬고 있지만 말이야.”

검치. 그를 그렇게 부르는 것은 오직 개성뿐이다. 다른 이들이 그를 부를 때에는 존경의 염을 담아 검성이라 한다. 현 무림맹주인 태극무한검 조율. 검치란 개성만이 부르는 그에 대한 호칭이었다.

어쨌든 개성이 회의에 참석을 했다. 사람들은 큰 부담이 덜어진 기분이 들었다. 초산 또한 속으로 살짝 안도하면서 정중한 태도로 말했다.

“그럼 태상 장로께서 절검자 장로의 의견에 대해 생각하신 바를 말씀해 주시겠습니까?”

“커험, 그렇게 하지.”

개성은 개방의 방주이기도 한 만큼 강호의 정보에 가장 정통한 사람. 그리고 가장 강한 사람이니만큼 의견이 남다를 것이다. 사람들은 기대에 찬 시선으로 그를 보았다.

“일단 가장 먼저 눈길을 주어야 할 곳은 바로 청해지. 그곳에 마교의 남은 전력이 집중되고 있거든. 이를 볼 때, 천마는 어느 시점에선가 그들과 합류를 할 계획일 걸세.”

“음, 하기야 그렇게 되는 게 정석이겠지요.”

“또한 천마가 중원에 숨긴 세력이 적지 않다는 것이 그간의 정보 결과 아니겠나? 그들을 염두에 둘 때 몇 가지 짚이는 것이 있네.”

“그것이 무엇입니까?”

“천마는 스스로를 미끼로 내세워 우리의 이목을 집중시키고, 또한 감숙으로 무림맹의 정예가 집결하기를 바라는 것 같아.”

“아!”

사람들은 저마다 탄성을 발했다. 과연 천마를 척살하기 위해 무림맹의 힘을 집결시키면 다른 지역의 방비는 상당히 허술하게 될 것이다.

“그렇게 생각할 때 정예부대를 투입하여 봉문기만 부러뜨리는 것도 사실 무리가 있어. 만약 전투가 벌어졌을 때 그자들이 봉문기를 숨긴다면 어떻게 될까?”

“아니! 그런 치사한 짓을 그들이 한단 말입니까?”

“그렇게 하지 않겠다는 말은 없었지. 그렇지 않나?”

개성이 반문하자 사람들은 대답을 하지 못했다.

과연 개성이 말한 대로 천마가 봉문기를 숨기지 않고 당당하게 세워서 나아간다는 말은 없었다. 그들이 사람들을 동원해 인해전술로 습격을 해도 되는 것과 마찬가지다.

“그러니까 어정쩡하게 애들을 투입하면 천마의 손에 의해 피해만 커지고, 일은 성공하지 못하게 될 거란 얘기지. 뭐 나름대로 그쪽도 손해는 보겠지만, 아무래도 천마가 직접 손을 쓰기 시작하면 문제가 커질 것 아니겠나?”

“으음, 그럼 과대망상으로 일을 벌인 것은 아니군요.”

“천마가 멍청이는 아니야. 멍청이가 어떻게 천하제일고수로 불리겠나?"

개성이 툴툴대듯 말하자 제갈부는 수염을 쓰다듬으며 살짝 고개를 벽 쪽으로 돌렸다. 개성의 말을 듣고 보니 자신이 너무 쉽게 생각한 면이 있었다.

초산은 다시 개성에게 물었다.

"그럼 태상 장로님께서 생각하시기에 이번 일에 대한 대책으로는 무엇이 있겠습니까?"

"그걸 왜 나한테 물어? 난 정보에 따라서 상황 분석만 해줄 뿐이야. 대책은 초 장로하고 제갈 가주가 세우라고."

"그렇군요. 태상 장로님의 배려에 감사드립니다."

초산은 알았다는 듯 고개를 끄덕였다.

사실 개성이 지금 의견을 말하면 다른 사람들은 반대 의견을 내기가 힘들다. 그러니 원래대로 여러 문파의 대표들이 머리를 맞대고 의견을 교환, 대책을 마련하면 개성이 약간 참견을 하여 수정을 하는 것이 좋다.

초산은 다시 제갈부를 보았다.

"제갈 가주께서는 어떻게 생각하십니까?"

"흐음, 태상 장로님의 말씀에 의거해서 다시 대책을 논하자면……."

제갈부는 잠시 말을 흐렸다. 한번 실수를 했기 때문에 이번에 내놓을 의견은 모든 사람들이 감탄할 만한 것이어야 했다. 그렇지 않으면 제갈세가의 명성에 누가 되리라.

사람들은 긴장된 표정으로 제갈부를 보았다. 정적이 흘렀다.

이윽고 제갈부는 생각을 정리하고 말을 이었다.

"어찌됐든 천마가 단 삼백의 수하만을 대동하고 움직인다는 것은 우리에게 유리한 일입니다. 그리고 봉문기를 숨긴다고 해도 없앨 수는 없는 법. 천마가 내건 봉문기의 언약이 우리에게 크게 유리한 것만큼은 사실입니다."

"오, 그렇구려. 그렇다면 역시 우리는 봉문기를 노려야 하는 것이오?"

"그렇습니다. 듣자 하니 봉문기는 폭이 일 장이 넘는다고 합니다. 그렇다면 그걸 백여 개나 들고 이동하려면 천마 혼자서는 무리일 겁니다. 다시 말해서 천마를 처치하지 않더라도 삼백의 수하들을 제거하면 우리는 봉문기를 얻을 수 있다는 뜻입니다."

"과연!"

제갈부의 예리한 지적에 사람들은 무릎을 치고 감탄했다. 방금 전 천마가 과대망상이라고 말한 것은 이미 잊었다. 확실히 그에게는 상황을 보는 예리한 구석이 있었다.

제갈부는 다시 말을 이었다.

"가장 중요한 것은 청해 일대에 경계망을 치고 천마가 그쪽에 있는 다른 수하들과 합류하는 것을 막는 것입니다."

"그게 가능하겠습니까?"

"충분히 가능합니다. 천마를 막는 것이 아니라, 그의 수하들이 청해로 들어오는 것을 저지하는 것입니다."

"과연 그건 충분히 될 듯하오."

곤륜파의 수검관석 방대붕이 동의했다. 청해의 지리적 요건을 누구보다도 잘 알고 있는 그였다.

산악 지대에서 중요 거점에 자리를 잡고 방어를 하면 그야말로 천연의 성채와 같은 효과가 있다. 적이 뚫고 들어오는 데 얼마의 기일이 걸릴 지는 확실히 모르겠지만 적어도 일 년 이내로는 무리일 것이다.

"하지만 천마는 워낙 무공이 뛰어나니 그가 직접 저지선을 뚫고 수하들과 합류할 수도 있지 않겠소?"

"그건 불가능합니다. 천마가 혼자라면 몰라도 삼백의 수하들을 대동한 채, 그것도 봉문기를 들고 청해로 들어갈 수는 없습니다."

험난한 고산악 지대에서 천마거를 끌고 이동할 수는 없는 법이다. 사람들은 눈을 반짝반짝 빛내며 저마다 희망적인 말을 주고받았다.

"알겠소. 우리 곤륜파가 그 일을 맡겠소."

방대붕은 자리에서 일어나 당당하게 말했다. 정식으로 발언을 한 이상 책임은 곤륜파로 넘어가게 되었다.

초산은 즉시 회의의 의장으로서 그 제안을 승인했다.

"그럼 곤륜파가 수고해 주시기를 부탁드리겠습니다. 필요한 지원 사항은 차후에 따로 말씀해 주십시오."

"알겠소."

그렇게 청해를 막는 일이 결정되자 제갈부는 다시 설명을 시작했다.

그의 계획은 바로 천마거가 감숙을 나섰을 때 시작이 된다.

감숙과 인접해 있는 지역은 사천과 섬서다.

감숙에는 구대문파도 오대세가도 없다. 관의 세력이 강한 곳이지만 일반 무관은 그렇게 많지 않다. 무림인들의 힘도 강한 편이 아니다.

하지만 사천에는 아미파, 청성파, 당씨세가가 존재한다. 관보다는 무림의 힘이 더욱 강하다고 할 정도다.

또한 섬서에는 화산파와 종남파가 있다. 그곳 역시 중원 무림의 중요 지역 중 하나이다.

"천마거가 사천으로 들어가든 섬서로 들어가든 그 지역에 있는 모든 문파는 힘을 합쳐 상대를 해야 합니다. 그리고 다른 지역의 문파들 역시 전력을 투입하여 지원을 합니다. 그 이외에 우리 무림맹의 정기회가 출동을 하는 것으로 합시다."

"흠, 구대문파 중 사대문파와 오대세가 중에 당씨세가가 힘을 합하는 것이구려."

"그렇습니다. 그것도 자파를 지키기 위해 모든 전력을 기울이는 셈이기 때문에 따로 전력을 투입하는 것보다 훨씬 뛰어난 힘을 발휘할 수 있을 것입니다.”

“확실히 그렇소.”

만약 천마가 사천으로 들어온다면 아미파, 청성파, 당씨세가는 자신의 앞마당에서 적을 맞이하여 싸우는 형국이 된다. 그럴 경우 그들 문파가 얼마나 큰 저력을 발휘할지는 아무도 알 수 없다.

제갈부는 말을 이었다.

“이 정도면 중원무림의 삼분의 일이 모이는 셈입니다. 천마가 아무리 강해도 감당할 수 없을 것입니다. 혹시 천마는 살아서 도망갈 수 있을지 모르지만, 그의 수하들은 어림없습니다. 봉문기 또한 확보할 수 있을 겁니다.”

“크하하하. 만약 우리 문파의 봉문기를 찾으면 기념으로 보관을 해야겠소.”

“그것 좋겠구려. 각 문파마다 보관을 하도록 합시다.”

“어쩌면 이번에 천마가 한 유일한 일은 무림의 백대문파를 선정한 것이 되겠구려. 허허허.”

“그렇게 되면 이번에 지목받지 못한 문파들이 억울해 할지도 모르겠소이다.”

사람들은 다시 웃으며 말을 주고받았다.

감숙은 어쩔 수 없으니 사천이나 섬서에서 준비를 하고 기다린다. 그것은 정말 매력적인 작전이었다.

특히 청성파의 장로인 철봉 고무준은 손으로 가슴을 탕탕

치며 맹세하듯 말했다.

"천마가 사천으로 왔으면 좋겠소. 그럴 경우 우리 청성은 가장 앞장서서 청성의 기상을 무림에 알릴 수 있을 것이오!"

"오, 청성의 각오가 그렇게 굳건했다니. 과연 명문대파로서 손색이 없는 마음가짐이오."

"아미타불, 그럼 우리 아미파는 옆에서 지원을 하도록 하지요."

아미파의 장로인 수미사태가 합장을 했다. 아미파는 원래 여성이 남성보다 훨씬 많은 문파로, 공격적인 성향이 그렇게 강하지 않다. 그래서 전투에서 앞장을 서는 경우는 거의 없었다.

당씨세가의 대표도 약간 불만스러운 표정을 지었지만 청성파가 먼저 선봉을 자처하고 나온 이상 상대의 체면을 봐주기로 했다.

결국 사천에서는 청성파가, 섬서에서는 화산파가 일을 주도하기로 결정되었다.

그렇게 회의가 끝나고 무림맹은 그날을 위해 준비에 들어갔다.

하지만 세상일이란 게 항상 뜻하는 대로 되는 것만은 아니다. 무림맹이 예상하고 대비한 것과는 다른 일이 벌어지고야 말았다.

천마거는 기다란 감숙을 위에서 아래로 관통하듯 움직이며 사천의 입구에 도착했다. 그러나 그들은 거기서 움직임을 멈추었다.

오히려 천마는 몸을 돌려 감숙의 중심 도시인 난주로 돌아갔다.

무림맹이 놀라서 의아해하는 가운데, 천마는 난주의 한 장원에 들어가서 나오지 않았다.

그렇게 시간이 흘러갔다.

第二章

청성지난(靑城之亂)

천마의 명은 지엄하다

南斗延壽保命時老君告天師曰

人八會之真文三洞三清之上

棄道元始天尊昔經歷于億萬劫天地始修

太上說南斗延壽保命

安真經太上說南斗

此經乃九天八會

熙哀而人倫五運運變萬棄道

청성지난(青城之亂)

천마의 명은 지엄하다.
그러나 내가 이런 놈들을 상대해야 하는가?

천마가 천마거에서 나오지 않는 이유는 바로 독 때문이다.
내부적인 발표에 의하면 천마가 독을 완전히 녹이려면 적어
도 십 년은 걸린다고 했다.

하지만 지난 일 년 동안 꾸준히 수련을 한 결과, 내공을 끌
어올려 버티면 단기간 동안 독기가 몸 밖으로 뿜어나가지 않
도록 가둘 수 있게 되었다는 것이다.

어쨌든 간에 천마는 난주에서 가장 화려한 장원인 은하장
에 들어가 한 달 동안 밖으로 나오지 않았다.

그사이 수라혈살대를 비롯한 다른 무인들은 일대를 돌아
다니며 주변 지리를 익혔다. 또한 적지 않은 돈을 풀어 난주

일대의 인심을 샀다.

수라혈살대 백 명을 제외한 다른 무인들은 바로 청운전병대의 대원들이었다.

이번에 출진을 하면서 인원을 더욱 보충하여 이백여 명으로 늘어났다. 그들은 무조건 최소 삼 인이 일 개조를 이루어 다녔다.

소운은 이번 천마거 작전의 책임자로서 이들을 관리했다. 수라혈살대의 경우 소운의 직속수하는 아니지만, 이번 작전을 위해 수석장로로부터 잠시 지휘권을 이양 받았다.

그러나 수라혈살대의 대주인 백부비천 이막은 이번 작전의 내막에 대해 잘 모른다.

그는 소운이 천마와 함께 장원에 틀어박혀 나오지를 않자 참다못해 그를 찾았다. 천마에게 이런 걸 질문할 수는 없지만, 제자인 소운은 그래도 만만하다.

"십장로, 질문이 있습니다."

"말씀하십시오."

"왜 계속해서 나아가지 않는 겁니까? 봉문기는 이제 겨우 여섯 개를 썼을 뿐입니다."

이막은 전투의 전문가. 그의 경험으로 볼 때 싸움에는 기세란 것이 있다. 이렇게 한 달 동안이나 움직이지를 않으면 처음 신강을 나올 때 가졌던 수라혈살대의 전의가 점점 사그라진다. 전의는 곧 예기. 다시 말해서 전투력이라 할 수 있다.

이막은 소운에게 그 사실을 솔직하게 설명했다.

"그놈들이 아무리 철저하게 훈련을 받았어도 인간인 이상 기복은 있습니다. 혹시 십장로가 그 점을 간과한 것이 아닌가 해서 왔습니다."

듣는 사람이 기분 나빠질 수도 있는 노골적인 의견 표현이다. 하지만 소운은 오히려 감심(感心)했다는 듯 웃으면서 이막에게 말했다.

"대주께서 그렇게 솔직하게 말씀해 주시니 본인은 감읍할 따름입니다. 사실대로 말씀을 드리자면, 사실 앞으로 당분간 우리는 감숙성을 나서지 않을 것입니다. 따라서 봉문지행은 일단 끝난 셈입니다."

"뭐라고요!"

그건 말이 다르지 않은가? 전 중원에 크게 선포를 해놓고 딸랑 여섯 문파만 봉문시키고 끝내다니?

무엇보다 감숙 하나를 먹고 걸음을 멈추는 게 있을 수 있는 말인가? 여태까지 천마가 한번 중원에 들어오면 강남, 강북 할 것 없이 피가 강물처럼 흘렀다.

천마는 결코 멈추지 않기에 천마인 것이다.

"물론 언젠가는 중원의 백대문파를 모두 봉문시킬 것입니다. 하지만 천마께서 선포한 내용에 우리가 언제 그들을 방문할 것인지는 적혀 있지 않았습니다."

"으음, 그건 그렇지요."

"그러니까 우리가 내일 아미파를 방문하든, 아니면 백 년 후에 방문하든 천마께서 허언을 한 것은 아니란 뜻입니다."

말이 그렇게 되나? 이막은 순간적으로 헷갈리는 표정을 지었다. 그러나 곧 그게 아니라는 듯 고개를 저었다.

"그렇게 교언으로 사람을 속이는 일을 본인은 별로 좋아하지 않습니다."

"꼭 교언이라기보다는 심리전이라고 해주십시오. 어차피 우리가 선포한 내용 자체는 순수하게 그대로 시행할 수 없는 부분이 많이 있습니다. 아마 모르긴 몰라도 무림맹에서는 체면 불구하고 그걸 철저하게 이용하려 했을 겁니다."

소운은 실제로 그것을 상상하며 웃음을 지었다. 천마거가 난주로 들어와 움직이지 않은 이후, 무림맹 사람들이 얼마나 당황해하고 있을까를 생각하면 웃지 않을 수 없었다.

"으으음."

이막도 바보는 아니다. 이 봉문행이 원래부터 위험하다는 것쯤은 그도 알고 있었다. 단지 천마의 명이기에 목숨을 걸고 따랐을 뿐.

그런데 소운의 말을 듣고 보니 아무래도 지휘부에서는 따로 계략이 있었던 모양이다.

소운은 말했다.

"이 대주는 남이라 할 수 없으니, 내 이 계획에 대해 자세하게 설명해 드리겠습니다."

소운은 그렇게 의미심장한 말을 살짝 던지며 설명을 시작했다.

"앞으로 일 년간 천마께서는 이곳에서 움직일 생각이 없으십니다. 그리고 매달 삼백 명씩 옥문관을 통해 천마신교의 고수가 충원될 것입니다."

"그렇다면 혹시 이곳 감숙을 거점으로 삼을 생각입니까?"

"그렇습니다. 무림맹 놈들이 사천과 섬서에서 우리를 막을 계획을 수백 가지나 세워 놓고 있겠지만, 우리는 감숙에서 나가지 않고 이곳에 기반을 다질 겁니다."

"허, 그럼 우리 천마신교의 목표는 감숙이었단 말인가요?"

"아니지요. 다음에 움직이게 되면 단숨에 중원 전역을 모두 취할 것입니다. 지금은 그것을 위한 숨 고르기입니다."

"숨 고르기라……."

"일 년간 우리는 감숙의 무인들에게 철저히 느끼게 해주어야 합니다. 무림맹은 믿을 수 없다는 것을. 구파일방도 오대세가도 없는 이 지역은 무림맹에게 있어서 언제든지 희생시킬 수 있는 '남의 살' 이라는 것을 말입니다."

"오오! 과연 그렇게 되면 앞으로 이곳 감숙은 우리 천마신교의 대지가 될 수도 있겠군요."

"그렇습니다. 또한 일 년간 계속해서 신교의 고수들이 이곳에 들어오고, 우리가 이 일대의 지리를 알고 민심을 수습하게 되면, 무림맹이 이곳에 쳐들어 왔을 때 훨씬 유리하게 싸울 수 있을 겁니다.”

“무림맹이 이곳에? 그럴 가능성이 있겠습니까?”

“틀림없이 그쪽에서 먼저 쳐들어올 수밖에 없습니다. 최대로 잡아도 일 년 이내에 말입니다. 어쩌면 다음 달에 당장 쳐들어올지도 모르지요. 지금 우리가 할 일은 바로 그걸 가능한한 뒤로 미루게 하는 일입니다.”

“음, 그것 참 복잡한 일이군요.”

이막은 머리를 벅벅 긁으며 말했다. 소운은 그런 그의 태도에 온화하면서도 단호한 태도로 말했다.

“사장로께서 이미 계획 전반을 치밀하게 검토하셨습니다. 천마께서 이렇게 직접 선두에 서서 적들을 혼란케 한 이상, 실패는 없습니다.”

“그야 당연하겠지요. 흠, 그럼 어쨌든 전투는 이곳 감숙 근방에서 이루어지는 게 맞지요?”

“그렇습니다.”

“그럼 전 오늘부터 이 일대에서 싸우기 좋은 장소를 보러다녀야겠습니다.”

“부탁드립니다.”

이막은 희희낙락하며 돌아갔다. 쳐들어가는 것은 두렵지않지만, 지키는 것이 훨씬 유리하다는 것은 상식이다. 유리한싸움을 할 수 있다는 것은 곧 이길 수 있다는 것이니 그는 기뻐할 수밖에 없다.

소운은 이막을 보내고는 북서쪽 하늘을 보았다.

"지금쯤 육장로가 옥문관을 넘었겠군."

한 달에 삼백씩, 관의 신경을 건드리지 않을 정도의 인원으로만 옥문관을 지나서 들어온다.

처음으로 들어오기로 되어 있는 사람은 고목신군이다. 그가 독혈마혼대 중 삼백을 이끌고 오기로 되어 있다.

"그런데 그렇게 되면 무림맹도 우리의 속셈을 알게 된다는 거지."

무림맹이 옥문관을 주시하지 않을 리는 없다. 한두 명도 아니고 삼백의 고수들이 들어오면 바로 알게 된다.

그 순간 그들은 일이 잘못 되었다고 생각할 것이다.

천마가 삼백으로 중원을 돌아다닐 계획이 아닌, 선수를 취한 다음에 감숙에서 천천히 인원을 보충할 계획이라는 것쯤은 쉽게 생각할 수 있다.

포고령에도 천마가 삼백 명의 수하들과만 움직인다고 적혀 있지는 않은 것이다.

"그럼 슬슬 시작해 볼까?"

적이 하나를 알면 이쪽은 두 번째 계획을 시행해야 한다. 항상 앞서가지 않으면 반격을 당한다.

소운은 겨울잠을 자던 곰이 동면에서 깨어나듯 크게 기지개를 켰다. 그리고는 천마가 거하는 후원으로 들어갔다.

약 일주일 후, 고목신군은 예정대로 옥문관을 넘어 난주에

도착했다.

고목신군은 도착하자마자 은하장으로 가서 천마를 알현하려 했다. 또한 소운도 만나 앞으로의 작전에 대해 다시 확인하고자 했다.

그러나 고목신군을 맞이한 사람은 천마도 소운도 아닌 수라혈살대주 이막이었다.

"천마께서는 십장로와 함께 떠나셨습니다."

"아니, 어디로 가셨단 말이오?"

"모르겠습니다. 한 달 정도 산책을 가신다고만 들었습니다."

"허, 한 달 정도 산책이라……."

산책이 정말 산책일 리가 없다. 이것도 작전의 일환인가? 고목신군은 고개를 절레절레 저으며 한숨을 내쉬었다.

그가 세운 계획은 소운의 손에 넘어가 경천마뇌에 의해 일부 수정되었다고 했다. 그 부분에 대한 것은 고목신군도 잘 모르는 극비였다.

'하기야 천마와 십장로 단 둘이 움직이는 작전이니 외부에 새어나가면 큰일이 나겠지.'

고목신군은 나름대로 납득을 하고는 이막에게서 소운이 남긴 작전 밀서를 받아 돌아왔다.

그 뒤 고목신군은 은하장 근처에 숙소를 마련하고 수라혈살대와 함께 감숙 지역의 민심 확보에 힘을 쓰기 시작했다.

*　　　　*　　　　*

그 무렵 무림맹에서는 다시 연일 회의가 벌어지고 있었다. 아무도 천마의 속셈을 눈치 채지 못하는 상태이다. 적의 속내를 알 수 없으니 오가는 말은 그저 탁상공론에 불과했다.

머리를 맞대고 가능한 모든 의견을 모아 보았지만 타당하다 여겨지는 것은 단 하나도 없었다.

그렇다고 천마의 의도를 파악하기 위해 딱히 더 좋은 방법도 없으니 결과없는 회의라고 해도 당장에 그만둘 수는 없는 실정이다.

그 시간 무림맹의 가장 깊은 곳에 위치한 검성의 거처에서는 한 장의 종이가 공개되어 사람들에게 읽히고 있는 중이었다.

……(전략)…… 만약 천마신교가 정말로 뛰어난 지모로 간계를 꾸몄다면, 천마거는 감숙을 제압한 후에 움직이지 않을 것입니다.

만약 그들이 그렇게 행한다면 천마신교가 지금까지와는 전혀 다른 무서운 집단이라는 것을 뜻합니다. 그들은 대국을 보고 참을 수 있게 된 것입니다.

……(중략)……

확신할 수는 없지만 그들이 감숙에서 일 년 이상 자리를 잡고 그곳을 완전히 장악한다면 무림맹은 크게 곤란해지게 됩니다.

그 이유는 무(武)에 있지 않고 상(商)에 있습니다.

무엇보다 무서운 것은 그들의 계략을 짐작하는 것은 가능해도 그에 따른 대응책이 마땅치 않다는 점입니다.

고대의 모사들이 말하기를 '좋은 계략은 상대를 속여서 성공시키는 것이 아니라 알면서도 행할 수밖에 없게끔 하는 것이다.'라고 했는데, 이번이 바로 그렇습니다.

무림맹은 결국 가능한 한 빨리 전력을 기울여 감숙으로 치고 들어가야 할 것입니다.

하지만 이를 위해서는 뒤를 비워야 하고, 그 경우 모든 무인들이 자파가 기습을 당해도 뒤돌아보지 않겠다는 각오가 되어 있어야 합니다. ……(후략)……

"흠, 이걸 쓴 사람이 누구라고 했소?"

검성 조율은 글을 다 읽고 나자 조용히 시선을 돌려 개성에게 물었다. 이 서류는 개성이 가져온 것이니 누가 작성했는지는 그가 알 것이다.

"저번에 말했던 그 아이일세."

개성은 이름을 말하지 않았다. 하지만 검성은 알았다는 듯 천천히 고개를 끄덕였다.

옆에 앉아 있는 제갈부와 초산은 궁금해서 미칠 것 같은 심정이었지만, 감히 개성에게 물을 수는 없었다.

"그런데 이게 정말 한 달 전에 작성한 것이오?"

"정확하게는 천마가 중원으로 들어온 후 삼 일 만에 쓴 글이야. 관련 정보는 내가 개방에 들어온 것을 그대로 주었고."

"그렇다면 확실히 이 아이만이 상황을 정확하게 예측한 셈이로군."

개성은 검성의 말에 고개를 끄덕인 후 목을 길게 빼고 있는 제갈부 쪽을 보며 짐짓 미안한 표정으로 말했다.

"그렇지, 뭐. 사실 이걸 제갈 가주에게 밝히기는 좀 그래서 말이야. 상황이 상황이니만큼 이해하라고."

"아닙니다. 저 또한 우리 제갈세가가 무림에서 가장 뛰어난 머리라고는 생각지 않고 있습니다. 또한 이렇게 정확하게 적의 심중을 예측할 수 있는 자라면 저의 평범한 머리로는 도저히 따를 수 없는 지모의 소유자라 확신합니다."

제갈부는 단호한 음성으로 그렇게 말했다.

옆에서 듣고 있던 초산은 그런 제갈부를 감탄한 눈으로 보았다. 스스로의 능력을 과신하지도, 다른 자의 지모를 깎아내리지도 않는다. 숙일 때는 숙이지만 비굴하지는 않다.

확실히 오랫동안 무림에서 최고의 세가 중 하나로 자리 잡을 만한 기개였다.

어쩌면 지모를 논하는 자가 가장 빠지기 쉬운 질투와 자기 과신을 벗어났기에 제갈세가가 강호 최고의 지모를 자랑하게 되었는지도 모른다.

제갈부는 다시 말했다.

"그분이 누구신지 말씀해 주십시오. 제가 직접 찾아가 허리를 굽히고 무림맹의 군사를 부탁드리고 싶습니다."

"커허, 과연 제갈 가주는 뭐가 달라도 다르군."

개성 역시 엄지를 치켜세우며 칭찬을 했다. 그러나 서류를 작성한 자의 이름을 밝히지는 않았다.

"그게 말이야, 비밀로 하기로 해서 말을 못하거든. 어쨌든 간에 여기 이거 가지고 가서 조용히 연구 좀 해보라고. 대응책이 몇 개 적혀 있기는 한데 우리 무림맹의 사정이라는 것이 또 다르니까 말이야."

"으음, 그럼 제가 조금 손을 봐서 이름 모를 군사의 계략이라고 내놓겠습니다."

"아니야. 그냥 제갈 가주의 계략이라고 발표해 줘. 그게 그 아이가 바라는 거니까."

"그건 불가합니다. 어찌 다른 사람의 지모를 제 것이라 할 수 있겠습니까?"

"아니면 그냥 초 장로의 진영회에서 낸 것으로 하던가. 지금 상황에서 자존심 세울 생각은 하지 말자고. 거기 맨 뒤쪽 아래에 뭐라고 쓰여 있는지 한번 읽어 봐."

초산과 제갈부는 개성의 말에 서류의 뒤쪽에 있는 대응책을 보았다.

그곳에는 이렇게 쓰여 있었다.

가장 가능성이 높은 해결책은 쌍성과 남도왕이 무림에서 가장 강한 삼십 명의 고수들을 이끌고 천마를 암습하는 것입니다.

"이런 무례한! 우리 무림맹을 뭘로 보고!"

"암습이라니!"

초산과 제갈부는 각자 낮게 외쳤다. 개성은 그들의 반응을 보고 쓴웃음을 지으며 손을 내저었다.

"이제 알겠지? 그건 무림인이 쓴 게 아니야. 그러니 알아서 고치라고."

"아!"

모욕을 당한 듯하여 화를 내려던 제갈부는 개성의 말에 낮게 탄식하고는 다시 문서를 꼼꼼히 읽어 보았다. 잠시 후 그는 고개를 끄덕이며 말했다.

"확실히 무림에 발을 담은 자라면 이런 의견을 낼 수는 없겠군요."

개성은 그의 말에 동조하듯 고개를 까딱해 보인 후 슬쩍 덧붙였다.

"비현실적인 의견도 많지만, 적어도 불가능한 의견은 없을 거야. 막말로 여기 검치와 내가 남도왕에게 찾아가 같이 암습을 하자고 부탁을 할지도 모르지."

"난 그렇겐 안 하겠소."

검성은 딱 잘라 거절했다.

"말하자면 그렇다는 거야. 중요한 건 그걸 그대로 발표하라는 게 아니고 그걸 토대로 최선의 대응책을 제갈 가주가 세우라는 거니까. 알겠나?"

"알겠습니다. 태상 장로님의 말씀이 그러하시니, 제가 초장로와 함께 연구를 해보겠습니다."

"그래, 시간이 없으니 밤잠 자지 말고 고민 좀 해 봐."

개성은 그렇게 말하며 손을 휘저어 제갈부와 초산을 방 안에서 내쫓듯 몰아냈다. 촌각이 아깝다는 소리를 몇 번이나 하니 두 사람이 더 말을 하고 싶어도 할 수가 없었다.

그들이 방을 나가자, 개성은 고개를 돌려 검성을 물끄러미 바라보았다.

"그런데 말이야, 정말 안 되겠나?"

"뭐가 말이오?"

"협공하는 문제 말이야."

"흥! 내가 그자에게 먼저 도전을 하겠소. 그 뒤에 개성께서 남도왕과 함께 협공을 하든 말든 하시오."

"쩝, 그럼 의미가 없다고."

"빈도는 평생 무당의 명예를 등에 지고 검을 수련했소이다. 그런데 지금에 와서 다른 사람과 함께 한 사람을 협공했다는 소리를 듣고 싶지는 않소이다."

"휴우, 하기야 그건 그렇지."

개성은 속이 답답한지 한숨을 내쉬었다. 그렇다고 해서 더이상 검성의 말에 반박을 할 수는 없었다. 검성의 고지식한 성격으로는 평생 지켜온 방식을 깨는 게 정말 쉽지 않다는 것을 그는 잘 알고 있었다.

검성은 그런 개성의 한숨에 약간은 미안한 마음이 들었는지 다시 말했다.

"특히 남도왕 같은 자와는 상대를 하는 것도 싫소."

"하기야, 그 승부밖에 모르는 비겁한 놈하고는 말 한 마디만 나누어도 피를 토하고 싶어지지."

개성은 검성의 말에 맞장구를 쳤다. 그도 남도왕이 싫기는 마찬가지였다.

사실 검성이나 개성은 천마에 대해 무림맹에 말하지 않은 것이 있었다. 그것은 결코 작은 일이 아니었음에도 둘은 약속이나 한듯 입을 다물었다.

천마와 직접 대결을 해보았고, 초절정 이상인 고수만이 이해할 수 있는 것. 그것은 왜 지금까지 역대 천마가 무림을 피로 씻으면서도 한 번도 전투 중에 죽지 않았을까 하는 점이다.

천마의 경지에 도달한 자에게는 적의 수가 많든 적든 전혀 의미가 없다. 천마가 일부러 죽겠다고 결심하기 전에는 그를 죽일 방법은 그렇게 많지 않다.

오직 초절정의 영역에 달한 자만이 그나마 천마를 척살할 가능성이 있다. 다시 말해서 검성과 개성, 그리고 남도왕이 아닌 다른 자들은 천마 앞에서는 일방적인 학살의 대상이 될 뿐이다.

절정의 고수라고 해도 천마의 일 초를 받을 수 있을까? 일반 무인의 존재 의의는 단지 천마를 조금이라도 지치게 하는 소모품일 뿐이다.

단지 다른 무인들이 대규모로 전투진을 짜서 천마를 가두고, 그 중요 지점에 초절정 고수가 막고 버티면 천마라고해도 감당하기 어려운 힘을 발휘할 수 있다.

그러기 위해서는 초절정 고수 세 명이 삼재진으로 천마의 공격을 막아야 한다.

그런데 검성이 스스로의 자존심을 버리지 못하고, 신의가 없는 강자인 남도왕 역시 행방을 알 수 없다.

이래저래 아직은 천마를 상대할 대책이 없다고 할 수 있었다.

*　　　*　　　*

소운은 혈장천마와 함께 산을 오르고 있었다. 단 둘이 조용

히 사천으로 들어와 청성파가 있는 청성산을 산책하듯 오르
는 것이다.

청성의 숲은 일 년 내내 푸르다는 말이 있다.

"확실히 소나무가 많긴 많군. 음, 나중에 한가할 때 송순이
나 따러 올까."

송순은 약으로도 훌륭하고, 술을 담그면 그 향이 아주 좋
다.

"사저가 담근 송순주는 정말 맛있지."

소운은 능아연을 머릿속에 떠올리며 미소를 지었다. 어렸
을 때 그녀가 사부님을 위해 담근 술을 훔쳐 먹던 기억이 떠
올랐다.

고개를 돌려 산 아래쪽을 보니 넓은 구릉지가 훤하게 보였
다. 그리고 지평선 끝으로 다시 산악지대가 보였다.

저 너머에 활선문이 있다. 하지만 지금은 갈 수 없다.

"멈추시오!"

앞에서 누군가가 외쳤다. 소운은 기분 좋은 상상에서 깨어
나 그쪽을 보았다.

두 명의 무인이 길 양쪽에 서 있었다.

"이곳은 청성의 영역이오. 하지만 지금은 손님을 받지 않
으니 돌아가 주시기 바라오."

"청성파의 접객사자군."

소운은 나직하게 중얼거리고는 오른손에 들고 있던 커다

란 깃발을 왼손으로 옮겼다. 그리고는 천천히 검을 뽑았다.

청성파의 접객사자는 소운의 움직임에서 심상치 않음을 느끼고 뒤로 한 걸음 물러나며 다시 외쳤다.

"허튼 짓을 하기 전에 다시 한 번 생각하라!"

"생각은 검을 뽑기 전까지만."

스릉, 빡!

소운은 검을 뽑았다. 그리고는 그 흐름 그대로 검을 돌려 접객사자의 어깨를 때렸다.

"크윽!"

검에 실린 경력이 얼마나 강한지 검면이 만근의 철퇴처럼 무거웠다. 접객사자는 미처 피하지 못하고 옆으로 튕겨 나갔다.

그러자 다른 한 사람이 급히 호각을 불었다.

삐익.

"침입자다!"

소운은 그 말에 대답이라도 하듯 내공을 실어 산이 쩌렁쩌렁 울리도록 다시 외쳤다.

"천마께서 직접 청성파의 봉문기를 꽂으러 오셨다!"

"천마! 봉문기!"

호각을 분 자는 입을 벌린 채 다물지 못했다. 어쨌거나 천마야 말로 그가 지금까지 맞아들인 청성파 방문객 중 가장 거물이다.

"사부님, 가시지요."

소운은 앞에서 봉문기를 세운 채 걸었다. 그러자 혈장천마는 뒷짐을 진 채 소운의 뒤를 따랐다.

청성파의 앞에 도착하니 이미 적지 않은 사람이 나와 있었다. 그리고 소운의 감각에 백여 명의 무인들이 숲을 돌아 산 아래쪽으로 내려가는 것이 잡혔다.

'오호, 포위를 하려는 건가? 역시 중원의 문파들은 천마의 힘을 확실하게 인식하지 못하는군.'

하기야 소운 역시 천마를 보기 전에는 인간이 이렇게 강할 수 있다는 걸 상상도 하지 못했다. 사람은 검으로 찌르면 죽고, 장으로 치면 뼈와 내장을 상하게 할 수 있는 존재라고 믿었다.

하지만 천마를 상대로 무공수련을 하다 보니 그게 아니다. 그러다가 그 자신이 경지에 도달하니 더욱 그 무서움을 뼈저리게 느꼈다.

천마 한 명이면 청성파는 초토화된다. 그건 양떼가 있는 우리에 호랑이가 한 마리 들어가는 것보다 더욱 확실하다.

'그러면 곤란하지. 암.'

소운은 한 걸음 앞으로 나가서 포권을 취했다.

"본인은 천마의 제자인 청염마조 서정이라 하오. 사부님과 함께 여기 봉문기를 가져왔소."

"홍, 천마! 겁도 없군. 여기가 어디라고 어린 제자 놈만 데리고 오다니.”

문 앞에 서 있는 자가 코웃음을 치며 말했다. 소운은 쳐다
보지도 않고 뒤에 있는 천마에게 직접 말을 건 것이다.

‘어린 제자 놈?

소운은 한쪽 눈썹이 아주 약간 꿈틀거렸다. 하지만 곧 여유
로운 미소를 지으며 다시 말했다.

“그대가 바로 백가지를 쫓다가 하나도 건지지 못한 청성파
장문인이구려. 어떻게 하시겠소? 순순히 봉문기를 받으시겠
소, 아니면 피를 보시겠소?”

“이놈!”

백가지를 쫓다가 하나도 건지지 못했다는 말은 청성파 장
문인인 백무능통 허산을 도발하는 가장 효과적인 말이다.

원래 허산은 젊었을 때부터 다재다능하여 대부분의 청성
파 무공을 모두 익혔을 뿐만 아니라 그 외에도 십팔반 병기나
암기술까지 꽤나 정통하게 익혔다. 그러나 그것이 오히려 정
신을 산만하게 하여 하나에 집중을 못했다.

결국 그는 강호의 최고수가 되지 못했고, 다른 구대문파의
장문인에 비해서도 반 수 정도 떨어지는 수준에 머물렀다.

허산은 처음 보는 젊은 마교도가 노골적으로 자신을 비웃
자 크게 화를 냈다. 그러나 곧 눈빛을 차갑게 빛내며 소운이
왼손에 들고 있는 봉문기를 보았다.

‘저것만 부러뜨리면 천마는 개망신을 당하고 우리 청성파

는 크게 명성을 떨칠 수 있지.'

사실 천마를 죽이는 게 쉽지 않다는 것을 그도 알고 있다. 인해전술로 밀어붙인다고 해도 일단 천마가 발을 빼려고 마음을 먹는다면 따라잡을 자신이 없었다.

그러니 일단 봉문기를 부러뜨리고, 버릇없는 천마의 제자란 놈을 능지처참하는 게 먼저다.

그 뒤에 합공으로 천마를 청성산에서 쫓아내기만 하면! 청성은 앞으로 백 년간 중원무림에서 큰소리를 칠 수 있게 된다.

"차압!"

허산은 생각이 정리되자 즉시 몸을 날렸다. 그러면서 좌우에 살짝 손짓을 했다.

순간 청성파의 장로 다섯 명이 천마를 향해 튀어나갔다. 장문인이 천마의 제자로부터 봉문기를 빼앗아 부러뜨리는 동안 천마를 막으면 된다. 그것이 그들의 생각이었다.

"피를 보자는 것이군!"

소운은 크게 외치며 검을 아래로 내려 땅을 그었다. 파파팍, 하는 소리와 함께 땅거죽이 뒤집히며 허산에게 흙먼지를 뒤집어 씌웠다.

"어림없다!"

허산은 쌍장을 동시에 앞으로 뻗어 흙을 쳐냈다. 동시에 허공으로 몸을 날려 원앙각의 수법으로 소운의 머리를 찼다.

소운은 '왔다!' 하고 속으로 외치며 즉시 한 걸음 앞으로 나아가 허산의 발목에 검을 대었다. 허공에 떠서 상대를 공격하는 것은 극히 위험한 짓인데, 허산은 소운의 나이를 보고 얕잡아 본 것이다.

소운의 가장 큰 무기 중 하나가 바로 나이인데, 보통 고수들은 소운을 보면 절대 자신보다 위라고 생각하지 않는다. 그래서 처음 일 초를 교환할 때 결정적인 실수를 한다.

파곽.

피가 튀었다. 허산은 급히 발을 거두어 피했지만 종아리에 긴 검상이 생기는 것은 어쩔 수 없었다.

"이것도 받아 보시오!"

소운은 다시 한 걸음 나아가 허산의 아래쪽에 삼검을 찔렀다. 허산이 허공에서 땅으로 내려오지 못하게 하려는 의도였다.

"이익!"

허산은 급히 몸을 뒤집어 쌍권을 날렸다.

금포상암권(錦袍傷岩拳).

소매로 공격을 하면서 그 안에 철권을 숨기는 청성파의 절초다. 소운은 검으로 소매를 잘랐지만 그 안에서 튀어나온 권경을 완전히 소화하지는 못했다. 그러자 소운은 왼손에 든 깃대로 상대의 권을 막았다.

퍼펑하는 소리와 함께 소운은 뒤로 두 걸음 물러났다. 처음

서 있던 자리였다.

그사이 허산은 겨우 땅에 내려섰다.

종아리에서는 피가 흐르고, 도복의 두 소매는 잘려 팔뚝까지 맨살이 드러난 상태였다.

소운은 감탄한 목소리로 말했다.

"과연 장문인이시군. 일단 허공으로 뜬 이상 살아서 땅을 밟지 못하게 하려 했는데, 오히려 본인을 밀어내다니."

그리고는 다시 검을 들어 자세를 취하며 덧붙였다.

"하지만 그 정도로 봉문기를 빼앗기에는 역부족이오."

"이, 이노옴!"

허산의 두 눈썹이 역팔자로 휘었다.

그때였다. 혈장천마가 왼손을 들어 크게 좌우로 휘저었다.

콰콰콰쾅!

그의 장으로부터 묵강이 일어나 사방으로 파도치듯 퍼졌다. 그 바람에 협공을 하려던 다섯 장로들은 기겁해서 몸을 피했다.

"사부님!"

소운은 혈장천마가 손을 쓰자 급히 한쪽 무릎을 꿇었다. 그러자 혈장천마는 다시 손을 머리위로 들어 다섯 장로들 중 한 명에게 내려쳤다.

쾅!

"크아아아악!"

혈장천마의 일장을 정통으로 맞은 장로는 피떡이 되어 죽었다. 그 광경에 모든 사람의 몸이 굳었다.

장로가, 절정고수인 장로가 단 이 장에 죽다니?

그때 혈장천마가 다시 뒷짐을 지며 담담한 목소리로 말했다.

"중원의 무공이 이렇게 약하다니. 십 년 전에 비해 오히려 퇴화됐군."

"으음."

허산은 뭐라고 대답을 하지 못했다.

남은 네 명의 장로들은 더욱 입을 열지 못했다. 방금 강기의 파도를 직접 겪은 그들은 자신들이 합공을 해도 천마를 어떻게 할 수 없다는 것을 깨달았다. 그들은 주춤주춤 뒤로 물러나며 장문인의 눈치만 보았다.

혈장천마는 그들을 스윽 하고 한번 둘러보았다. 소리없이 사람을 주눅 들게 하는 그런 눈빛이었다. 그리고는 아직도 무릎을 꿇고 있는 소운을 보며 말했다.

"네가 저놈과 싸워라."

혈장천마가 가리킨 자는 바로 장문인인 백무능통 허산이었다.

"명을 받들겠습니다."

소운은 자리에서 일어나 천마의 앞에 봉문기를 꽂고는 앞으로 걸어 나갔다.

"사부님께서 장문인과 본인이 싸울 것을 명하셨소. 어서 나와서 나의 검을 받으시오."

"으음, 네놈이……."

"이것은 일 대 일 비무이니 비무 규칙에 따르겠소. 본인이 패하면 우리 천마신교는 약속대로 행하겠소."

"뭐라고? 그게 정말이냐?"

"원래 봉문기를 막는 방법은 두 가지. 무력을 동원하여 봉문기를 꺾거나, 천마께서 지목하신 상대와 비무하여 이기는 것뿐. 지금 사부께서 후자를 지목하셨으니 당연히 장문인이 이기면 우리는 물러날 것이오."

천마가 아니라 천마의 제자를 꺾는 일이다. 단지 그것만으로 천마를 중원에서 물러나게 할 수 있다니, 이거야말로 큰 기회가 아닌가?

계산을 마친 허산의 입에서는 저절로 웃음이 튀어나왔다.

"크크크. 천마, 그대는 자만이 지나치군. 아무리 그래도 아직 삼십도 안 된 제자를 나와 싸우게 하다니."

허산은 여전히 소운을 상대하지 않고 천마에게 말을 했다. 그러자 소운은 피식 하고 웃으며 말했다.

"다행히 종아리에 흐르는 피가 멎었구려. 그런데 도복은 갈아입는 게 어떻겠소? 보아하니 도복도 무기인 듯하던 데……."

"네놈의 검이 영활하다는 것은 인정하지. 하지만 네놈이 그렇게까지 오만방자할 정도는 아니다.”

“그럴지도.”

소운은 허산의 도발이 별것 아니라는 듯 순순히 인정하고는 검을 머리 위로 들어올렸다. 그러자 우우웅하는 소리와 함께 붉은 화기가 주변으로 퍼졌다.

“아, 저 검은!”

누군가가 소운의 검을 알아보고 감탄성을 발했다. 그때서야 허산도 약간 놀란 표정을 지으며 말했다.

“화조무령검이라, 과연 천마가 네놈을 편애하는 모양이구나.”

허산은 천천히 검을 뽑았다. 청성파 역시 뛰어난 검법을 장기로 삼는 문파. 강호삼대신병 중 하나를 보니 호승심이 끓어오르는 모양이었다.

소운은 천천히 고개를 한 번 끄덕였다. 그리고는 발은 조금도 움직이지 않은 채 몸을 기울였다.

“가겠소.”

화르르륵.

날카로운 검기가 앞으로 뻗어나가며 화조무령검의 화기가 불길로 변해 같이 뿜어졌다.

“심극검!”

소운이 외쳤다.

검이 묘하게 움직이며 불꽃을 갈랐다. 그러나 갈라진 불꽃은 마치 살아 있는 것처럼 허산의 다리와 팔을 노렸다.

"잔재주를! 청성사해!"

파파파팡!

검이 바람을 찢고 불꽃도 찢었다. 마치 소운이 불을 뿜고 허산이 그걸 검으로 막아내는 것처럼 보였다. 하지만 소운의 검은 계속해서 움직이며 허산의 빈틈을 노렸다.

때로는 검이 내력에 의해 전혀 예상치 못한 방향으로 휘기도 했다. 그리고 불꽃은 그런 검날의 변화를 가렸다.

허산은 불꽃을 상대하다가는 검을 놓치고, 반대로 검을 쫓으면 불꽃의 핍박을 받게 되었다.

"심려진."

소운은 다시 왼손으로 검봉을 받쳐 들고 검을 도끼를 패듯 위아래로 휘저었다. 그러자 허공 중에 날카로운 반월형의 검기가 형성되어 허산을 향해 날았다.

"이, 이놈!"

허산은 크게 노호성을 지르며 내력을 모아 검을 앞으로 쑥 내밀었다.

청영부산(淸影不散).

붕검의 힘을 실은 검은 소운의 검기를 산산이 부수며 앞으로 나아갔다. 동시에 검에서 흘러나오는 진력이 주변의 불꽃을 튕겨냈다.

"이것이 바로 마교의 사악한 요검을 파괴하는 진경이라는 것이다."

"과연 그럴까?"

소운은 아래로 찍어 내린 검을 휙 하고 돌려 역수로 잡았다. 그리고는 몸을 비틀어 허산의 검을 피하면서 역수검으로 검을 베려했다.

그러자 허산은 인상을 찡그리며 청영부산의 초식을 거두었다. 그가 쓰는 검도 보검에 속하는 검이긴 하지만 화조무령검에 정통으로 부딪치면 부러지거나 상할 것이 틀림없다.

'이 애송이는 검의 날카로움만으로 나를 상대할 수 있을 거라 믿는 건가?'

허산은 검은 거두되 몸은 오히려 앞으로 나아갔다. 그리고는 왼손으로 응조수의 모양을 취한 채 소운의 심장이 있는 곳을 내려쳤다.

"우검좌장?"

소운은 그걸 보고 과거의 자신을 떠올렸다.

서로의 몸이 너무 가까이 붙어 있어 검으로 상대를 공격하기가 쉽지 않다. 허산의 응조수는 이런 때에 크게 효험을 볼 수 있는 적절한 출수라 할 수 있었다.

하지만 소운은 전혀 놀라지 않았다. 이런 상황에서도 검기를 쓸 수 있어야 진정한 검사라 할 수 있다.

"차핫!"

소운은 역수로 쥔 검의 자루로 허산의 가슴을 공격했다. 그러자 놀랍게도 검의 자루에서 날카로운 검기가 뻗어나갔다.

"어헛!"

파싯, 퍽!

소운의 검기가 허산의 옆구리를 찢었다. 동시에 허산의 응조수가 소운의 가슴을 정통으로 때렸다.

소운은 비틀거리며 뒤로 세 걸음 물러났다. 허산 역시 뒤로 물러나 손으로 옆구리에 흐르는 피를 막았다.

"대단한 응조수군."

소운이 한 손으로 가슴을 움켜잡은 채 중얼거리자 허산은 끝났다는 투로 말했다.

"아직 떠들 힘이 남아 있다니 놀랍구나. 하지만 그 응조수에는 최심장의 힘이 담겨 있으니 네놈은 곧 심장이 파괴되어 죽을 것이다."

"오, 이제 보니 방금 그게 청성파가 자랑하는 최심응조수였군."

소운은 과연 이라는 표정을 지으며 짐짓 감탄스럽다는 듯이 말했다. 그의 여유로운 표정에 허산의 안색이 굳었다.

'저놈이 벌써 피를 토하고 죽어야 정상인데……'

허산의 마음속에 의혹이 가득 찼다.

그때 소운이 허산의 응조수에 맞아 찢어진 장포를 벗었다. 그러자 안에서 붉은 빛이 감도는 비단 옷이 나타났다.

"그것은 마교의 보물인 천잠마혈의!"

"안목이 뛰어나시군. 이거 아니었으면 상당한 부상을 당했겠지만, 아무래도 장문인의 장력이 천잠을 무시할 정도는 못되는 것 같소."

소운은 그렇게 말하며 품속에서 한 알의 검은 단약을 꺼내 삼켰다. 아무래도 내상을 치료하는 내상약 같았다.

"홋, 과연 믿는 게 있었군. 손에는 화조무령검을 들고 몸에는 천잠마혈의를 껴 입었으니 스스로 무적이 된 듯한 기분이 들겠지. 하지만 곧 알게 될 거다. 무공에서 중요한 것은 그런 신외지물이 아니라 진신의 공부뿐이라는 것을!"

허산은 차갑게 외쳤다. 그는 지난 몇 초의 겨룸으로 소운의 실력에 대해 어느 정도 감을 잡은 상태였다.

소운의 검법은 확실히 매서워 초식으로는 그보다 못하지 않았다. 그리고 검법 자체도 마교가 자랑하는 최강의 검법인 심극검이니 앞으로 얼마나 많은 절초가 튀어나올지 예측하기 어렵다.

이게 은근히 무서운 게 화조무령검의 힘이 워낙 강하기 때문에 허산이 조금이라도 실수를 하면 그대로 죽게 될 것이다.

기를 모아 몸을 보호하고 근육의 힘으로 검날을 튕긴다던가 하는 일은 꿈도 꾸지 말아야 한다.

'하지만 내공은 내 상대가 될 수 없지. 역시 나이가 나이니만큼.'

거기까지 생각한 허산은 하룻강아지와 같은 소운의 태도

를 비웃었다.

물론 나이에 비하면 훌륭하다 못해 발군이라 할 만하다. 강호구룡 중에서도 수위에 속하는 내공일 것이다. 하지만 그걸로 청성파의 장문인인 자신에게 대들다니?

'천마, 제자 사랑에 눈이 멀었군.'

허산은 그렇게 결론을 내리며 그 역시 몸에 지니고 있던 내상약을 꺼내 입에 넣었다.

옆구리에서 흐르는 피는 내력을 이용해 멈추게 했지만 검기가 스치면서 울린 내장의 충격은 무시할 수 없는 수준이었다. 이럴 땐 주저 말고 약으로 치유하는 게 좋다. 안 그러면 앞으로 한동안 고생할 수 있다.

꿀꺽.

목구멍을 타고 넘어간 내상약이 스르르 녹아들더니 곧 답답한 가슴 속에 화아하고 시원한 기운이 퍼졌다. 동시에 옆구리와 종아리에 입은 검상에서 느껴지던 고통이 상당히 줄어들었다.

'역시 활선문의 내상약은 효과가 좋군.'

허산은 전신에 힘이 부쩍 나는 듯한 기분이 들었다. 잠시 활선문을 삼킬 수 있었다는 아쉬움이 떠올랐지만 곧 잡생각을 떨쳐 버렸다. 이미 지나버린 기회에 미련을 가질 필요는 없다.

그보다 지금 저놈을 이긴다면 청성의 명성은 하늘 끝까지

뻗칠 것이다.

"이제 네놈의 버릇을 고쳐 주겠다."

허산의 검에서 검기가 일어나 줄기줄기 뻗어 올랐다. 그리고는 곧 검끝에 얇은 실과도 같은 기운이 일어나 뭉쳤다.

"오오, 검사! 장문인께서 진심으로 무공을 발휘하시는군."

주변에서 청성의 무인들이 감탄하는 소리가 들렸다. 그들의 시선을 느낀 허산의 검사는 일 촌쯤 더 길게 뻗어나갔다.

소운은 조용히 그 광경을 지켜보고 있었다. 승부에 임한 냉정한 승부사의 얼굴이었다.

하지만 허산이 활선문의 특급 내상약을 삼키는 순간 소운은 속으로 크게 웃었다.

'크후후후. 됐다!'

지금까지 허산이 내상약을 먹으라고 속으로 얼마나 외쳤던가? 일부러 내공을 숨긴 채, 살살 약을 올리면서 양패구상의 형태로 상대에게 검상과 내상을 입혔다.

그리고 자신이 보란 듯이 내상약을 먹으니 그 사이에 청성파의 장문인인 허산은 공격을 하지 못했다. 어쨌거나 지금의 승부는 일 대 일 비무의 성격을 띠고 있으니 신분상 약을 먹고 있는 상대를 기습할 수는 없었으리라.

그러나 소운이 내상약을 먹는 것을 보고만 있으면 왠지 손해 보는 느낌이 드는 것은 인지상정. 멀쩡한 몸도 아니니 틀림없이 같이 내상약을 먹으리라 소운은 생각했다.

과연 허산은 내상약을 먹었다. 그것도 청성파 고유의 것이 아닌 활선문이 건넨 최고급 내상약을!

'네놈의 운명은 결정되었다!'

소운은 속으로 그렇게 외치며 검을 앞으로 세운 채 조심스럽게 한 걸음씩 앞으로 나아갔다. 겉으로 보기엔 명예를 걸고 건곤일척의 승부를 내겠다는 의지를 팍팍 풍기고 있었다.

이에 허산 역시 검을 땅에 내린 채 한 걸음씩 소운에게 다가갔다. 그의 검은 소운을 살려둘 생각이 없는 듯 살기가 검사와 함께 일어나 땅을 긁었다.

긴장된 순간, 한 문파의 명예가 결판나려는 바로 그런 순간이었다. 공기는 더욱 무거워져 이제는 모두 입을 다물고 손에 땀을 쥐었다.

하지만 청성파의 장로들을 비롯해 모든 사람들은 허산의 승리를 믿어 의심치 않았다. 그리고 앞으로 다가올 청성의 영광에 흥분했다.

"타핫!"

소운은 크게 기합을 지르며 앞으로 쏘아져 나갔다. 동시에 허산도 움직였다.

"심동붕천(心動崩天)!"

순간 소운의 검으로부터 불길이 확하고 퍼져 새와 같은 형상을 만들었다. 동시에 산과도 같은 경력이 검끝으로부터 뻗어 나와 허산의 심장을 향했다.

"붕검!"

장로 중 한 명이 외쳤다. 쾌와 변을 주로 하는 검법에서 드물게 보는 중검의 일종이 지금 소운의 손에서 펼쳐지고 있었다.

그러나 허산은 전혀 당황하지 않았다. 피하지도 않았다. 그는 몸을 크게 돌리며 아래로 내렸던 검을 휙 하고 하늘로 치켜들었다. 그리고는 하늘에서 매가 먹이를 노리듯 검을 내려찍었다.

"청뢰파류(靑雷破柳)!"

중검에 중검으로 대응했다. 이것은 그야말로 둘 중 하나가 죽자는 뜻! 그리고 이런 경우 내공이 강한 자가 절대적으로 유리하다.

허산은 자신의 검이 부러지거나 잘려지는 것을 각오했다. 검이 화조무령검에 의해 파괴되더라도 뇌력이 상대의 팔과 심장으로 침투할 것이다. 동시에 검끝의 검사가 화염과 가슴을 두 쪽으로 가를 것이다!

쾅!

검과 검이 허공에서 부딪쳤는데 쇳소리가 안 나고 폭발음이 울려 퍼졌다.

동시에 소운은 뒤로 튕겨나 바닥에 쓰러졌다. 그 모습을 본 청성파 사람들은 환호성을 질렀다.

그러나 소운은 쓰러지자마자 몸을 땅에 한 바퀴 굴리고는 벌떡 일어났다.

"아직 멀었다! 이것도 받아 봐라!"

전혀 전의가 상실되지 않은 목소리. 오히려 이제 좀 제대로 싸워 보자는 의지가 역력히 드러나고 있었다. 그야말로 무인의 귀감이 될 만한 투지였다.

그러나 다음 순간 소운은 검을 내리며 황당한 표정을 지었다.

허산은 뒤로 세 걸음을 물러났다. 그런데 그 뒤에 다리에서 힘이 빠졌는지 그대로 땅바닥에 주저앉아 버렸다.

문제는 그때 철푸덕 하는 소리가 그의 엉덩이에서 났다는 점이다. 동시에 사방으로 묘한 냄새가 퍼졌다.

그것은 사람이면 누구나 알 수 있는 익숙한 냄새였다.

소운은 믿을 수 없다는 표정으로 중얼거렸다.

"설마…… 대변을?"

"크으으으!"

허산은 자신의 처지가 믿을 수 없다는 듯 말도 못하고 신음소리만 내었다. 정신적 공황에 이성을 차릴 수 없는 모양이었다.

소운은 뒤로 세 걸음 물러나더니 화조무령검을 땅에 꽂았다. 그리고는 거의 울 것 같은 표정으로 하늘을 보며 중얼거렸다.

"중원에는 강자가 많으니 약하면 살아남을 수 없다고 사부
께서 말씀하셨다. 강해지기만 하면 목숨을 걸고 싸울 상대는
얼마든지 있다는 말에 한시도 검의 수련을 멈추지 않았지. 다
행히 사부님께 인정을 받아 명예를 걸고 비무행을 하게 되었
다. 그런데, 그런데!"

소운은 휙 하고 고개를 돌리며 아직도 땅에 쓰러져 망연자
실해 있는 허산에게 검을 겨누었다.

"내 첫 비무상대가 저런 똥싸개란 말인가!"

"크으윽!"

주변의 모든 사람들이 신음 소리를 내며 고개를 돌렸다.

마교의 무리가 자파의 장문인에게 똥싸개라고 쌍욕을 하
는 데도 뭐라고 반발을 하는 자가 없었다. 그들 역시 이 사태
에 당황하고 있었다. 부끄러움에 얼굴을 들지 못할 정도였다.

차라리 죽었으면 말이 된다. 원래 사람은 죽을 때 대소변을
흘리게 되어 있으니까. 그러나 멀쩡하게 비무를 하다가 충격
을 받고 대변을 본다는 것은 전대미문이다. 상상해 본 적도
없다.

그때 소운이 갑자기 혈장천마를 향해 한쪽 무릎을 꿇고 말
했다.

"사부님, 사부님의 명에 절대적으로 따라야 하는 것은 압
니다. 그러나 제가 저런 자와 싸워야겠습니까?"

그 말을 들은 혈장천마는 손을 들어 봉문기를 향해 뻗었다.

그러자 바람도 불지 않는데 봉문기가 파악 하고 당겨지더니 곧 깃대로부터 찢어져 혈장천마의 손으로 들어갔다.

혈장천마는 그 깃발을 자신의 손으로 부욱 하고 찢었다.

"가자. 본좌는 앞으로 청성파를 중원의 백대문파로 인정하지 않겠다. 이놈들은 봉문시킬 가치도 없다!"

단호한 선언. 그 말을 끝으로 혈장천마는 산 아래쪽을 향해 몸을 돌렸다.

소운은 희색이 만연한 얼굴로 일어나 얼른 깃대를 뽑아 들고는 혈장천마의 뒤를 쫓았다.

"아, 안 된다. 막아라! 이대로 저놈들을 보내면 우리 청성파는 끝이다!"

장로 중 한 명이 급히 외쳤다. 그는 이번 사건이 세상 사람들에게 알려지면 어떤 결과가 날지 예측할 수 있었다.

이런 치명적인 불명예를 만회하려면 천마를 상대로 싸워야 한다!

그래서 천마를 죽일 수 있으면 좋고, 죽이지 못한다고 해도 청성파의 무인들이 대량으로 천마에게 학살을 당한다면 그 또한 명예를 지킬 수 있다.

장문인의 추태를 문도들의 피로 씻어 얼버무릴 수 있을 것이다.

옆에 있던 다른 장로들도 퍼뜩 정신이 들어 같이 외쳤다.

"저 제자 놈이라도 죽여야 한다! 모두 목숨을 아끼지 마라!"

그들의 외침에 소운이 얼굴을 굳혔다. 그는 즉시 전음입밀로 혈장천마에게 명령을 내렸다.

그러자 혈장천마가 갑자기 하늘로 치솟아 오르며 길게 장소성을 터뜨렸다.

우우우우우우.

"아아악!"

혈장천마의 내력이 실린 천마소에는 일반 문도들이 감당하기 어려운 힘이 있었다. 천마소가 그들의 귓속을 울리자 그들 대부분은 극심한 어지러움에 몸을 가누지 못하고 바닥에 쓰러졌다. 한번 쓰러진 자들은 구토를 하며 다시 일어나지 못했다.

"으으으!"

장로들은 그래도 내공이 강해 천마소의 위력을 버텨낼 수 있었다. 그러나 하늘로 뛰어오른 천마는 단숨에 십여 장을 날아 그들의 머리 위로 떨어져 내렸다.

혈장천마의 몸에서 검은 기운이 퍼져 나왔다. 묵혈신마공의 호신강기가 그의 전신을 감싸니 전신이 그대로 무기가 된 셈이다.

퍼퍼펑!

"끄아아악!"

장로들은 혈장천마의 묵혈신마강기에 깔려 산산조각이 나버렸다. 가까스로 몸을 피한 자들은 두 손에서 뻗어나간 검은 장강으로 끝을 냈다. 장을 몇 번 휘두르지도 않았는데, 장로 네 명이 모두 죽었다.

"으으으으!"

바닥에 쓰러진 자들은 이 처참한 광경에 질려 입을 다물지도 열지도 못했다. 그들의 눈에는 공포와 절망의 감정만이 남았다.

아직도 묵강으로 뒤덮인 혈장천마의 모습은 검은 마신과도 같았다.

저벅, 저벅.

천마는 규칙적인 걸음걸이로 소운이 있는 쪽으로 돌아갔다. 그리고는 소운의 옆을 지나치자 몸을 날려 산 아래로 내려가기 시작했다.

우우우우우.

승리의 포효일까? 아니면 추적하려던 무인들을 천마소로 막는 것일까? 어느 쪽이든 청성파는 이미 천마와 소운을 쫓을 기력이 남아 있지 않았다.

천마가 청성파에 나타났다!

이 놀라운 소식은 곧 중원무림 곳곳으로 퍼져 갔다. 신기하게도 그날 일어났던 일들이 아주 상세하게 퍼졌다.

"장로들이 혈장천마의 공격을 일 초도 제대로 막지 못하고 죽었다는 거야."

"그런데 정말 청성파 장문인이 천마의 제자에게 패했데?"

"그래. 더군다나 그 청염마조라는 자는 약관을 겨우 지난 나이였던 모양이야."

"뿐만 아니라……."

말을 하던 이는 주위를 둘러보며 갑자기 음성을 줄였다. 덕분에 멀리 떨어진 이들은 그의 뒷말을 들을 수가 없었다. 하지만, 듣지 않아도 다른 이들의 반응으로 그가 무슨 말을 했는지 충분히 알 수 있었다.

"뭐? 싸우다가 쌌다고? 그것도 큰 걸?"

"어떻게 그럴 수가 있지? 보통 겁에 질리면 작은 걸 싸지 않나?"

"설마 겁에 질려서 쌌겠어? 그런데 어떻게 하면 큰 걸 쌀 수 있지?"

주점에서 이들의 대화에 귀를 기울였던 이들은 이 황당한 일을 이야기하기 위해 슬금슬금 자리를 떴다. 청성파에서 일어난 일을 떠들어 대던 이들도 어느새 자리를 비우고 없었다.

중원 곳곳에서 비슷한 일이 일어났고, 발 없는 말은 날개라도 단 듯 순식간에 사방으로 퍼져 나갔다.

사람들은 주로 세 가지에 대해 얘기했다.

첫 번째는 천마의 강함. 혈장천마는 거의 단신으로 청성파를 유린했다고 한다.

두 번째는 천마의 제자. 청염마조 서정이라는 자는 약관이 겨우 넘은 나이에 청성파 장문인과 비무해서 승리를 했으니 놀랄만한 성취라 할 수 있었다.

세 번째는 바로 청성파 장문인의 추태. 백무능통 허산은 비무해서 패한 충격에 자신도 모르게 배설을 하고야 말았다. 그는 꼴사납게도 그 상태로 땅바닥에 엉덩방아를 찧었다고 한다.

그걸 본 혈장천마가 청성파를 인정하지 않겠다고 선언했다. 이것은 봉문을 당한 것보다 더한 치욕이라 할 수 있었다.

그 날 이후 허산은 반쯤 미쳐서 완전히 폐인이 되었다고 한다. 장로 다섯이 모두 죽고 장문인도 폐인이 되었으니 당분간 청성파는 무림에 나올 수조차 없게 된 셈이다.

어쨌든 이런 소문들 중 어느 하나도 강호를 뒤흔들기에 모자람이 없었다.

결국 사람들의 의견은 크게 두 가지로 귀결되었다.

그것은 바로 천마가 강하다는 것과 청성파가 약하다는 결론이었다.

또한 천마가 감숙성에서 은밀하게 나와 제자와 단 둘이 강호를 종횡한다는 것!

이 점 때문에 무림맹에 비상이 걸렸다.

　무림맹은 즉시 사천 일대에 사람을 파견하여 혈장천마와 청염마조를 추적하기 시작했다. 그러나 둘의 행적은 어디에서도 찾을 수 없었다.

상인지도(商人之道)

상인에겐 상인의 사정이 있다

南斗延壽保命時老君告天師曰

大八會之真文三洞三清之上

彙道元始天尊昔經歷于億萬劫天地始終

太上說南斗延壽保命

安真經太上說南斗

此經乃九天八

熙衰而人倫五運遷變萬彙道

상인지도(商人之道)

상인에겐 상인의 사정이 있다.
무인은 무에 목숨을 걸듯 그들은 돈에 목숨을 건다

무림맹에서는 다시 회의가 열렸다.

매설비천 초산은 회의 내내 심각한 얼굴을 풀지 않았다.

"천마의 행적을 찾아내야만 하오. 그자만 제거하면 모든 사태는 해결이 될 것이오!"

누군가가 일어나서 말했다. 그러나 이런 의견은 아무런 도움이 되지 못했다. 초산은 억지로 온화한 표정을 지으며 이 한심한 질문의 임자에게 되물었다.

"어떤 방법으로 찾아서, 어떻게 제거해야 할까요?"

처음 말을 한 자는 이 물음에 살짝 얼굴을 붉히며 입을 다물고 조용히 앉았다. 자신을 향해 한심하다는 표정을 짓는 몇 명의 표정을 본 탓이다.

잠시 침묵이 있은 후 무당의 장로 절검자가 입을 열었다.

"개방의 힘이 있으면 찾을 수 있지 않겠소? 그리고 일단 행적만 드러나면 즉시 천라지망을 치고 끝까지 추격하여 추살하면 되오."

"절검자께서는 아직 상황을 이해하지 못하시는군요."

초산은 탄식을 하며 발언자인 무당파 장로 절검자에게 말했다.

"천마는 단 한 명의 제자를 동반한 채 청성파를 봉문시켰습니다. 그리고 지금 그들이 어디를 향하고 있는지는 아무도 모르고 있지요. 만약 천마가 무당파를 방문한다면, 무당파는 천마를 막아낼 수 있겠습니까?"

"우리 무당파를 뭘로 보는 거요! 천마가 무당파에 모습을 드러낸다면 그 날이 바로 그자의 제삿날이 될 것이오."

절검자는 지지 않겠다는 듯 강한 어조로 답변했다.

사실 초산의 출신문파인 화산파는 근일 명성과 실력이 욱일승천하여 이제는 무당파와 우열을 견주기 어려울 정도로 성장했다. 말하자면 경쟁자인 셈이다.

하지만 지금 무당파는 검성이 버티고 있어서 천하제일검파의 명예를 잃지 않고 있지만, 검성 이후에 인재가 없는 것 또한 사실이다.

이러한 절검자의 반응에 초산은 자신이 좀 무심하게 말했음을 깨닫고 속으로 반성했다. 자신은 사심없이 한 말이지만 문파에 대한 자존심을 건드린 셈이 되었다.

초산은 절검자의 호언장담에 대하여 마치 수긍하듯 고개를 끄덕이면서 무당 최고의 무력을 거론했다.

"검성께서 그렇게 말씀하셨는지요?"

"흥. 그걸 사숙조께 물을 필요까지 있겠소? 본인은 천마가 아무리 강해도 우리 무당파의 대태극검진을 감당할 수 있다고는 생각지 않소."

"오, 대태극검진!"

사람들은 절검자의 말을 듣고 저마다 감탄성을 발했다. 무당파가 자랑하는 대태극검진은 칠십이 명의 무당검사가 펼치는 대검진으로 소림의 백팔대나한진과 더불어 최강의 진법으로 알려져 있다.

사실 무당파가 소림과 어깨를 나란히 할 수 있는 이유 중 하나가 바로 검진 때문인데, 이처럼 백여 명에 가까운 사람이 펼치는 진법은 구파일방과 오대세가를 다 합쳐도 소림과 무당밖에는 없다.

물론 단순히 사람만 많다고 되는 것은 아니다. 그들의 힘을 효과적으로 모아 절대강자 한 명에게 집중시킬 수 있는가 하는 점이 중요하다.

개방이나 오대세가 중 남궁세가에도 대규모 진법은 존재하지만 그것은 한 명을 상대하기 위한 것이 아니라 다수로 다수를 상대하는 군진의 성격이 강하다.

결국 무당파는 당대에 인재가 없어도 검진으로 능히 절대 강자를 제압할 수 있는 셈이다. 그래서 지금까지 무당파에 와서 소란을 피운 자들 중 단 한 명도 무사한 자가 없었다.

소림과 무당 말고 이런 진법을 보유한 세력은 바로 천마신교이다.

중원에서 절대강자가 나왔을 때 함부로 천마신교를 공격하지 못하는 이유 중 하나가 바로 마교의 아수라멸겁대진 때문이라고 한다.

화산파에도 과거 자파가 자랑하는 매화검진을 연구, 발전시켜서 대규모 진을 개발하려는 생각을 한 자가 있었다. 아니, 지금도 연구가 계속되고 있기는 하다.

그러나 원래 다섯 명이 펼치는 매화검진을 다시 다섯 조로 묶고, 또 그걸 한 단위로 해서 다섯 부대로 묶어 검진을 형성하는 것은 거의 불가능에 가깝다는 평이 조심스럽게 나온 상태이다.

이처럼 대규모 진을 만드는 것은 최강의 무공을 창조해 내는 것보다 어려우면 어려웠지 결코 쉽지는 않다.

하수들이 힘을 모아 절대고수를 제압하는 것이기 때문에 단 한 치의 오차도 허용되지 않는다.

초산 역시 절검자가 대태극검진을 들고 나오자 감히 반박을 하지 못했다. 만약 그가 대태극검진으로 천마를 막기 힘들다고 말하면 그것은 바로 소림의 백팔대나한진으로도 천마를 막지 못한다고 말하는 것과 같기 때문이다.

초산은 절검자를 바라보면서 조심스럽게 말했다.

"하지만 본인이 알기로 대태극검진의 검수들은 무당산에서 내려오지 않는다고 알고 있습니다. 그렇다면 역시 천마는 소림과 무당 이외의 어떤 곳도 방문할 수 있다는 뜻이 됩니다."

초산은 잠시 입을 다물고 망설이는 듯한 표정을 짓다가 다시 말했다.

"우리 화산파 역시 천마가 방문했을 때, 꼭 그자를 제압할 수 있다고는 장담할 수 없습니다. 혹시 이길 수 있을지는 몰라도, 피해가 막심할 겁니다. 특히 지금처럼 무림맹에 문의 정예고수들 중 상당수가 와 있는 상황에서는 더욱 그럴 겁니다."

"아!"

초산이 자파인 화산파를 예를 들어 말하자 모든 사람들은 입만 벌린 채 뭐라고 답변을 하지 못했다.

이것은 정말 파격적인 발언이었다. 초산은 지금 정파인 대부분이 가진 자파에 대한 자부심을 버린 것이다.

화산파의 대표가 그렇게 나오자 사람들의 마음속에 자리 잡고 있던 헛된 자긍심이 일순 사라져 버렸다. 그리고 그들은 이미 당한 청성파와 자파의 힘에 대해 냉정하게 생각했다.

과연 우리 문파는 청성파보다 강한가? 화산파도 자신없다는 천마를 상대할 수 있을까?

그들은 곧 초산을 다시 보았다. 굳어 있던 머리가 트이자 초산이 지금 어떤 각오로 단상에 서서 말을 하고 있는가를 어렴풋이 깨달을 수 있었다. 그들의 눈에 묘한 감동의 빛이 떠올랐다.

무당파에 검성이 있고, 대태극검진이 있어 스스로를 지킬 수 있다고는 해도 먼저 천마를 치지는 못한다. 하지만 초산은 진심으로 천마와 마교를 치고 싶어 하고 있다!

그때 제갈세가의 가주인 제갈부가 일어나 말했다.

"초 장로, 의견이 있으면 말씀하시오. 다소 무리한 부분이 있다 해도 우리 제갈세가는 감수하겠소이다."

그러자 대세를 읽고 편승하는데는 중원제일이라는 남궁세가의 대표로 참석한 반영파검 남궁진청이 벌떡 일어나 말했다.

"우리 남궁세가 역시 세가의 운명을 걸고 초 장로의 계획에 동참하겠소!"

남궁진청의 목소리에는 진심이 담겨 있었다. 만약 일이 벌어지면 남궁진청 자신이라도 목숨을 걸겠다는 의지가 역력히 드러났다.

이 말이 주는 파문은 컸다.

남궁세가는 어떤 경우에도 세가의 운명을 걸지 않는다. 이 자리에서 그것을 모르는 사람은 없었다.

실제로 남궁세가에서는 언제나 세가의 안전과 이익을 최우선으로 행동하기 때문에 상당히 얍삽한 인상을 풍기는 경우가 많다.

반면 남궁세가의 무인들 개개인은 신의를 무엇보다 중요시하고 대의를 위해 목숨을 초개처럼 버린다. 조직은 움직이지 않지만 사람은 얼마든지 움직이는 것이다.

그렇기 때문에 남궁세가는 오대세가 중 최고라고 평가받고 있다.

남궁진청의 금석처럼 무거운 맹세에 사람들의 가슴이 뛰었다. 저마다 차례대로 일어나 초산에게 계획이 있으면 말하라고 권했다.

이들 대부분 역시 자신의 말의 무게를 아는 자들. 일단 반쯤 허락한 이상 초산의 계획이 너무나 자파에 손해가 커서 따르기 어려울 경우 스스로의 목숨으로 사죄를 할 각오를 한 자들이었다.

초산은 천천히 고개를 끄덕이고는 말을 꺼냈다.

"천마의 행적을 찾아내는 것은 어렵습니다. 왜냐하면 우리 무림맹에서는 아직까지 청성산에서 천마가 어떻게 자취를 감추고 숨을 수 있었는지 알아내지 못했기 때문입니다. 단지 이것 하나만은 확실합니다. 천마가 중원에 심어놓은 첩자들의 힘이 너무나도 대단하여, 어떤 곳도 안심할 수가 없다는 것입니다."

천마의 중원비밀세력. 그 안에는 초절정고수를 비롯한 수많은 절정고수들이 있다고 알려져 있다. 그것만으로도 구대문파 중 하나 정도는 충분히 상대할 수 있다.

그리고 천마가 단신으로 구대문파나 오대세가 중 하나를 상대할 수 있다는 것을 증명했으니 이미 중원의 운명은 풍전등화처럼 위험한 것일지도 모른다.

"결국 우리가 가장 시급하게 처리할 문제는 바로 천마가 더 이상 중원에서 돌아다니지 못하게 하는 겁니다. 행적을 알아내서 제압할 수 있으면 좋고, 아니면 적어도 감숙으로 돌아가게라도 해야 합니다."

"감숙으로? 그건 오히려 좋은 방법이 아닌 듯하오. 병법에 이르길 적은 가능한 한 분산시켜서 상대해야 한다고 하지 않았소?"

"원칙은 그렇습니다. 그러나 지금 제가 말씀드리는 것은 바로 천마가 감숙으로 돌아갈 상황을 만들어 그곳에서 천마를 상대하자는 뜻입니다."

"아!"

"다시 말해서 감숙의 경계선에 우리가 무력을 집중시켜야 하는 것은 필연적인 일이니, 그곳에 집중적인 경계망을 구축하고 천마를 상대할 준비를 하는 것입니다."

"오, 그건 마치 거미줄을 치고 먹이를 잡는 것과 같구려."

"그렇군. 적의 주력에 대응하는 힘을 모으면서 그 힘으로 다시 적의 수괴를 상대하는 것이니 일석이조라 할 수 있소.”

이해력이 빠른 몇 명이 초산의 의도를 읽어내고 맞장구를
쳤다. 초산은 고개를 끄덕이며 그들이 미처 생각하지 못한 부
분을 언급했다.

“또한 반대로 생각할 수도 있습니다. 우리가 전력 집중을
끝냈을 때 천마가 여전히 중원에서 홀로 돌아다니고 있다면
감숙을 치는 겁니다.”

“오, 그것 좋구려. 사실 천마만 없다면 마교 놈들은 쉽게
쓸어버릴 수 있소.”

사람들은 크게 흥분했다.

감숙성에 또 수백의 마교 무리들이 들어왔다는 소식은 이
미 들었다.

이대로라면 일 년쯤 후에는 수천이나 되는 마교 무리들이
대부분 감숙성에 들어와 자리를 잡을지도 모른다. 그때에는
정말 상대하기가 쉽지 않다.

그러나 지금이라면, 무림맹 직속의 전투부대와 각 대문파
들의 지원무인으로 일정이상의 세를 모으기만 하면 충분히
감숙성에 있는 마교도들을 칠 수 있다.

아무리 그곳에 들어온 자들이 마교의 정예라고 해도 이쪽
도 정예이기는 마찬가지. 일정 이상의 수의 차이가 있으면 승
리는 확실하게 굳어진다. 물론 천마가 없을 때의 말이다.

그때서야 사람들은 초산이 하는 말을 이해했다.

확실히 감숙의 마교 무리들을 상대하기 위해서는 그쪽 경계선에 무림맹의 고수들이 집결해야 한다. 그런데 천마가 그곳을 지나려 한다면, 그리고 무림맹에서 그걸 대비하여 천라지망의 준비를 해놓는다면 충분히 천마를 제압할 수 있을 것이다.

초산은 다시 말을 이었다.

"개방의 협사분들께서는 항상 주의하셔서 천마와 그의 간세들이 중원에서 분탕질을 치나 살피셔야 합니다. 여기서 중요한 것은 분탕질을 치는 것을 막는 게 아니라, 그 후에 그들을 놓치지 않는 것입니다."

독통이 일어나 답했다.

"그 점은 염려하지 않으셔도 됩니다. 다시 마교의 간세들이 모습을 드러내면 이번에는 결코 행적을 놓치지 않을 것이오. 천장지구라는 말처럼 중원이 넓기는 넓지만, 우리 거지가 살지 않는 곳은 없다고 할 수 있소."

초산이 주의를 주지 않아도 이미 개방의 전 장로들이 구파일방과 오대세가 주변에 항시 대기하면서 개방도들을 진두지휘하고 있다.

이런 식으로 몇몇 거점에 인재를 모아 집중 경계를 하기 시작하면 결코 실패가 없다.

그야말로 적이 나타났다가 바람처럼 허공 중에 꺼지는 경우가 있다면 모를까, 귀신이 아닌 사람인 이상 거지를 피할 수는 없는 것이다.

그러는 한편 독통은 속으로 씁쓸하게 웃었다. 만약 천마가 중소문파를 건드리면 그건 어쩔 수 없다. 상황이 상황인 만큼 대문파 위주로 경계망을 치는 것이 옳다.

'설마 그자가 중소문파를 치겠어? 암, 체면이 있지.'

독통은 천마의 과거 행적으로 분석한 성격으로 볼 때 그건 있을 수 없다고 판단했다.

그러나 그가 전혀 짐작도 하지 못하는 게 하나 있었다. 바로 천마가 자신의 의지로 움직이지 않는다는 점이다. 그를 움직이는 것은 바로 전형적인 실리주의자인 소운이다.

초산 역시 사람들을 자신의 의도대로 움직일 수 있게 되자 속으로 안도의 한숨을 내쉬었다.

지금까지 무림맹에서 일을 진행할 때 가장 큰 문제는 사람들의 의견을 모으기가 쉽지 않다는 점이었다.

무림맹 자체가 연합체의 성격을 띠고 있기 때문에 각 대문파는 자파에 불리한 일들에 대해서는 거부권을 행사할 수 있었다. 그리고 여태까지 실제로 그렇게 해서 무산된 무림맹의 제안이 한두 건이 아니다.

감숙의 일만 해도 그렇다. 당장 감숙으로 쳐들어가자고 아무리 주장을 해도 저들은 듣지 않을 것이다.

왜? 주력을 감숙으로 몰아넣었다가 마교에게 뒤통수를 얻어맞으면 자신의 문파 자체가 크게 기울 수 있기 때문이다.

이들은 모두 지켜야 할 것이 너무 많다.

그리고 감숙 지역 자체의 문제도 있다.

그곳에는 큰 대문파가 하나도 없다. 그렇기에 무림맹 사람들 중에 감숙 지방 출신은 그렇게 많지 않다.

특히 대문파에는 더욱 적어서 그쪽 문파나 무인들과 친밀한 관계에 있는 사람을 찾기가 어렵다.

유유상종이라는 말은 무림정파라고 해서 다르게 적용되지 않는다. 구파일방은 구파일방끼리 뭉치고, 오대세가 역시 세가끼리 친분을 맺기를 좋아한다.

그런데 감숙의 무인들은 어느 쪽에도 속하지 않으니 어쩌면 당연한 일이라 할 수 있다.

그런 상황이니 아무리 무림맹에서 감숙을 먼저 공격해 들어가자고 주장을 해도, 그리고 다른 사람들이 그 의견이 타당하다고 인정을 해도 막상 실행을 하자고 하면 여러 가지 핑계가 나온다. 강 건너 불구경 하는 심정과 같다.

그러나 천마를 막고, 천마를 잡자고 하면 이야기가 달라진다. 상당한 전력을 감숙의 경계선에 모을 수 있다.

그 다음에는 방금 밝힌 대로 천마가 감숙에 없다는 것만 증명해 보이면 된다. 그러면 사람들은 무주공산에 들어가는 기분으로 감숙 공격을 감행할 것이다.

'천문기사가 쓴 말을 모두 이해할 수는 없다. 하지만 그자의 글에는 반 년 이내로 무림맹이 감숙을 되찾지 못하면 크게

위험해 진다고 했다. 앞으로 한 달 이내에 사람을 모으고, 그 뒤에 곧바로 감숙을 친다!'

천문기사는 바로 서문량을 칭하는 말이다. 초산과 제갈부는 개성이 내민 소견서를 읽은 다음 그렇게 부르고 있었다. 확실한 신분과 이름을 알 수 없기에 즉흥적으로 지어낸 별호지만 드러난 능력으로 볼 때 결코 과한 것은 아니라고 초산은 생각했다.

초산과 제갈부는 천문기사, 즉 서문량의 소견서를 연구하고 또 연구했다. 하지만 소견서의 내용 중에는 명확하면서도 애매한 부분이 몇 가지 숨어 있었다. 그렇다고 무시할 수는 없다. 오히려 그런 부분을 믿고 행해야 한다고 초산은 판단했다.

그 날부터 천마 척살의 기치를 걸고 감숙의 경계선으로 중원의 무인들이 움직이기 시작했다.

＊　　　＊　　　＊

문제는 무림맹이 모르는 곳에서 터지고 있었다.

북경상회는 현재 십대상회 중 가장 대표적인 곳으로, 말하자면 중원 최대의 상회라고 할 수 있다.

이름처럼 북경상회의 본거지는 북경이다. 그들은 북경에 들어오는 모든 지방 상품들의 중간 상 역할을 한다.

그리고 한편으로는 '비단길'을 통하여 대규모 해외비단무역을 행하고 있다. 관과 무림 모두에 밀접한 관계가 있어서 이들의 저력은 끝을 알 수 없다고 한다.

하지만 그들의 주요 사업 중 하나인 해외비단무역이 요즘 큰 난관을 겪고 있었다.

감숙은 비단길로 가는 유일한 통로에 위치한다고 할 수 있다. 그런데, 마교가 감숙을 장악함에 따라 북경상회의 사람들이 들어가기 어렵게 되었다.

그 바람에 오늘도 북경상회의 본점에서는 상회주와 네 명의 총관이 모여 비밀회의를 하는 중이었다.

"당장 무역단을 구성해서 출발시켜야 합니다. 지금 출발한다고 해도 상당히 늦었습니다."

무역을 책임지는 육 총관이 강하게 주장했다. 그러나 옆에서 표국일을 담당하는 종 총관은 고개를 저으며 반대 의견을 말했다.

"우리 북경상회는 소림사를 비롯해 남궁세가 등과도 밀접한 관계가 있습니다. 그런데 그런 우리가 지금 감숙에 들어가게 되면 어떻게 되겠습니까?"

"마교가 아무리 흉악하다 해도 우리 상인들에게 함부로 해를 끼치지는 않을 것입니다."

"육 총관의 말씀은 맞습니다. 그러나 우리가 그들에게 무례를 범한다면 그들도 충분히 명분을 얻을 수 있습니다."

"무례? 우리가 무슨 무례를 범한다는 겁니까?"

"관례대로라면 표행이나 무역 상단이 어느 지방을 지날 때, 그 지방의 실력자를 찾아 인사를 하게 되어 있습니다. 지금까지 우리는 감숙을 지날 때 그쪽에 있는 방파들에게 결코 무례를 범하지 않았습니다. 심지어는 산채의 채주들에게도 적당한 예를 치렀기에 비단 무역이 성공적으로 행해졌다고 볼 수 있습니다. 하지만……."

종 총관은 잠시 말을 끊고 짧게 한숨을 쉬며 말했다.

"휴, 우리가 지금 마교에 그런 예를 취할 수는 없습니다. 만약에 그럴 경우 중원의 모든 문파들이 우리에게 등을 돌릴 것입니다. 어쩌면 무림인들은 우리가 마교와 손을 잡았다고 말할지도 모릅니다."

종 총관의 말에 사람들의 안색이 변했다.

천오상회가 어떻게 하루아침에 무너졌는지 그들은 이미 잘 알고 있다.

마교의 총단이라는 말에 아무도 이의를 제기하지 못했지만 상회 하나가 무림맹에 의해 사라진 것은 결코 기분 좋은 일이 아니다.

물론 북경상회가 천오상회처럼 하루아침에 무너질 수는 없다. 강운상회 같은 처지도 되지 않을 것이다. 북경상회는 황궁하고도 밀접한 관계가 있는 곳이기 때문에 무림맹도 마교도 함부로 건드리지는 못할 것이다.

그러나 역시 문제가 심각하다는 것만큼은 부인할 수 없다.

육 총관 역시 더 이상 심하게 반발을 하지는 못했다. 하지만 그는 곧 고개를 숙인 채 상회주인 주박에게 말했다.

"자고로 무역이라는 것은 거래를 트기는 어려워도 끊기기는 쉬운 것입니다. 그리고 그걸 유지하는 가장 큰 무기는 신용입니다. 우리는 이미 육십 년 전부터 삼 년에 한 번씩 무역상단을 보내왔고, 그사이 단 한 번도 쉬지 않았습니다. 해외에서 큰일을 당해 상단이 전멸한 적은 있습니다. 그러나 이쪽에서 보내지 않은 적은 없습니다. 이번에 우리가 무역상단의 출발을 포기한다면, 색목인들과의 거래관계가 어떻게 변할지는 저도 예측할 수 없습니다."

육 총관의 눈에서 눈물이 흘렀다. 그가 평생을 바쳐 이루어놓은 비단무역이 대 위기에 빠진 것이다. 그 기분을 모를 사람은 이 자리에 없었다.

북경의 물류와 중간 거래를 담당하는 이 총관도 육 총관을 거들었다.

"이미 일 년 전부터 최고급 비단을 모아 왔습니다. 그런데 무역을 포기한다면 그 손해는 우리 북경상회가 고스란히 져야 합니다. 이것은 어쩌면 우리 상회의 사활이 걸린 문제일지도 모릅니다."

이 총관은 문사 출신이고, 하급관리였다가 관직을 포기하고 북경상회에 들어온 자이다.

그는 무림에 대해 거의 아는 바가 없었다. 그래서 그는 이번 사태에 대해 정확히 이해를 할 수가 없는지 종 총관의 눈치를 보며 슬쩍 물었다.

"차라리 무림맹에 가서 정식으로 통보를 하는 것이 어떻겠습니까? 마교고 뭐고, 무역은 해야 하지 않겠습니까?"

그러자 종 총관은 한숨을 쉬며 다시 말했다.

"불가능할 겁니다. 그들은 자존심을 걸고 감숙이 마교의 손에 넘어갔다는 것을 인정하지 않을 겁니다. 그리고 표사들도 문제입니다. 누가 지금 감숙 지역에 들어가겠습니까? 표사들 대부분이 소림파 무공을 배웠는데, 그들에게 마교에 머리를 숙이고 돈주머니를 건네라고 하면 듣겠습니까?"

"크흠, 그건……."

이 총관은 헛기침을 하며 말끝을 흐렸다. 알고 보면 종 총관 역시 소림의 무공을 배웠다. 아무리 그가 상회에 충성을 바친다고 해도 사문에 완전히 등을 돌릴 수는 없다.

무림은 마교 자체를 인정하지 않는다.

차라리 어떤 거대 사파가 감숙을 지배한다면 몰라도 마교가 감숙을 점거했다고는 절대로 말하지 않을 것이다. 설사 그것이 사실이라고 해도 현실을 외면할 것이 틀림없다. 그것이 바로 중화의 체면이라는 것이다.

"다른 곳으로는 보낼 수 없겠습니까? 일단 감숙만 지나지 않고 세외로 나갈 수만 있다면 문제는 없을 겁니다."

"옥문관을 통하지 않고 세외로 나가는 것은 국법으로 금지

되어 있습니다."

"으음, 역시……."

여기까지 오자 사람들은 입을 다물고 저마다 생각에 잠겼다. 아무 생각이 없어도 있는 척 해야 하는 순간이 온 것이다. 대책 따위는 없다. 그들은 하나같이 상회주 주박의 눈치만 봤다.

주박은 그런 총관들의 시선을 무시하며 혼자만의 세계에 빠졌다. 어차피 결단을 내려야 하는 것은 그였다.

'감숙은 바로 관서회랑이고, 그곳의 끝이 바로 비단길로 통하는 유일한 관문인 옥문관이다. 그곳을 비단상인들이 지나려면 마교놈들에게 통행세를 내야 하는 건 당연하지. 하지만 낼 수 없다. 우리는 마교와 일절 거래를 하면 안 된다. 하지만 무시하면? 마교놈들이 어떻게 나올지 모른다.'

어떻게 해야 할까?

이 총관의 의견대로 무림맹에 말을 하는 것도 가능하기는 하다.

무림방파들의 자존심이 아무리 강하다고는 해도 그들 역시 생각이 있으니만큼 이 일에 대해 뭐라고 말을 하지는 못할 것이다. 그러나 그건 말을 하지 못한다는 거지 감정적인 문제는 전혀 약해지지 않는다.

'오히려 대놓고 반대할 수 없기에 감정적 반발은 더욱 심하겠지.'

주박은 한숨을 내쉬었다. 인간의 감정은 정말 말로는 표현

하기 어려울 정도로 복잡하다.

설령 무림맹 수뇌부의 몇 명은 이해할지 몰라도 무림맹으로 대변되는 정파인들 대부분은 북경상회를 배신자라 생각할 것이다.

어떻게 할까? 무림맹의 자존심을 건드리지 않고, 비단상인들을 세외로 내보낼 방법은 정녕 없는가?

'결국 비단무역을 포기하고 차후에 다시 새로 개척을 하거나 아니면 비단무역은 유지하되 무림인들의 인심을 포기해야 하는가?'

주박은 재삼재사 고민했다. 그러나 해답은 떠오르지 않았다. 오히려 어떤 결정을 내려도 피해가 막심할 거라는 확신만 강력하게 들었다.

무거운 침묵이 흘렀다.

그러던 중 이윽고 주박이 입을 열었다.

"일단 비단 상인은 보내야 한다. 이것은 상인의 신용이 걸린 문제이므로 재론의 여지가 없다."

"그렇습니다!"

육 총관이 크게 감탄한 얼굴로 답했다. 과연 상회주는 알아주신다! 그의 눈은 감동으로 가득 찼다.

그러나 다른 세 명의 총관들은 심각한 얼굴로 상회주를 보았다. 그들은 이번 상회주의 결단이 북경상회에 얼마나 큰 피해를 야기할 것인지를 걱정했다.

주박 또한 이 점에 대해 이미 생각했을 것이다. 총관들은
상회주가 어떤 대책을 내놓을 것이라 생각하며 다음 말을 기
다렸다. 과연 주박은 그들을 보며 다시 말했다.

"내가 직접 무림맹에 가서 그들이 불만을 가지지 못하도록
하겠다."

"쉽지 않은 노릇일 겁니다."

종 총관은 무겁게 입을 열었다. 그는 무림인들의 속성에 대
해 잘 알고 있었다.

"알고 있다."

주박은 무겁게 고개를 끄덕이며 손을 저어 더 이상 말을 하
지 못하게 했다. 그리고는 몸을 일으켜 회의장을 나섰다. 결
정이 났으니 회의는 끝난 것이다.

어쨌든 간에 총관들은 상회주의 결정에 따라 일을 준비하
기 시작했다.

무역상단은 제 날짜에 맞추어 떠날 것이고, 그 바로 전에
주박은 무림맹을 방문한다.

주박은 묵묵히 자신의 결정을 따르는 그들을 보며 입술을
살짝 깨물며 생각했다.

'살 만큼 살았다. 무림맹 정문에서 죽자. 내가 그렇게 죽으
면 무림맹은 더 이상 우리 북경상회를 탓하지 못할 것이다.'

주박은 결심했다.

무림맹을 설득하기는 불가능하다. 그것은 마치 마교를 미

워하는 모든 강호인들을 일일이 설득하려는 것과 같다.

하지만 단 한 가지 방법은 있다.

중원제일상인인 주박 자신이 무림맹의 정문에서 자결을 하면, 무림인들은 얼굴을 들지 못할 것이다. 그리고 북경상회는 무림맹에 대해 의리를 지킨 것이 된다.

'내가 죽으면 북경상회가 산다. 내가 살면 북경상회가 죽는다.'

주박은 자신과 북경상회를 구분하지 않았다. 그가 죽으면 여섯이나 되는 아들들이 상회를 이을 것이다. 장남인 주자앙은 인망이 있어 충분히 상회를 이을 만하다.

그렇게 생각하자 입가에 미소가 지어졌다.

'어쩌면 이건 행운인지도 모른다. 내 목숨 값이 북경상회를 구할 정도가 되었다는 것은. 이것으로 북경상회는 앞으로도 우리 주씨의 것이 된다.'

주박은 미소를 지으며 침실로 들어갔다. 그리고는 서탁에서 문방사우를 꺼내 유서를 쓰기 시작했다.

상인들의 싸움은 어쩌면 무림인의 그것보다 훨씬 격렬할지도 모른다.

*　　　*　　　*

소운은 원래 청성파를 치기 일주일 전부터 인근 마을의 여관에서 묵고 있었다. 그러면서 근처의 상인들을 만나 특산물을 사서 마차에 쌓았다.

"북경에 사천의 특산물을 싣고 가서 팔 겁니다. 지금 마교 놈들이 설쳐서 무림맹의 무사들이 두 눈을 부릅뜨고 사방을 돌아다닌다고 합니다. 마교놈들이야 하나같이 죽일 놈들이기는 하지만, 그래도 그 덕분에 요즘에는 길에서 강도를 만나기가 어렵답니다. 이때가 기회 아닙니까?"

"허, 과연 젊은 사람답게 생각을 진취적으로 하는군."

늙은 상인들은 소운의 기백에 감탄을 하며 물건 값을 깎아주었다.

무엇보다 소운은 사천 토박이이다. 말투를 보면 바로 알 수 있다. 그런 청년이 사천의 특산물을 북경에 가서 팔겠다고 하니 도와주고 싶은 마음이 절로 든다.

그렇게 일주일 동안 마을사람들과 안면을 튼 후, 소운은 혈장천마와 함께 청성산을 올랐다.

혈장천마는 그동안 소운의 마차 바닥에 비밀리 설치한 관에 누워 있었다. 아무도 혈장천마의 존재를 몰랐다. 다른 사람이 보기에 소운은 정말 혼자 장사를 하겠다고 나선 초보상인인 것이다.

청성파에서의 일이 있은 후, 무림맹의 사람들은 정말 필사적으로 혈장천마와 소운을 찾아다녔다. 그러나 소운은 그들의 용의 선상에도 끼지 않았다.

왜냐하면 무림맹 사람들은 근래에 마을을 지나간 낯선 사람을 찾는데, 소운은 이미 낯선 사람이 아니기 때문이다. 그것도 사천 토박이이기 때문에 더욱 의심할 수가 없다.

그 이후에도 소운은 느긋하게 애초에 계획한대로 특산물을 사서 마차에 실었다. 그리고 표국에 가서 자신을 호위할 표사들을 고용했다. 아미파의 속가제자가 운영하는 복호표국이었다.

다시 일주일이 지났을 무렵, 소운은 네 명의 표사들, 여섯 명의 쟁자수들과 함께 사천을 벗어나 섬서로 들어설 수 있었다.

섬서에서도 역시 소운을 의심하지 않았다. 네 명의 표사들은 아미파의 이름까지 살짝 걸고 소운이 선량한 상인이라는 것을 증명해 주었다.

그러는 동안 무림맹에서 그토록 애타게 찾는 천마는 마차에 쌓인 짐들 중 가장 안쪽에 있는 짐 속에 누워 있었다.

활강시인 천마는 먹지 않아도 살고, 일주일 간 손가락 하나 까닥하지 않아도 전혀 괴로워하지 않는다. 짐짝 속에 처박아 마차로 실어 날라도 전혀 문제가 없는 것이다.

그렇게 소운은 완전히 무림맹의 감시망을 벗어났다. 그리고 표사들과 함께 마침내 섬서를 지나 하북으로 들어섰다.

오늘 소운과 표사들이 정한 숙소는 여관이 아니었다. 복호표국과 상호 협약 관계에 있는 북경표국의 지국이다. 이곳에

묵으면 짐을 안전하게 보관할 수 있다. 만약 이곳에서 일이 터지면 북경표국이 손해배상의 절반을 부담한다.

그렇기에 표사들은 어느 정도 마음을 놓을 수 있었다. 말하자면 긴장된 표행 중 많지 않은 휴식처라 할 수 있다.

그날도 소운은 표사들에게 저녁과 함께 술을 사주며 잡담을 나누었다.

확실히 소운에게는 사람을 기분 좋게 하는 매력이 있었다. 그리고 은근히 남을 배려해 줄줄도 알았다.

표사들은 이미 대부분 소운을 좋은 형제로 대했다. 나이 많은 표사들은 동생이라고 불렀고, 젊은 표사 한 명은 소운을 형님이라 칭했다.

쟁자수들 역시 소운을 좋아했다. 그들에게 소운은 너그럽고 자상한 고용주였다. 그들은 소운이 나이답지 않게 사람을 배려할 줄 안다고 자기들끼리 칭찬하고는 했다.

소운은 그 짧은 시간 동안 표사는 물론 쟁자수들까지 자신의 편으로 만든 셈이다. 사실 그런 이면에는 세상을 속일 수 있는 배짱이 있었다.

소운은 방으로 들어와 침대에 누웠다. 그리고 눈을 감은 채 사방의 기척을 살폈다.

아무도 자신을 살피는 자는 없었다. 소운은 다시 침대에서 일어나 창가로 갔다. 그곳에서는 소운의 짐마차가 들어 있는 창고가 보였다.

“슬슬 시작해 볼까.”

소운은 하늘을 보았다. 이미 노을이 푸른 하늘을 붉게 물들이고, 다시 홍광이 빠지면서 점점 검게 변해가고 있었다. 하지만 완전한 밤은 아니고, 보통 사람도 눈을 뜨고 있으면 충분히 사물을 볼 수 있을 정도로 밝았다.

“중요한 것은 시야를 가리는 어둠이 아니라 마음을 가리는 어둠이지.”

소운은 그렇게 중얼거리며 창문을 열고 밖으로 뛰어내렸다.

지금 표국 안에 있는 무인들은 대부분 낮의 일을 끝내고 저녁을 먹고 있다. 그리고 야근을 하는 자들은 밤의 긴장과 고독을 대비해서 야참을 비롯한 여러 가지 준비를 하기에 바쁘다.

특히 몸의 신경을 느슨하게 풀어놓은 것만큼은 확실하다. 왜냐하면 지금부터 긴장하면 새벽에 지치기 때문이다.

일이 터질라치면 십중팔구 새벽에 터진다는 것은 무인들이라면 누구나 아는 상식이니만큼, 숙달된 자라면 새벽에 긴장한다.

이런 상황에서 소운의 움직임을 눈치 챌 사람은 없었다. 이미 소운은 보초들의 의식이 어디를 향하는지 보지 않고도 느낄 수 있는 경지였다.

어떤 때에는 보초의 눈앞을 휘익 하고 지나가도 인식하지 못하는 경우까지 있었다.

소운은 곧 창고의 처마 밑에까지 갈 수 있었다.

이미 날이 어느 정도 어둑어둑해진 상황인지라 처마 그늘은 정말로 어두워 집중해서 보지 않으면 사물을 분간하기 어려웠다. 소운은 그 그림자 속에 숨었다.

"요기가 바로 사각이지. 지붕 위에 올라가서 뛰어다니면 십중팔구 들키지. 암."

소운은 사방을 살펴 이상이 없음을 확인하고는 처마 아래쪽에 사람이 들어갈 만한 구멍을 뚫었다.

창고 안으로 들어온 소운은 자신의 짐마차에 실린 짐을 이리저리 옮긴 후 가장 아래쪽에서 천마가 숨어 있는 짐을 꺼냈다. 그리고는 짐의 포장을 뜯고 뚜껑을 열었다.

"일어나라."

소운이 명하자 혈장천마는 눈을 뜨고 스르륵 일어났다.

"아무에게도 들키지 않게 나를 따라와라."

대답을 들을 필요는 없다. 대답을 하라고 명령을 하지도 않았다. 소운은 그대로 몸을 돌려 들어왔던 구멍을 통해 밖으로 나갔다. 혈장천마는 묵묵히 그 뒤를 따랐다.

"저곳이군."

소운은 인근 장원에 새겨진 표식을 찾을 수 있었다. 천마신교의 대외총단 사람들에게 집중적으로 조사와 추적을 명한 인물이 저 장원 안에 있다. 바로 북경상회의 총상회주다.

소운의 이번 행로는 바로 북경상회의 상회주 주박을 만나기 위한 것이었다. 그런데 오면서 정보를 확인하니 상회주가 비밀리에 무림맹을 향해 떠났다는 것이다.

'차라리 잘되었지. 북경에서 소란을 피우면 좋지 않으니까. 이곳이라면 일을 벌이고도 충분히 감쪽같이 사라질 수 있다.'

이곳은 무림맹의 중요 거점도 아니고 전략적으로 중요한 곳도 아니다.

개방도들이 구파일방을 비롯한 대문파를 중심으로 감시망을 형성했다는 정보는 이미 들었다. 원래 청성파를 칠 때부터 그것을 예상했었다.

허허실실, 성동격서!

무림맹 사람들은 자신들이 지켜야 할 것이 진정 무엇인지 알지 못하고 있다. 자신의 본거지를 잃지 않으려는 마음은 인지상정이라 할 만하지만, 그것은 때에 따라 피할 수 없는 약점이 된다.

"어쨌거나 일단 상회주부터 만나봐야지."

소운은 그렇게 중얼거리고는 조용히 장원의 담을 넘었다. 그리고는 사방의 형세를 살폈다.

과연 북경상회의 상회주가 머무는 곳이라 그런지 경계가 만만치 않았다. 절정에 달한 고수가 세 명이나 지키고 있는 것이 느껴졌다.

이 정도라면 기본적으로 상회주를 납치하는 것은 거의 불가능할 것이다. 세 명의 절정고수의 눈을 속이기는 쉽지 않다. 또한 유사시엔 누군가가 상회주와 똑같은 복장을 하고 대신 납치를 당할 게 틀림없다.

"상관없지. 납치할 것도 아니고, 죽일 것도 아니니까."

소운은 상회주의 숙소로 보이는 곳을 보며 다시 중얼거렸다. 그리고는 뒤에 서 있는 혈장천마에게 전음을 날렸다.

그러자 혈장천마는 가두어두었던 전신의 기세를 일거에 밖으로 발산시키기 시작했다.

파악.

달빛마저 가리는 어둠의 기운이 사방으로 폭산되었다. 이에 장원을 지키는 자들은 경악해서 모두 혈장천마가 있는 쪽을 보았다.

우우우우우우.

혈장천마는 내공을 실어 장소성을 터뜨렸다. 그리고는 장원에 있는 태호석(太湖石:정원이나 화분에 놓고 관상하는 기이한 형태의 석회암 덩어리) 위로 날아올랐다.

"크흑! 어찌 저런 무공이……."

음파에 실린 내공의 힘에 보통 사람들은 서 있기도 힘들어 그대로 주저앉았다. 그것을 본 다른 호위무사들은 절망어린 탄성을 터뜨렸다.

특히 상회주 주박을 호위하는 대호법 셋은 무기를 손에 잡았지만 뽑지는 못하고 몸만 부르르 떨었다. 그들이야말로 혈장천마가 보인 기세의 힘을 가장 현실적으로 파악하고 있었다.

절대적인 무력! 그것이 바로 혈장천마의 몸에서 발산되는 묵혈신마강의 힘이었다.

묵강으로 달이 가려지자 그림자가 마신처럼 후원의 연못에 드리웠다.

부엉이와 귀뚜라미조차 울음을 멈추어 죽음과도 같은 적막이 장내에 흘렀다.

긴장의 순간, 혈장천마는 사방을 둘러보며 입을 열어 말했다.

"북경상회의 총상회주를 만나러 왔다."

"본인은 상회주를 보좌하는 육 총관이오. 실례지만 그대는 누구시오?"

한 노인이 가까스로 천마의 기세에 버티며 앞으로 다가와 포권을 하며 물었다. 상대가 어떤 의도를 가지고 이렇게 밤에 찾아왔는지를 알아야 한다. 만약 좋지 못한 용건으로 온 자라면 아마 오늘은 길보다 흉이 많을 것이라고 육 총관은 생각했다.

혈장천마는 그자를 보며 감정이 실리지 않은 목소리로 답했다.

"나는 천마신교의 교주인 혈장천마다."

"아, 천마다!"

"천마가 나타났다!"

사람들은 비명을 질렀다. 천마를 만난다는 것은 바로 죽음을 의미한다. 무인들은 모두 그렇게 생각했다. 그토록 천마는 중원의 무인들에게 있어 마음속을 짓누르는 공포라 할 수 있었다.

그러나 혈장천마는 그런 자들에게 신경 쓰지 않았다. 그는 육 총관을 보고 다시 말했다.

"본좌는 천마신교의 교주로서 북경상회주와 할 말이 있다. 그대는 본좌를 상회주에게 안내하라."

"으음."

한밤중에 갑자기 천마가 나타나 사람을 찾는다는 것은 그야말로 악몽이다. 그런데 그 이유가 말을 하기 위해서란다. 어떻게 해야 할까?

육 총관은 섣불리 대답을 하지 못했다.

그런데 그때, 육 총관의 뒤에서 또 한 노인이 모습을 드러내며 말했다.

"본인이 바로 북경상회를 맡고 있는 주박이오. 당금 천하에 명성을 떨치고 계신 혈장천마께서 직접 방문을 하신 것을 영광으로 생각하오."

"상회주님!"

육 총관과 세 호위무사는 놀라며 주박을 보았다.

천마 앞에 모습을 드러낸다는 것은 그야말로 무슨 일을 당해도 할 말이 없는 행동이다. 숨어 있다면 충분히 몸을 뺄 수 있지만, 이렇게 나온 이상 천마가 마음만 먹으면 주박을 납치할 수도 죽일 수도 있다.

주박은 오히려 평온한 얼굴이었다. 하지만 심중은 어지러웠다.

'이것은 큰일이다. 천마쯤 되는 자가 직접 나를 찾아왔다는 것은 상식적으로 이해할 수 없는 일. 그렇다면 대길이나 대흉 말고는 없다.'

대길일까? 아니면 대흉일까?

주박은 순간적으로 머리를 굴렸다. 그리고 곧 결론을 낼 수 있었다.

결과가 대길이든 대흉이든 천마는 대화를 하러 온 것이다. 한 문파의 수장이 직접 상회주인 그를 찾은 이상 예의를 지켜 맞이하는 것이 좋다.

주박은 사람들에게 손짓을 해서 경계를 풀도록 했다. 그리고는 손님을 맞이하는 인사를 하며 말했다.

"하실 말씀이 있으시면 안으로 드십시오."

그 말에 혈장천마의 몸이 허공 중에 떠올라 유령처럼 주박의 앞까지 이동했다.

"능공허도!"

주변의 호위무사들은 더욱 놀라 자신도 모르게 중얼거렸

다. 그들이 보기에 혈장천마의 무위는 인간의 것이 아닌 천신이나 마신의 그것처럼 느껴졌다.

소운은 혈장천마 뒤에 조용히 서 있다가 얼른 뒤를 따랐다. 그는 지금 뒤에서 열심히 전음으로 혈장천마를 조종하는 중이었다.

"이분 소협은 누구신지요?"

육 총관이 묻자 소운은 점잖게 포권을 취하며 답했다.

"서정이라고 합니다. 사부님께서 일을 보시는 동안 제가 잔심부름을 하고 있습니다."

"아, 청염마조 서정 소협이구려. 어서 드시지요."

사실은 천마의 뒤에 서 있을 때부터 짐작을 했지만, 일일이 확인하는 것이 육 총관의 일하는 방식이었다. 소운은 육 총관의 그런 꼼꼼함에 속으로 살짝 감탄을 하고는 혈장천마와 함께 밀실로 들어섰다.

혈장천마는 밀실에 들어온 이후 기세를 다시 갈무리하고 조용히 주박이 권하는 자리에 앉았다.

그렇게 앉으니 무림인 같은 느낌이 전혀 들지 않았다. 아예 인기척 자체가 거의 없어 눈으로 보지 않으면 천마가 거기 있다는 것조차 인식하기 어려울 정도였다.

주박은 사람들을 시켜 차를 내오게 했다. 그리고 다시 호위무사 중 한 명인 소림맹진권 담무를 불러 동석하게 했다.

육 총관은 들어오지 않았다.

만약의 일이 있으면 육 총관이 끝까지 살아남아 뒤처리를 해야 하기 때문에 천마를 상대하는 것은 주박 혼자가 되어야 한다.

"천마와 제가 단 둘이 대화를 하면 무림맹이 오해를 할 소지가 있소이다. 그렇기에 여기 담 대협을 동석시켰으니 이해해 주시기를 바랍니다."

천마는 별것 아니라는 듯 살짝 고개를 끄덕였다. 묵인의 표시이다. 그러나 담무 따위는 안중에도 없다는 듯 거들떠보지도 않았다.

담무는 감히 불만을 품지 못했다. 그저 오늘 두 사람 사이에 있었던 대화를 무림맹에 가서 증명할 생각만 했다.

"그런데 어떤 일로 오셨습니까?"

주박이 먼저 물었다. 그러자 혈장천마는 미리 준비했다는 듯 질문을 던졌다.

"올해 비단무역 상단은 출발을 하는가?"

"그것을 묻고 싶어 왔단 말입니까?"

"그렇다."

그 말을 끝으로 천마는 입을 열지 않았다. 질문을 했으니 대답을 들어야 한다는 투였다.

주박은 잠시 답을 하지 못하고 생각에 잠겼다.

'상대는 천마다. 무림에서도 유일한 최강자로 인정받은 자. 천하를 피로 씻기 위해 감숙을 점령한 이자가 왜 비단무역 상단에 대해 묻는가?

도저히 이해할 수가 없었다. 상대가 질문한 의도를 알지 못한 채 대답을 할 수는 없다. 그것은 상인으로서 절대로 해서는 안 되는 일이다.

"아!"

한참을 고민하던 주박은 갑자기 떠오르는 생각에 자신도 모르게 눈을 크게 떴다.

'이자는 비단무역 상단이 출발하지 못하는 이유에 대해 알고 있다. 그렇다면?'

주박은 등골이 오싹해지는 듯한 느낌을 받았다. 그의 머릿속에 떠오른 생각대로라면 혈장천마의 심계가 그의 무공처럼 하늘을 뒤흔들 정도라고 봐야 했다.

"혹시 천마께서 감숙을 점령한 것이 바로 우리 상인들 때문인 것입니까?"

주박은 확인하는 심정으로 물었다. 그러자 혈장천마는 주저하지 않고 대답했다.

"그렇다. 지금 이 시기에 감숙을 얻으면 삼 년에 한 번 출행하는 비단무역 상단은 출발을 할지 안 할지를 결정하지 않으면 안 되는 상황이 되지 않겠나?"

"으음."

의도적이었다!

설마 천마가 상인들에게 눈을 돌리고 있었다니? 주박은 더 이상 뭐라고 말을 할 수 없는 심정이 되었다.

'이자는 무림맹을 친 것이 아니다. 십대상회를 친 것이다.'

주박은 속으로 그렇게 중얼거렸다.

천하 상계의 가장 중요한 일 중 하나인 물류, 그것을 이해하고 효과적으로 이용할 수 있는 사람은 대상인의 자질이 있다고 봐야 한다.

'그리고 보니 천오상회가 천마신교의 거점이었지. 어쩌면 천마신교는 일찍부터 상회에 눈을 돌려 왔는지도 모른다.'

주박은 다시 생각했다. 천오상회와 강운상회를 생각하니 할 말이 많았다.

하지만 그걸 말하기 전에 우선은 천마의 질문에 대답을 해야 한다. 그것이 순서이다.

"올해 비단무역 상단은 예정대로 출발할 것이오."

"그렇군……."

주박의 대답에 혈장천마는 눈을 살짝 감았다. 생각에 잠기는 듯한 표정이었다.

밀실은 정적에 휩감겼다. 혈장천마가 눈을 감아버린 이상 말을 걸기도 그렇다.

주박은 긴장된 얼굴로 혈장천마의 감정을 읽어내려 했다. 그러나 알 수 없었다.

상대의 감정을 읽어내고 그것을 이용하여 상담을 유리하

게 이끄는 것이 주박의 평생 특기인데, 혈장천마는 마치 죽은 사람처럼 어떤 감정도 느껴지지 않는다.

'숨소리도 거의 들리지 않는군. 과연 천마쯤 되면 신선의 경지에 올라 있어 숨을 안 쉬고도 사는 건가?

주박은 혈장천마의 경지를 나름대로 추측하고 속으로 감탄했다.

그때, 혈장천마가 눈을 뜨고 주박을 보았다. 번쩍 하고 날카로운 안광이 뿜어져 나와 주박의 호흡을 막았다.

"죽을 생각이군. 그래서 이렇게 비밀리에 상회를 나와 무림맹으로 향하는 것이군."

"그게 무슨!"

주박은 놀라서 반박을 하려 했다. 천마를 만난 이후 항상 긴장을 하여 냉정함을 잃지 않으려 했지만 지금은 그럴 수 없었다. 아무도 알지 못했던 그의 속마음을 천마가 처음으로 알았다!

속마음을 읽기라도 하듯 비단무역 상단을 보낸다는 대답을 듣자마자 바로 알아차린 것이다.

'부인 해야 한다. 이런 말을 천마가 하게 해서는 안 된다!'

주박은 속으로 그렇게 부르짖었다. 지금의 대화는 모두 무림맹에 전해지게 된다. 그런 만큼 이제는 주박이 자결을 해도 의미가 없게 된 셈이다.

주박은 스스로도 어찌할 지 알 수 없게 되었다.

속마음을 들킨 것인지 아니면 상대가 자신의 마음을 알아준 것인지를 구별할 수조차 없었다. 묘한 감동과 함께 두려움이 그의 가슴속을 뒤덮었다.

주박은 얼른 마음을 가라앉히고 뭐라고 대답을 하려 했다. 상인의 자존심을 걸고 이렇게 당황한 채로 입을 다물 수는 없었다.

그러나 혈장천마는 주박의 대답을 들을 마음이 없는 듯 자리에서 일어났다.

"원래 본좌는 십대상회가 비단무역을 보내지 않으면 상회도 우리 신교의 적이라고 선언하려 했다. 무림맹의 눈치를 보느라 국책 사업을 중지할 정도면 그것은 이미 무림맹과 따로 놓고 생각할 수 없는 동반관계인 셈이니까."

"……."

"하지만 그대는 목숨을 걸고 비단무역 상단을 보내려 하고 있군. 우리 천마신교는 비단무역 상단에 대해 어떠한 방해도 주장도 하지 않겠다. 구파일방이나 오대세가의 사람들이 상단을 호위하고 있다 해도 그들이 우리를 건드리지 않는 한 모른 척 하겠다. 또한 신교의 영향력 아래 있는 지역을 지나더라도 일제 금품이나 선물을 받지 않겠다. 이것은 본좌의 이름을 걸고 행해질 것이니, 그대들은 아무런 부담 없이 무역상단을 보내도 될 것이다."

혈장천마의 말에 사람들은 입을 열고도 말을 하지 못했다. 특히 주박의 가슴은 뭐라고 말을 할 수 없는 감동으로 가득 찼다.

주박에게 있어서 방금 천마의 선언은 목숨을 구해주는 것과도 같았다. 그는 눈물이 흐를 것과도 같은 기분이 되었지만 억지로 참았다.

"어째서 이처럼 우리 상인들을 배려하시오?"

주박은 가까스로 입을 열어 물었다. 그러자 혈장천마는 대답했다.

"본좌는 무림과 관이 서로 관여를 하지 않는 것처럼 무림과 상회 역시 거리를 유지하고, 거래 이상의 관계를 맺지 않아야 한다고 생각한다. 이번에 천오상회나 강운상회의 일은 우리 천마신교가 잘못한 것이다. 앞으로는 비밀거점을 만들더라도 상회를 만들거나 건드리지는 않겠다."

혈장천마는 그렇게 말하고는 몸을 돌려 밀실 밖으로 나갔다. 소운은 조용히 그 뒤를 따랐다.

주박은 그들의 등 뒤를 보고만 있었다. 소리를 내어 손님을 배웅하지도 못했다. 단지 마음속에 혈장천마가 그들 상인들에게 한 말들을 한 마디, 한 마디 다시 되새겨 볼 뿐이었다.

第四章

천문기사 (天文奇士)

그만이 마고를 상대할 수 있다!

南斗延壽保命時老君告天師曰

大八會之真文三洞三清之上

稟道元始天尊昔經歷于億萬劫天地始終

太上說南斗延壽保命

安真經太上說南斗

此經乃九天八

興衰而人倫五運遷變萬稟道

천문기사(天文奇士)

그만이 마교를 상대할 수 있다!
그로인해 무림맹은 마교의 음모로부터 벗어났다

음모를 꾸밀 때에는 이것저것 모두 따져 고심에 고심을 거듭해야 한다. 절대로 서두르면 안 된다.

하지만 일단 음모가 발동되면 대상이 정신을 차릴 수 없도록 천지 사방에서 동시 다발적으로 일을 벌이는 것이 옳다.

알면서도 넘어가고, 안다고 생각하면서 넘어가고, 정말 몰라서 울면서 넘어가게 해야 한다.

혈장천마가 단신으로 청성파를 친 후에 귀신같이 사천지방을 빠져나가 십대상회 중 최고인 북경상회의 상회주를 만난 것은 곧바로 중원 무림맹에 알려졌다.

천마가 선언한 상무분리(商武分離)의 도리는 결코 가벼운 것이 아니다.

무림맹 사람들은 눈살을 찌푸리며 혈장천마의 의도에 치를 떨었다. 그들도 바보는 아니다. 혈장천마가 지금 하고 있는 일들이 모두 작은 이익보다는 큰 대의명분을 얻기 위해서라는 것을 알았다.

상회를 건드리지 않겠다!

이 말은 중원의 모든 상인들의 가슴속에 틀어박혔다. 그들은 혈장천마가 공과 사를 구분할 줄 아는 무인이라 평했다.

상인들은 혈장천마쯤 되는 인물이 위험을 무릅쓰고 직접 북경상회주를 찾은 것에 더욱 감격해 했다. 이건 정말로 천마가 상회주를 자신과 대등한 상대로 여긴다는 뜻이다.

상인들은 항상 이익에 따라 행동하지만 이런 성의를 무시하지는 않는다. 오히려 상대가 예를 차리면 더욱 더 예를 차리는 부류가 바로 그들이다.

물론 그렇다고 해서 그들이 천마신교를 받아들인 것은 아니다. 단지 마음속에 약간의 틈이 생겼다.

천마신교의 교도들이 삼두육비의 마귀들이 아닌 나름대로 무를 추구하고 일반인을 보호하는 '사람' 이라는 것을 중원의 일반인들에게 인식시키는 것은 아주 중요하다.

하지만 무림인들과 중원의 상인들이 미루어 짐작할 수 있는 것은 어디까지나 표면적인 천마신교의 의도일 뿐이다. 아무도 소운의 속사정과 그에 따른 진짜 의도를 알아차리지 못했다.

　현 무림맹의 맹주는 검성이다. 하지만 그는 혈장천마에게
패한 후 맹의 대소사에 관여를 하지 않고 무공수련에만 몰두
하고 있었다.
　그사이 실질적인 맹의 업무는 매설비천 초산과 은염신산
제갈부가 거의 맡아서 하고 있는 실정이다.
　그렇다고는 해도 역시 정말로 중요한 일들은 맹주에게 보
고를 해야 한다. 그때에는 초산과 제갈부가 같이 검성을 방문
하게 되어 있었다.
　오늘도 두 사람은 검성을 찾아 그간에 있었던 일들을 고했
다. 검성은 근엄한 표정으로 제갈부의 설명을 듣고는 마침내
한숨을 내쉬었다.
　"그들의 의도가 범상치 않군. 제갈 가주는 어떻게 대응할
생각인가?"
　"마땅히 대응할 방도가 없습니다. 천마를 쫓는 것은 실패
했고, 그가 한 일은 상회에 대한 일방적인 선언뿐이니 기껏해
야 우리 무림맹도 상회에 대해 무슨 배려를 해주는 것 정도가
최선이 아닌가 합니다."
　"그런가? 그렇겠지……."
　검성도 별다른 이견이 없는 듯 제갈부의 의견에 동의를 했
다. 그러나 곧 그는 고개를 돌려 다시 물었다.

"그 아이에게는 의견을 물어보았나?"

"천문기사 말입니까? 이미 사람을 보내 이 일에 대한 소견 서를 받아오도록 했습니다."

"그렇군. 그 소견서는 언제 도착하나?"

"지금쯤 양주에서 이곳으로 소견서를 지닌 자가 떠났을 테 니 보름이 되기 전에 보실 수 있을 겁니다."

"알겠네."

천문기사 서문량의 소견서는 이미 이들 세 사람을 감탄시 킨 바 있다. 제갈부가 서문량을 무림맹의 군사로 초빙해야 한 다고 말했을 정도다.

그러나 무림맹의 군사라는 자리는 정체를 알 수 없는 약관 의 청년에게 맡길 만한 자리가 아니다. 또한 개성이 말하기를 천문기사는 양주에서 벗어날 수 없는 몸이라 했다.

그래서 그들은 개방의 도움을 받아 매달마다 마교 무리들 의 행적을 천문기사에게 전하고 정기적으로 소견서를 받아보 기로 했다.

하지만 천마의 행동은 그야말로 전광석화와 같아서 한 달 에 한 번 소견서를 받는 것으로는 시간이 늦어버린다.

그래서 이번에 제갈부는 독통에게 서신을 보내 긴급으로 이 일에 대한 추가 소견서를 받아 달라고 부탁을 했다.

검성은 그것이 보고 싶었다.

제갈부의 말대로 천마가 북경상회의 주인을 만난 것은 대의 명분을 세우는 일종의 민심 조작이라고 봐야 한다.

그렇다면 무림맹은 어떻게 대응을 해야 하는가? 천마신교의 악랄함을 일반인에게 일일이 알려야 할까? 아니면 무림맹이 더욱 상인들을 보호한다고 선전을 한다?

모든 것이 의미가 없다. 오히려 무림맹이 어설프게 선전을 하면 천마의 주가만 올라갈 뿐이다. 왜냐하면 저쪽에서는 천마가 직접 나섰기 때문이다.

제대로 하려면 최소한 검성 자신이 상회주를 만나 대화를 나누어야 한다. 하지만 그럴 명분도 없고 마음도 없다. 천마가 움직였다고 검성이 움직인다는 것은 따라하기 이상도 이하도 아니다.

"소견서가 오면 바로 나에게 가져오게."

"알겠습니다."

검성의 말에 초산과 제갈부는 동시에 대답을 했다. 그들도 서문량의 소견서가 보고 싶었다.

소견서는 예상보다 빠르게 도착을 했다. 그도 그럴 것이 불쾌구개 독통이 직접 소견서를 들고 무림맹까지 뛰어온 것이다.

경공이 빠르기로 강호에서 둘째가라면 서러워하는 독통이 밤잠도 거의 자지 않고 밥 먹는 시간도 아끼며 직접 달려왔다.

그는 무림맹에 도착하자마자 조금도 쉬지 않고 그대로 검
성이 머무는 정무관으로 향했다.

"검성 어르신, 일이 급해서 제가 직접 왔습니다."

독통은 정무관 입구에서 외쳤다. 검성이 수련을 하는 도중
이면 감히 들어갈 수가 없기에 허락을 받아야 한다.

"들어오게."

"예!"

"같이 들어갑시다."

뒤에서 들려오는 목소리는 바로 제갈부와 초산의 것이었
다. 그들 역시 독통이 왔다는 보고를 듣자마자 검성의 숙소로
왔다.

"어, 두 분도 때마침 오셨구려. 들어갑시다."

곧 세 사람은 검성과 마주 앉았다.

검성은 독통의 태도에서 일이 급하다는 것을 알고 바로 질
문을 했다.

"소견서에 무슨 내용이 적혀 있기에 이렇게 직접 왔는가?"

"천문기사가 말하기를 천마가 상회주를 만난 것은 일을 벌
이겠다는 신호와 같다고 합니다. 이것을 보십시오."

독통이 내민 것은 한 권의 작은 책자였다. 그 안에는 전과
같이 무림에서 일어난 여러 가지 사건에 대한 서문량의 소견
이 적혀 있었다. 독통은 그중 가장 뒤쪽에 있는 천마의 상무
분리 선언에 대한 견해 부분을 펼쳐 검성에게 보였다.

천마는 심계가 뛰어나고 각종 계략을 능수능란하게 구사하는데, 그 대상이 무림뿐만 아니라 상계와 민심에까지 이르니 다음의 행동을 예측하기는 결코 쉽지 않습니다.

그러나 지금까지 본 천마의 행동 방식으로 생각할 때, 천마는 무력을 움직이기 전에 먼저 대의명분을 세우는 습관이 있습니다.

그것으로 미루어보면 이번에 천마가 선언한 상무분리의 이치는 다음에 천마가 어떻게 행동할 지를 예측하는 단서가 됩니다.

다시 말해서 그들이 이번에 무력을 행사하는데에 있어서 야기될 민심 저하의 대상이 바로 상계라는 것을 의미합니다.

……(중략)……

이런 여러 가지 단서로 볼 때, 천마는 무림맹의 상업 행위를 제한하려 하는 것 같습니다.

그렇다면 그들이 다음에 행할 것은 바로 무림맹이 직접 운영하는 여러 가지 수익단체들을 파괴하는 것이 아닐까 하고 조심스럽게 추측해 봅니다.

이 일은 합당한 증거나 단서를 제시하기 어렵지만, 천마신교가 감숙 지역을 점거한 뒤 움직이지 않고 무림맹의 무력을 감숙의 경계로 끌어들이는 점.

또한 천마가 직접 청성파를 쳐서 다른 대문파들이 무력을 본산지로 집중시키게 한 점은 모두 병법의 성동격서에 해당하지 않을까 합니다.

이것은 무림의 방파들이 가지는 상식을 깨는 전술로서 본거지가 아닌 경제력을 소모시키는 수법입니다.

이것에 대응을 하려면 각 문파들이 자파로 불러들인 무인들을 다시 지부나 취하의 사업단체에 파견하여 고루 지키는 것인데, 현재 무림의 분위기로 보아 결코 쉽지 않을 듯합니다.

병법에서 계략을 쓸 때 상급에 해당하는 것은 적이 알아도 움직이지 못하게 하는 것인데 이 경우는 상급의 계략에 해당한다고 볼 수 있습니다. ……(후략)……

"허어, 제갈 가주는 어떻게 생각하는가?"

검성은 서문량의 소견서를 보고 쉽게 받아들이기 어렵다는 표정을 지었다.

무리도 아니다. 과거 천마신교의 행동 방식을 볼 때 서문량이 말한 내용은 상당히 황당한 것이라 할 수 있다.

천마는 최고다! 이것이 바로 천마신교의 신앙이 아닌가? 당당하게 힘으로 밀고 내려와 거역하는 모든 것을 파괴하는 것이 바로 천마신교다.

그런데 지부도 아닌 수익 사업체를 기습하여 파괴한다니? 이건 강호의 삼류사파들이 싸울 때 하는 행위이다. 이런 짓을 자행하면 결코 제대로 된 무림인으로 인정받지 못하고 평생

손가락질을 받게 된다.

　무림은 결국 무력으로 모든 것을 말해야 한다. 계략이란 힘 없는 자가 힘 있는 자를 상대할 때 어쩔 수 없이 쓰는 비겁한 수단일 뿐이다.

　물론 이곳에 있는 사람들 정도 되면 계략이 얼마나 무섭고 중요한지는 잘 알고 있다. 하지만 무인의 기본적인 상식과 개념은 역시 그들의 심리 한가운데에 굳건히 자리를 잡고 있다.

　제갈부 역시 이건 조금 아니라고 생각했는지 살짝 고개를 저었다.

　"천문기사는 무림인이 아니라 들었습니다. 그는 우리 무림인의 자존심을 완전히 이해할 수 없을 겁니다."

　"음, 그런가?"

　검성은 납득한 표정을 지었다. 그러자 옆에서 듣고 있던 독통은 그게 아니라는 듯 답답한 얼굴로 말했다.

　"그렇게 생각하실 것 같아서 제가 직접 달려온 것입니다. 안 그랬으면 그냥 이 부분만 전서구로 보냈지요."

　"불쾌구개 장로는 다른 의견이 있는가?"

　"저는 천문기사에게 전후 사정을 직접 듣고 의문 나는 점을 꼼꼼히 캐물어봤습니다. 아무래도 천마신교가 이번에 마음을 단단히 먹은 것 같습니다."

　"그들이 언제 어설프게 마음을 먹고 중원에 들어온 적이 있습니까?"

“제 말뜻은 이번에 그놈들은 무인의 자존심이고 뭐고 다 내팽개쳤다는 말입니다!”

제갈부는 독통의 말에 웃으면서 반박했다.

“허허허, 설마 그럴 리가 있겠습니까? 제가 보기에 봉문기를 세우는 것이나 천마 단독으로 구대문파를 친 것 등은 모두 마교가 스스로 자존하여 천하에 그걸 증명하려는 것 같습니다만.”

“저도 그렇게 생각했는데, 천문기사는 마교의 움직임을 예측하려면 마교가 중원에 들어온 후가 아니라 그 전부터 따져 봐야 한다고 했습니다.”

“중원에 들어오기 이전?”

“그러니까 지난 십 년간의 일들. 마교가 중원에 비밀거점으로 천오상회를 세워 십대상회로까지 성장시킨 것 말입니다. 그게 말이 쉽지 얼마나 어려운 일인지 짐작이 가십니까?”

“으음.”

독통의 말에 검성은 잠시 입을 다물었다. 확실히 그는 상회에 대해 아는 바가 적었다.

하지만 옆에 있는 제갈부나 초산은 어느 정도 독통의 말에 깨닫는 것이 있는지 안색이 굳어졌다.

“이미 조사한 바가 있는데, 마교놈들은 천오상회를 성장시킬 때 무력을 거의 사용하지 않았습니다. 그리고 사용을 해도 정말로 은밀하게, 그리고 효과적으로 움직여서 우리 무림맹이 조금도 의심을 하지 않았지 않습니까? 그놈들이 천오상회를 키울 때 무슨 무림의 도의나 그런 것을 따졌습니까?”

“그건 그렇다. 하지만 천오상회는 비밀거점이니 마땅히 도의를 따질 수 없었겠지. 또한 상인들이 암중으로 무력을 사용하는 것은 무림의 도의와는 전혀 관계가 없다고 볼 수도 있고.”

“바로 그겁니다. 그놈들은 이미 그런 암중 무력 사용에 정통해 있다는 겁니다. 그리고 천마의 대의명분을 얻는 행위가 필요 이상으로 적극적이라는 것은 바로 그 다음에 행하는 무력시위가 그만큼 비도의적이라는 뜻도 되지 않겠습니까?”

“……!”

“그 악랄한 것들이 악랄한 짓을 하기 전에 요란하게 방귀를 뀌어 대는 겁니다. 세상에 천마가 직접 민심 확보에 나선다는 게 상상이나 할 만한 일입니까? 그게 틀림없다고 봅니다!”

말을 하다 보니 약간 흥분을 했나 보다. 독통은 검성 앞에서 속어를 사용했다.

하지만 지금 상황에서 독통에게 단어를 선택해서 말하라고 추궁할 사람은 없었다.

제갈부는 진지하게 말했다.

“확실히 일리가 있습니다. 하지만 이런 복잡한 내용을 각 문파들에게 설명하기도 쉽지 않습니다."

독통이 말했다.

"그래서 내 우리 개방도들에게는 전갈을 해두었습니다. 각 문파의 본거지만 집중적으로 살피지 말고 따로 사람을 떼어 여러 곳을 두루 감시하라고 말이지요."

"그건 오히려 감시망이 느슨해지는 결과를 맞이할 수 있습니다."

"젠장. 난 천문기사를 믿습니다. 마교가 다음에 공격을 할 곳은 대문파의 본산이 아닌 구석구석에 있는 문파직영 표국 같은 수익 사업체일 겁니다."

독통이 그렇다는데 뭐라고 하겠는가? 검성을 비롯한 사람들은 그저 한숨만 내쉴 뿐이었다.

이번의 마교대전은 시작부터 황당하여 그들이 이해하기에 어려운 점이 너무 많았다.

*　　　　*　　　　*

천문기사가 예견한 대로였다.

독통이 무림맹에 들어선 것과 거의 때를 같이하여 중원의 각 지역에서는 난리가 났다.

남궁세가는 원래 병기를 생산하는 철기소로 일어난 가문이다. 그들은 철광산과 구리광산을 보유하고 있고 그곳에서 나는 금속으로 수많은 병기를 만든다.

물론 중원의 모든 광산은 관의 소유이나 남궁세가는 관으로부터 그 관리를 위임받아 막대한 부와 세력을 쌓은 것이다.

그런데 어느 날, 정체불명의 괴한들 백여 명이 철기소를 습격했다.

그곳에 있던 자들 중 상당수는 무인들이다. 하지만 그들이 감당하기에는 습격자들의 무력이 너무 강했다.

이들을 막아내려면 본가의 고수들과 정식 전투부대가 필요했을 것이다. 문제는 그런 자들이 이미 남궁세가 본가로 들어가 대기 중이란 점이다.

"모든 병기를 부숴라. 그리고 그것들을 강에 버린다!"

순식간에 제압된 철기소의 모든 물건이 파괴되었다. 모루와 풀무 등이 설치된 대장간 건물들 역시 불에 타서 재가 되었다.

그곳에서 일하던 대장장이들은 울면서 자신들의 도구가 파괴되는 것을 지켜봐야만 했다. 그들은 거의 무공을 모르는 자들로 이미 제압을 당해서 반항을 할 수 없었다.

"이것으로 남궁세가는 당분간 고생하겠군."

습격자의 우두머리는 작업이 끝나자 음흉한 웃음을 지으며 수하들을 이끌고 떠났다. 남은 것은 폐허뿐이었다.

다른 문파들도 마찬가지였다. 소림사 같은 경우는 속가제자들이 경영하는 표국에서 매년 상당한 기부금을 받아 왔는데, 그런 표국들이 일제히 공격을 받았다. 하루아침에 표국 몇 개가 잿더미로 변했다.

진주의 언가 역시 마찬가지. 그들이 관할하는 선착장이 습격을 당했다. 그 바람에 주 수입원 중 하나인 청어잡이 배가 모두 바다 속으로 가라앉았다.

그런 와중에도 습격자들은 십대상회의 사업체들은 일절 건드리지 않았다. 주로 무림문파나 세가들이 직접 운영하거나 실질적으로 그들의 소유라 할 수 있는 것들만 골라서 파괴했다.

인적 희생은 거의 없었지만 물적 피해는 엄청났다.

마인전사대는 각지의 대문파들이 직접 운영하는 각종 수익단체, 다시 말해서 표국이나 전장 등을 습격했다.

이것은 정말 허를 찌르는 행위라 할 수 있었다.

마교가 지금까지 해온 방식은 힘으로 적대 문파를 굴복시켜 봉문이나 괴멸을 선택하게 하는 것이었다. 그래서 각 문파들은 본산지에 무력을 집중하여 마교의 습격에 대비하고 있었다.

또한 개방을 비롯한 각종 정보단체들도 마교의 비밀 무력의 꼬리를 잡기 위해 중요문파들의 본산지를 중심으로 거미줄 같은 경계망을 쳤다.

그런 만큼 분타나 상업적인 목적의 산하단체들은 상대적

으로 경계가 약해진 상황이었다. 그런 곳을 마인전사대들이 적게는 삼십, 많게는 백여 명의 인원으로 습격한 것이다.

내부시설을 파괴하고, 창고를 불태웠다. 그리고 값이 나가고 부피가 작은 것들은 마치 약탈이라도 하듯 모두 가져가 버렸다.

동시에 중원 각지에 또 다시 정체불명의 벽보가 붙었다.

중원무림은 우리 천마신교를 무림인으로 대하지 않은 지 오래 되었다.

무인들 간의 도의와 규칙을 지키지 않고, 우리 교도들에 대한 무차별 공격과 기습, 그리고 약탈을 금하기는커녕 오히려 포상의 기준으로 삼았다.

중원의 무림인들 간에는 절대적으로 금하는 모든 것이 신교의 교도들에게는 허락되었다.

이는 다른 어떤 지역의 문파들에게도 취하지 않았던 행위로 중원의 무림이 우리의 존재 자체를 부정한다고 봐야 할 것이다.

그렇기에 우리는 단순히 적대문파를 제압하여 봉문을 시키는 것으로는 끝나지 않는다. 왜냐하면 제압당한 문파들이 봉문의 약속 자체를 지키지 않을 것이 뻔하기 때문이다.

중원의 문파는 신의가 없다. 신의를 지킬 마음조차 없다. 그들은 우리를 소나 말처럼 대하고, 소나 말과 신의를 논할 수는 없다고 말한다.

이에 우리는 전쟁을 선포한다.

규칙과 신의가 없으니 인정도 없다.

항복이 없는, 가진 것 모두를 건 생사투의 전쟁이다. 그야말로 인의가 없는 전쟁이 될 것이다.

이제부터 신교는 무림인들의 법칙이 아닌 병법에 따라 무림맹을 비롯한 각 문파를 상대하겠다.

전쟁에서 적의 보급을 끊는 것은 병법의 기본, 중원의 문파들은 본거지에 웅크리고 있을 수만은 없을 것이다.

가진 것이 많다면 그것을 모두 지켜내어 보라!

너희들이 신의와 도의를 따지지 않는 이상, 우리에게 그것을 바랄 수는 없다!

선전포고! 그것은 그야말로 천마신교가 행한 중원무림에 대한 전쟁의 선포였다. 여기서 가장 중요한 것은 서로 간에 어떤 신의도 존재하지 않는다는 것에 있다.

말하자면 천마가 지금까지 선언했던 모든 것을 지키지 않겠다는 소리가 된다.

뿐만 아니다.

선전포고의 아래에는 그동안 무림맹이 마교의 의혹을 받은 문파나 개인들에게 어떤 식으로 대했는지가 모두 적혀 있었다.

그리고 그중에는 마교가 아닌 억울한 누명을 쓴 자들에 대한 목록도 적혀있었다.

칠 년 전, 진영방에 의해 멸문한 백향문은 우리 천마신교가 맞다.

삼 년 전, 하북의 혹사문은 마교의 분타로 알려져 무림맹의 습격을 받아 멸망했다. 하지만 혹사문은 위대한 천마신교의 소속이 아니다.

이때 이 문파가 멸절을 당해서 소림파의 속가문파 중 하나인 철경방이 일대를 장악했다.

본교에서 조사한 바로는 하북에서 사파가 득세하는 것을 눈에 가시로 보던 철경방주 철경파암 준이경이 무림맹을 선동한 것으로 밝혀졌다.

이 년 전, 항주에서 무림공적으로 몰려 죽은 신응독도는 신교와 전혀 연관이 없다. 본교에서 조사한 바, 신응독도의 약혼자를 탐한 문씨세가의 삼남 문진웅이 누명을 씌운 것으로 밝혀졌다.

현재 신응독도의 약혼자인 진 씨는 문진웅의 네 번째 첩이 되었다. …(후략)…….

깨알만한 글씨로 쓰여 있는 문장들은 그야말로 중원무림의 치부였다.

사실 지난 세월 동안 무림문파들이 적대문파나 방해자에

게 마교의 누명을 씌워 처리한 경우가 상당수 있었다.

일단 마교의 무리라고 입증만 하면 그걸로 만사가 해결된다. 방해물을 처리하면서 자신의 명예까지 높일 수 있으니 이보다 더 좋은 누명 거리는 없다.

그런 면에서 그동안 각 문파들이 해온 일들 중에 가장 악질적이고 음험한 일들은 대부분 마교와 연관되어 있다고 할 수 있었다.

천마신교에서는 그런 일이 있을 때마다 그걸 모두 조사해서 기록해 두었다. 이것이야말로 중원무림의 최대의 약점이라고 확신하면서.

사실은 암중으로 자신들이 그걸 조장한 면도 없지 않다. 조금 어수룩한 음모를 꾸민 자들도 마교가 적극적으로 개입하여 가짜를 진짜로 만들기까지 했었다.

하지만 그런 부분은 벽보에는 쓰여 있지 않았다. 오로지 사건과 피해자, 그리고 가해자가 적혀 있고 그게 정말 천마신교였는지 아닌지만 밝혀져 있을 뿐이다.

거기에 그 일로 인해 어떤 결과가 나타났는지도 친절하게 적혀 있다. 단지 사실의 나열이지만 어린애도 추론이 가능하도록 확실히 치부를 들춘 것이나 다름없다.

물론 믿거나 말거나라 할 수 있다. 마교가 스스로 그 사람은 자파의 첩자가 아니었다고 말한다고 해서 정말 아니라고는 장담할 수 없다.

그러나 벽보에는 정말 세세하게 사건과 증거가 나열되어
대부분 믿을 수밖에 없게 되어 있었다.

특히 당한 자들과 어느 정도 연관이 있던 자들, 혹은 사건
에 대해 조금이라도 잘 알고 있는 자들은 혀를 차며 한숨을
내쉬었다.

"훗, 무림맹 어르신들이 고생 좀 하시겠군."

소운은 지금 중원무림을 뒤흔들고 있는 벽보를 보고 있었
다.

아마 지금쯤 무림맹에서는 난리가 났으리라. 십 년, 무려
십 년 동안 천마신교는 정적을 처리하는 수단으로 애용되어
왔기에 발뺌을 하고 싶어도 할 수 없다.

"그리고 사실 이 목록이 다가 아니거든. 정말 힘 있는 자들
과 연관된 것은 살짝 빼놓았으니 말이야."

소운은 남들 모르게 웃었다. 적의 치부를 밝힐 때에는 한
번에 모두 밝혀서는 안 된다. 몇 가지 단계로 나누어 순서대
로 상황을 봐가면서 하는 것이 효과가 좋다.

지금 일차로 밝힌 이 부분은 그야말로 신뢰성이 최고로 높
은 것들이다.

또한 구파일방과 오대세가를 살짝 건드리면서도 대부분
잘라내도 상관없는 사람과 세력만을 공격한다.

"무림맹이 택할 방도는 뻔하지. 후후후."

그들은 이걸 덮으려고 하지 않을 것이다.

그냥 어둠에서 어둠으로 묻어버리기에는 너무나도 증거가 확실한 것들뿐이라 쉽지가 않다.

반대로 오히려 이걸 철저하게 조사를 해서 자성의 기회로 삼는 게 훨씬 일하기가 쉽고 자신들의 양심에도 거리낌이 없는 것이다.

"피의 바람이 불겠지. 정화를 위한 피의 바람."

소운은 고개를 끄덕이며 몸을 돌렸다. 주변 사람들의 반응을 볼 때 대충 소운이 예상했던 대로 일이 흘러갈 듯했다.

무림맹은 이 목록의 대상에 대해 철저한 조사를 함으로써 자신들의 결백을 주장할 것이다.

이것은 일부의 썩은 자들이 저지른 추태에 불과하다! 무림맹은 정의의 집단이니 이런 내부의 부패를 과감하게 처리한다!

그렇게 사리사욕으로 천마신교를 이용해 일을 벌인 '일부의' 썩은 자들은 벌을 받게 될 것이다.

"하지만 말이야……."

이 단계의 목록이 있다.

그건 지금 붙어 있는 것들보다 약간 더 무림맹의 중추에 다가가는 것들이다.

다시 말해서 구파일방의 분타나 속가제자들 중 비중 있는 자들이 저지른 일들이 적혀 있다. 혹은 증거가 그렇게까지 확실하지 않아서 덮으려면 약간의 노력으로 충분히 덮을 수 있는 것들도 상당수 섞여 있다.

그게 다시 발표되면 무림맹은 어떻게 처리를 할까? 덮을까? 아니면 전과 마찬가지로 강직하게 처리를 할까?

"절대 강직하지 못하겠지. 후후후."

그곳에서부터 무림맹은 분열이 된다. 다시 말해서 이것은 명확한 이간계인데, 이차 목록이 발표되는 시점에는 무림맹이 눈치를 채도 소용이 없다.

이간계를 깨는 방법은 이차 목록의 대상도 강직하게 처리하는 것뿐이다. 하지만 이번 경우엔 관계를 따져 보면 절대 제대로 처리될 리가 없다. 거기에 사실상 증거가 불분명한 것도 섞여 있으니 어떻게 해도 불만이 발생할 수밖에 없는 것이다.

소운은 고개를 들어 남동쪽 하늘을 보았다. 해와 구름이 섞여 빛의 어우러짐이 장관이라 할 수 있었다. 이런 백주대낮에 음모의 웃음을 짓고 있는 자신이 부끄러워질 정도였다.

소운은 살짝 고개를 저으며 중얼거렸다.

"뒤를 맡기겠다, 서문 사제."

소운은 이 계획의 입안자이자 가장 중요한 화룡점정의 역할을 맡고 있는 서문량을 머릿속에 떠올리고는 미소를 지었다.

                    *   *   *

　이번에는 개성이 직접 무림맹으로 돌아와 검성을 찾았다. 초산과 제갈부는 한쪽 구석에서 무림의 최고수 두 명이 대화를 나누는 것을 경청해야 했다.

　"문제가 심각하다고 들었소."

　"확실히 이번 일은 처리하기 곤란한 점이 많지요. 하지만 죄를 지은 자들이 그 죗값을 받는 것으로 해결이 될 수 있습니다."

　"허허, 역시 그렇게 생각하고 계셨구려."

　개성은 웃었다. 검성은 원래부터 강직한 성격의 무인. 그의 성격으로 볼 때 무림의 문파들이 마교의 이름을 이용해 무고한 자들을 모함하고 사리사욕을 채운 것을 용서할 리가 없다.

　검성뿐만이 아니다. 무림맹의 주요 실력자들 중 상당수는 협의에 대해서는 절대로 양보하지 않는 성격이다.

　문파의 실무자들은 그나마 융통성이 있다고 하지만 전투 부대에 속한 자들은 대의와 협의에 목숨을 건 자들이 많다. 그렇지 않았다면 정파와 사파의 구분이 없었을 것이다.

　그들 대부분은 이번 일에 대해 격렬한 분노를 표하고 있었다. 그들은 마교가 주장한 무림맹의 치부에 대해 철저하게 조사를 하여 외부의 일보다 더욱 엄격하게 처벌을 해야 한다고 주장하고 있었다.

실제로 제갈부와 초산 역시 이번 일은 그렇게 처리하는 것이 당연하다는 표정이었다.

"그래서 내가 급히 달려온 것이오. 이걸 보시오."

개성은 품속에서 서문량이 쓴 서신을 꺼내 검성에게 내밀었다. 천문기사의 소견서! 검성은 진지한 얼굴로 그 안의 내용을 읽었다.

이것은 이간계입니다.

일단 무림맹이 죄를 지은 자들을 추궁하기 시작하면 마교는 또 다시 명단을 내세울 것이 틀림없습니다. 그리고 이번에 추가될 명단에는 무림맹이 결코 죄를 추궁할 수 없는 자들이 섞여 있을 겁니다.

천마는 무림맹의 주축이 되는 대문파와 다른 중소문파의 사이를 갈라놓으려 하는 것입니다.

실제로 감숙이 아직까지 수복되지 않고 있는 것은 그 지역에 무림맹에 큰 영향력을 행사하는 문파가 없었기 때문이라고 생각됩니다. 이 부분은 다른 문파들도 그렇게 생각할 것이라 봅니다.

자기 집에 불이 나면 앞뒤 가리지 않고 불을 끄기 위해 물을 찾지만, 옆집에 불이 나면 구경을 하는 것처럼 무림맹의 여러 문파들은 남의 일에만 엄격하고 자신에게는 관대하다는 평을 받게 될 것입니다.

"으음, 제갈 가주는 어떻게 생각하오?"

검성의 심각한 질문에 제갈부는 고개를 숙였다.

"이 글을 읽고 보니 과연 그럴 것이라는 생각이 듭니다."

"허허허, 그들이 감숙을 얻은 채 멈춘 것에는 이런 심계도 숨어 있었다는 말인가? 과연 마교는 머리가 좋아 일을 꾸밀 때 일석이조나 일석삼조를 노리는군."

검성은 탄복을 했다. 이쯤 되면 적의 기량에 감탄을 할 수밖에 없다. 한숨을 내쉬던 그는 잠시 생각에 잠겨 있다가 개성에게 물었다.

"그래서 천문기사는 이 일을 어떻게 처리해야 된다고 말했소?"

이번 소견서에는 마교의 의도에 대해서는 적혀 있지만, 다른 내용은 일절 적혀 있지 않았다. 아마도 다른 내용은 개성이 귀로 들었을 것이다.

과연 개성은 손으로 뒷머리를 벅벅 긁으며 말했다.

"그게 참 말하기 어려운 부분인데……. 천문기사가 말하기를 이번 일의 해결책은 결코 쉽지 않기 때문에 무림맹 사람들, 이 경우는 검성 그대와 여기 두 사람이 무조건 이 해결책에 따르겠다고 승낙하지 않으면 아예 말을 하지 말라고 하더이다."

"흠, 무조건 사전 승낙을?"

"그러니까 결론을 말하자면 검성이 별로 좋아하는 방법이 아니라는 것이오."

"그렇구려……."

검성은 고개를 돌려 문 밖을 보았다. 문은 닫혀 있었지만 그의 기감과 안력은 얇은 문을 뚫고 밖에 노송을 볼 수 있었다.

평생 푸름을 잃지 않는 노송. 검성은 그렇게 살고 싶었다. 하지만 무림맹의 맹주라는 자리는 결코 자신의 뜻만을 고집할 수 없는 자리. 무당의 수련동을 나선 순간부터 그는 세상을 배웠다.

"알겠소. 본인은 천문기사의 의견에 따르리라. 제갈 가주와 초 장로는 어떻게 생각하시오?"

"천문기사의 지모는 하늘에 닿아 있습니다. 오직 그만이 사악한 마교의 음모에 대항할 수 있음을 지금까지의 사건으로 절실히 깨달을 수 있었습니다."

제갈부가 먼저 대답했다. 그러자 초산도 한숨을 내쉬며 말했다.

"우리 무인들은 아무래도 무인의 상식에 사로잡혀 자유로운 발상을 할 수가 없는 모양입니다."

"그럼 허락한 것으로 알겠소. 개성, 한번 말해보시오."

"크흠. 그러면 내 말하리다."

개성은 그때서야 서문량이 말한 해결책을 말했다.

"의외로 간단하오. 마교가 발표한 내용을 전면 부정하고 모든 것이 음모라고 세상에 알리면 되는 것이오."

"흠, 모든 것이 음모라……. 그러면 그들의 죄를 덮어주자는 뜻이구려."

"그렇지요. 지금 큰일은 마교를 상대하는 것이고, 그들의 죄를 벌하는 것은 작은 일에 해당하오. 또한 그들의 죄를 벌하는 것은 나중에라도 얼마든지 할 수 있지만, 마교를 상대하는데에는 시기가 중요하니 일의 선후를 따져야 하오."

"음, 그것은……."

검성은 인정하기 어려운 듯했다. 죄를 지은 자들을 눈감아 준다면 그것은 평생 지켜온 협의의 도를 저버리는 행위가 된다.

하지만 개성의 말도 틀린 것은 아니다.

개성은 다시 말했다.

"그러니까 천문기사가 말하기를 정말 부인하기 어려운 것 몇 개만 빼고 나머지는 최대한 힘을 기울여 덮어야 한다고 했소. 또한 명단에 발표되지 않은 사건들 중 몇 개를 조사해서 그쪽을 터뜨리는 것이 중요하오."

"발표되지 않은 것들?"

"소견서에도 적혀 있지 않소? 그들이 발표한 것은 일부분에 불과하오."

"허허허, 설마 강호인들이 그렇게 썩어 있었다니……."

"일부분이오. 무림인들이 모두 협의를 목숨처럼 소중히 여기지는 않지만 나름대로 양심은 있소. 정말 악독한 자들은 극히 소수이오. 하지만 워낙 무림인들의 수가 많다보니 그런 위선자가 없을 수는 없지 않겠소?"

문제는 그 소수의 위선자들을 처리할 때 잘못하면 다른 자들의 오해를 살 수 있다는 것이다.

"그렇구려."

검성은 이해를 했다는 듯 고개를 끄덕였다. 사실 그는 이미 노회한 무림의 최고 배분의 무인이다. 어찌 세상을 깨끗하다고만 생각하겠는가? 단지 그는 그걸 인정하고 싶지 않을 뿐이다.

개성은 그걸 최대한 건드리지 않고 검성의 조력을 얻어내야 했다. 그것이 천문기사가 원하는 일이고, 무림맹이 마교의 음모로부터 벗어나는 길이다.

'다행이군. 검치가 저렇게 나온다면 이번 일은 확실히 승산이 있음이야.'

개성은 속으로 안도의 한숨을 내쉬며 구체적인 방안에 대하여 입을 열었다. 이번 일에서 가장 중요한 역할을 하는 것은 역시 검성이다.

평생을 지켜온 대쪽 같은 올곧음이야말로 무림맹의 일 처리에 대한 신뢰감을 줄 수 있다.

문씨세가의 삼남 문진웅은 초조한 표정으로 무림맹 접객실에 홀로 앉아 있었다. 마교에서 내건 벽보 때문에 그를 보는 세간의 시선은 곱지 않았다.

문진웅 자신은 물론이고 문씨세가에서도 벽보의 내용을 전면적으로 부정하기는 어려운 형편이다.

'세가를 지키기 위해서는 내 한 목숨이라도 바쳐서 결백을 입증해야 한다!'

이미 무림맹으로 출발하기 전 유서를 써놓았다. 세가 전체가 손가락질을 받느니 그 편이 훨씬 나은 일이다. 문진웅은 완벽한 무죄를 주장할 생각은 전혀 없었다.

죽음을 떠올리니, 떠오르는 생각이 한둘이 아니었다. 그는 잠시 자신만의 상념에 빠져 지금 어디 있는지조차 잊을 수 있었다.

끼익. 쿵.

"내가 좀 늦은 것 같군."

"헉, 검성 어르신!"

문진웅은 접객실 안으로 들어선 이를 보고는 놀라 작게 외치며 자리에서 벌떡 일어나 예를 갖췄다. 검성은 온화한 표정으로 그의 인사를 받고 자리에 앉았다.

"일단 앉게나."

"네. 감사합니다."

몸에 밴 예절을 차리면서도 문진웅은 정신이 없었다. 당연히 무림맹 감찰 단체에서 심문에 가까운 조사를 받을 것이라고 생각하고 각오하고 있던 차이다. 그런데 나타난 것이 검성이라니?

"금번 마교놈들의 벽보에 대해 우리 무림맹에서는 나름대로 조사를 했네."

"염려를 끼쳐 정말 죄송합니다."

"음, 사과는 되었네. 나는 어찌된 일인지 직접 당사자의 입으로 듣고 싶을 뿐이야. 시간은 충분하니 세세한 부분까지 빼놓지 말고 말해 보게."

검성의 온화하고 자상한 태도에 문진웅은 결심했던 것조차 망각할 지경이었다. 누가 뭐래도 검성은 정파의 우상이다. 그런 이가 자신의 사정을 들어준다고 한다.

그는 정말 성심성의를 다하여 당시의 모든 것들을 낱낱이 고하기 시작했다.

사실 문진웅이 신웅독도의 약혼녀에게 사심을 품은 것은 사실이었다.

하지만 그 감정은 혼자만의 것이라고는 할 수 없었다. 신웅독도의 약혼녀 역시 문진웅에게 어느 정도 호감을 품고 있었다.

알고 보면 그 약혼이라는 것은 신웅독도에게 신세를 진 그녀의 가문에서 추진한 일이었다.

그렇기에 신웅독도가 마교의 간세라는 증거가 드러나고 처벌되고 일정 시간이 지나자 그녀는 자연스럽게 문진웅의 여인이 될 수 있었다.

신웅독도가 마교와 관련이 있음을 의심하게 된 계기 또한 문진웅이 직접 꾸민 일이 아니다. 당시 세가에서 일하던 자의 제보에 의해 조사를 한 결과 거의 확실한 단서를 잡을 수 있었다.

하지만, 일을 진행함에 있어서 공정했다고는 절대 말할 수 없다.

당시 신웅독도에 대해 조사를 하게 된 것은 우연히 그가 마교에 대해 호의적으로 말하는 것을 들었다는 제보가 있었기 때문이다.

그런 이후 은밀히 조사하는 과정에서 그의 처소에서 마교와 관련된 서찰이 발견되었다. 문진웅의 입장에서는 마교의 간세도 잡고 사랑하는 여인도 얻을 수 있는 절호의 기회였다.

이미 물증이 있는 이상 처리 과정은 그다지 문제가 될 게 없다고 생각했다.

결국 신웅독도는 심문조차 받지 못하고 들이닥친 문씨세가의 무사들에 의해 목숨을 잃었다.

신웅독도에 대해 제보를 한 자는 그 일로 세가에서 꽤 괜찮은 자리로 진급했다. 그리고 꽤 오랫동안 세가의 일원으로 일을 하다가 몇 달 전 집안에 일이 있어 귀향을 해야 한다며 세가를 떠났다.

문진웅이 말을 하는 동안 검성은 어떤 말도 하지 않고 조용히 경청했다. 말을 모두 마친 문진웅은 조용히 고개를 숙이고 처분을 기다렸다.

그는 마무리 말에서 자신의 과오 부분을 확실히 인정하고 어떤 처벌이라도 받겠다는 뜻을 밝혔다.

"확실히 사감에 빠져 진실을 보지 못한 면은 있었군."

검성은 여전히 온화한 어조로 전체적인 논평을 하듯 말문을 열었다. 그의 말에 문진웅의 고개가 더욱 수그러들었다.

"자네가 잘못한 점은 세 가지이네. 첫째는 도의를 어기고 타인의 여인에게 욕심을 가진 것이지. 둘째는 그로 인해 누군가를 해할 마음을 품었다는 것. 셋째는 욕심을 이루기 위해 미심쩍은 부분을 묵과한 점이야."

"할 말이 없습니다."

검성의 말은 모두 진실이었다. 문진웅은 이미 그 점에 대해 누구보다 깊이 후회하고 있었다.

"여기에 대해서는 문씨세가의 잘못도 없지 않네. 자네의 의도가 뻔했는데도 공정하게 처리하기보다는 팔을 안으로 굽히기에 바빴군."

세가가 거론되자 문진웅의 안색이 더욱 어두워졌다. 그는 황급히 고개를 들고 간곡하게 말했다.

"세가에서는 제 판단을 믿고 따른 것뿐입니다. 물론 팔이 안으로 굽은 것은 사실이지만 대부분의 잘못은 모두 제게 있습니다."

문진웅이 지금 가장 두려워하는 것은 이 일로 인해 세가의 명성에 금이 가는 것이었다.

물론 세가의 삼남인 자신의 치부가 세가의 치부가 된다는 점에는 변함이 없다. 하지만 이 일에 대한 세가의 처신 자체가 잘못되었다고 판결이 나면 문제는 훨씬 커진다.

검성은 가문을 생각하는 그의 마음 씀씀이가 가상하다는 듯 고개를 한 번 끄덕이고는 문 밖을 향해 말했다.

"들어오게나."

이미 대기하고 있었던 듯 방문을 열고 들어선 이는 바로 초산이었다. 자리가 자리인 만큼 문진웅과 초산은 간략하게 예를 주고받았다.

"여기 있습니다. 그럼 전 이만 물러가겠습니다."

초산은 한 뭉치의 서류만 검성에게 전한 후 곧바로 접객실을 나갔다.

검성은 초산이 준 서류를 뒤적이다가 찾던 것을 발견한 듯 입을 열었다.

"여기 있군. 자네가 말했던 그 사라진 부하의 이름이 진향이라 했나?"

"네."

"당시 신웅독도의 방에서 마교와 주고받은 서찰을 찾아냈다는 자가 바로 이자가 맞나?"

"그렇습니다."

"그렇군. 우리가 알아본 바로 진향이라는 인물은 존재하지 않네. 아, 물론 동일한 인적 사항을 가진 사람이 있었지만 문씨세가에 진향이라는 사람이 들어가기 전 이미 죽었다는 사실이 밝혀졌네."

"네?"

"그보다 중요한 것은 조사한 바에 의하면 이자가 마교의 간세였을 가능성이 무척 높다는 것이네."

"어헉, 그럼."

"그래. 자네는 마교의 수작에 당한 셈이지. 아마도 신응독도가 마교에 대해 호의가 있다고 전한 것도 자네의 당시 속마음을 눈치 챈 그자의 수작이었을 걸세."

"……."

문진웅은 할 말을 잃었다. 정작 마교의 간세는 자신이 신뢰하던 부하였고 세가는 무고한 이를 마교로 몰아 죽인 것이다.

음모가 있었다고는 하나 어디까지나 단초를 제공한 것은 자신이다.

당시 문진웅은 신응독도에게 변명할 여지조차 주지 않았다. 원래의 절차대로 하자면 무림맹에서 조사한 후 처벌하도록 해야 했지만 빌미를 잡자마자 곧바로 들이닥쳐 그의 목숨을 취했다.

물론 무림맹에는 제압하는 과정에서 반항을 하는 바람에 죽일 수밖에 없었다고 전했지만 그건 사실이 아니었다. 신웅독도는 죽는 순간까지 자신이 왜 죽는지조차 짐작도 못했을 것이다.

"나는 이번 일에 대해 자네의 잘못이 딱 반이라 생각하네."

검성이 드디어 결론을 내렸다. 문진웅은 감히 반박할 생각을 못하고 그에 수긍하듯 조용히 경청했다.

검성은 변명하지 않는 그의 태도가 마음에 든 듯 고개를 끄덕여 보이더니 자못 엄한 어조로 말했다.

"그 일에 있어서 자네의 잘못은 결코 적다할 수 없네. 하지만, 자네를 처벌하는 것은 뒤에서 음모를 꾸민 마교놈들의 수작에 놀아나는 꼴이라 할 수 있지. 지금에 와서 자네를 처벌한다고 해도 죽은 사람은 돌아오지 않을 것이야. 그리고 우리 무림맹은 아까운 인재 하나를 잃게 되겠지."

문진웅은 자신을 인재라 말하는 검성을 감격한 눈빛으로 바라보며 말했다.

"과분한 말씀이십니다."

"나는 자네를 믿겠네. 비록 한 번의 과오는 있었지만 다시는 그런 불의한 마음을 품지 않겠다고 약속해 주겠나?"

검성의 말은 일종의 사면령과 같았다. 문진웅은 검성이 자신의 죄를 덮어주려는 의도임을 깨닫고 쿵 소리가 나게 탁자에 머리를 찧어 사의를 표했다.

"결코 지난날의 과오를 반복하지 않겠습니다. 이미 한 사람의 무고한 목숨 값으로 버려져야 했을 생명입니다. 앞으로 마교와 싸우는데 제 모든 것을 걸고 앞장서겠습니다."

이것은 결코 입바른 소리가 아니었다. 문진웅은 자신의 허물을 눈감아준 검성의 은혜에 꼭 보답하리라 굳게 마음을 먹었다.

얼마 후, 무림맹에서는 정식으로 발표를 했다.

그 발표의 내용에 의하면 마교의 짓으로 추정되는 이번 벽보는 그야말로 사실과 거짓이 혼용된 간악한 음모라고 했다.

그들이 말한 내용 중 일부는 진실이지만 대부분은 조작된 거짓이다. 그들은 무림맹의 명예를 실추시키고 자신들에게 방해가 되는 문파나 무인들을 제거하기 위해 음모를 꾸몄다.

하지만 이번 일을 기회로 우리 무림맹은 과거 마교의 간세들에 대한 기록을 다시 검토, 그 중 일부가 정말로 사리사욕에 의해 무고한 자들에게 해를 가한 것임을 밝혀냈다.

이에 우리 무림맹은 협의를 위해 피눈물을 흘리는 심정으로 그 명단을 공개한다.

무림맹이 발표한 위선자 명단에는 마교의 벽보에 쓰인 자들 중 단 두 건만이 포함되어 있었다. 그리고 그 외에 구파일

방과 오대세가 등 무림맹의 실세와 연관된 자들 중 몇 명이
포함되어 있었다.

이것은 정말로 큰일이다.

무림은 무림맹의 양심적인 일처리에 환호했다. 그리고 마
교의 간악한 음모에 치를 떨었다. 그들은 몇 명의 위선자들을
미끼로 정말 무고한 자들을 해하려 한 것이다!

순식간에 무림인들의 반 마교의식이 극에 달했다. 동시에
중소문파들은 무림맹에 대해 신뢰의 감정을 더욱 진하게 가
지게 되었다.

천마신교의 이간계는 실패로 돌아가고, 무림맹은 오히려
굳건하게 뭉쳐 졌다.

그 뒤, 초산과 제갈부는 암중에 무림맹을 빠져나가 양주로
갔다. 그들은 그곳에서 천문기사 서문량을 만나 정식으로 무
림맹의 군사가 되어 줄 것을 청했다.

천문기사 서문량은 세 번이나 거절했다. 자신이 의견을 내
어도 무림맹의 사람들이 쉽게 따르지 않는다는 것이 그 이유
였다.

"저는 강호분들의 자존심을 따져 가며 일을 꾸미지 못합니
다. 그런 만큼 그분들이 나이도 젊고 명성도 없는 제 말을 순
순히 따르리라고는 생각할 수 없습니다."

그의 말은 정론이었다. 하지만 초산과 제갈부는 그것마저
모두 염두에 두고 있었다.

“염려 마시오. 천문기사의 의견은 우리 두 사람이 무조건 수용을 할 것이오. 또한 그대의 제안은 모두 검성 어르신의 이름아래 발표될 것이니 맹의 사람들이 감히 무시할 수 없을 것이오.”

그들은 그렇게 말하며 검성의 친필 서한을 서문량에게 내밀었다. 마교 필멸을 위해 무인의 자존심을 버리겠다는 내용이 그 안에 적혀 있었다.

검성이 그런 각오를 한 이상 다른 자들은 감히 말을 할 수 없으리라.

그때서야 서문량은 양주의 숙소에서 나와 무림맹으로 향했다. 아직 많은 사람이 알지는 못하지만 강호에는 천문기사의 이름이 조용히 퍼져 나갔다.

소운은 조용히 숨어서 그런 모든 강호의 흐름을 지켜보았다. 그는 천마신교의 음모가 실패를 했음에도 불구하고 전혀 실망하지 않았다.

“드디어 무림맹을 손에 넣었다.”

소운은 담담한 표정으로 그렇게 중얼거릴 뿐이었다. 그러면서 소운은 하늘의 구름을 보며 사제인 서문량을 생각했다.

검성이 이번 계책을 인정했다는 것은 이미 스스로의 자존심을 버리고 실리를 취하겠다는 것이 틀림없다. 그렇다면 이제 무림맹은 서문량의 뜻에 따라 움직일 것이다.

지금까지 해온 모든 일들의 목표가 바로 서문량을 무림맹의 숨은 군사로 만들기 위해서라는 것을 누가 짐작할 수 있을까?

이미 천마신교는 소운이 마음대로 움직일 수 있다. 천마를 조정하고 언제든지 천마령을 발동할 수 있으니 그야말로 소운의 뜻이 천마신교의 뜻이라 할 수 있다.

그런데 이제는 무림맹마저 소운과 서문량의 뜻대로 움직일 수 있게 되었다. 무림 전체가 바로 그들의 의도대로 춤을 출 것이다.

세상이 그들의 손바닥 안에서 노는 것처럼 느껴졌다.

"무대는 완성된 셈이군. 이제는 수확을 거두어들일 때이다."

소운은 그렇게 마음속의 생각을 정리하며 움직이기 시작했다. 그의 발걸음은 활기차 있었고, 눈은 하늘의 별처럼 빛났다.

第五章

청염돌풍(靑炎突風)

세상이 뭐라 하든 난 무인이다

南斗延壽保命時老君告天師曰
大八會之真文三洞三清之上
稟道元始天尊昔經歷于億萬劫天地始修
太上說南斗延壽保命

安真經太上說南斗
此經乃九天八
熙衰而人倫五運遷變萬稟道

청염돌풍(靑炎突風)

세상이 뭐라 하든 난·무인이다.
강함을 추구하는 데 하나뿐인 목숨을 건다!

"이제는 청염마조가 움직일 때지."

소운은 그렇게 중얼거리고는 서정의 복장과 모습을 했다. 화조무령검을 등에 메고, 청색의 장삼을 걸쳤다. 또한 옷깃에 천마신교의 표식을 했다.

이것으로 길을 가던 사람은 모두 소운이 마교의 사람이라는 것을 알아볼 수 있다.

또한 어느 정도 정보력이 있는 무림인이라면 아주 쉽게 그를 천마의 제자이자 마교의 십장로인 청염마조 서정이라고 추측할 것이다.

그 상태로 소운은 저잣거리로 나갔다.

그렇게 걸음을 옮긴지 얼마 안 있어 소운의 뒤에 누군가가 따라붙었다.

'개방인가? 과연 빠르군.'

소운은 고개를 돌리지도 않고 상대가 대충 누구인지를 알 수 있었다. 눈으로 본 것과 마찬가지였고 어떤 면에서는 더 정확하기도 했다.

'신경 쓸 필요도 없지.'

소운은 그냥 가던 길을 계속 갔다. 목표는 오대세가 중 하나인 남궁세가! 혈장천마의 제자로서 남궁세가에 정식으로 방문을 하려는 생각이었다.

이것은 그야말로 목숨을 건 행위이다. 머리를 쓰지 않아도 살 가망성이 거의 없다고 쉽게 장담할 수 있을 정도다. 그러나 실제로 소운은 별로 죽을 생각이 없었다.

"잠깐. 걸음을 멈추시오."

약간 한적한 길로 접어들자 누군가가 앞을 막으며 외쳤다. 다부지게 생긴 중년의 무인이었다. 그의 뒤에는 두 명의 젊은 청년이 묘한 위치를 점하고 서 있었다.

동시에 좌측과 우측으로부터 범상치 않은 기세가 느껴졌다. 눈 깜박하는 사이에 포위를 당한 셈이다.

'과연 남궁세가! 천하제일세가라 불릴 만하군.'

소운은 속으로 감탄을 하며 걸음을 멈추었다. 그리고는 포권을 하며 말했다.

“남궁세가의 벽력검이 아니신지요? 짐작하다시피 본인은 청염마조 서정이라고 합니다.”

“으음, 역시.”

벽력검 남궁본은 소운이 아무렇지도 않게 자신의 정체를 밝히자 오히려 긴장했다. 천마의 제자쯤 되는 자가 혼자 올 리가 없다!

그는 손짓으로 뒤에 서 있는 청년 하나에게 신호를 보냈다. 세가의 경계를 강화하고, 주변을 탐사하며 마교의 일당을 찾으라는 뜻이었다.

만약 천마가 직접 왔거나 마교의 전투부대가 몰려 왔다면 남궁세가의 앞날은 불투명하다. 무엇보다 인의가 없는 전쟁을 하겠다고 선언을 한 다음이니 정말 무섭다.

그런데 소운이 여유롭게 미소를 지으며 말했다.

“다른 자는 오지 않았습니다. 본인 혼자 남궁세가에 일이 있어 왔을 뿐.”

“혼자라고?”

“그렇습니다.”

“음, 그 일이 무엇인지 물어도 되겠소?”

“별일은 아닙니다. 원래 천마의 제자 된 자는 중원에서 비무행을 하여 자신의 강함을 증명해야 하지요. 그래서 우선 검으로 명성이 자자한 남궁세가에 가르침을 청하러 왔습니다.”

소운은 그렇게 말하며 자신의 검을 들어 앞으로 내세워 보였다. 스스로가 검을 쓰는 검사라는 뜻이다.

"정녕 비무를 위해 여기까지 왔단 말이오?"

이런 상황에서 비무행이라니? 남궁본은 믿을 수 없다는 표정을 지으며 되물었다.

하지만 소운은 여전히 태연했다.

"그렇습니다. 가능하면 남궁세가에서 무공이 강한 분께서 상대를 해주시면 좋겠습니다. 생사를 불문하고 비무는 단 한 명하고만 하고 싶습니다. 여럿을 상대로 비무를 하는 것은 정당치 못하고 또한 이겨도 져도 뒤끝이 좋지 못할 것이니 말입니다."

"으으음."

남궁본은 영문을 알 수 없었다. 천마의 제자란 자가 나타나 남궁세가의 사람과 비무를 하고 싶다고 당당히 청하는 이 상황이 과연 현실인가 하는 생각마저 들었다.

남궁본은 잠시 입을 다물고 소운을 노려보다가 결국 한숨을 쉬며 말했다.

"일단 본가에 사람을 보내 가주의 허락을 받아야겠소. 이곳에서 기다려 주시오."

"알겠습니다."

소운은 순순히 승낙을 하고 한쪽에 있는 바위로 가 걸터앉았다. 마치 정말로 청운의 꿈을 품은 무사가 문파를 찾아와 비무를 기다리는 듯한 모습이었다.

시간이 흘렀다. 그사이 소운을 감시하는 자들의 눈은 더욱 많아졌다. 하지만 소운은 전혀 걱정을 하지 않았다. 그의 진정한 무공실력으로 볼 때, 이들의 감시망은 전혀 위협이 될 수 없었다.

저들은 소운이 청성파 장문인을 이겼음을 안다. 하지만 그건 실력이 뛰어나서가 아니라 보검과 보의의 덕을 보았고, 또한 투지와 운이 크게 작용을 했다고 분석하고 있다.

다시 말해서 절정고수를 넘어서서 초절정의 문턱에 다다랐을지는 모른지만 설마 초절정의 경지에 도달했다고는 꿈에도 생각을 못하고 있는 것이다.

'어떻게 나오나 보자고. 날 붙잡으려 할지, 아니면 그냥 비무만 하고 보낼지 말이야.'

소운은 동전을 던져 내기를 하는 자의 심정이었다. 단지 앞면과 뒷면 중 어느 것이 나와도 지지 않는다.

앞면이 나오면 크게 이기고 뒷면이 나와도 그냥 적당히 이길 뿐, 오히려 앞뒷면에 따라 울고 웃는 것은 남궁세가일 것이다.

그렇게 생각하니 주변 사람들의 얼굴 표정을 찬찬히 살필 여유가 있었다. 또한 주변에 숨어 있는 자들의 숨소리에 담긴 감정도 읽어낼 수 있었다.

하나같이 불안과 초조에 몸과 마음이 굳어있다.

이들이 비록 적지 않은 실전을 경험했다고 해도 정말로 세가의 운명을 걸고 싸워본 일이 있을까? 지난 수십 년간 남궁세가의 기세로 보아 전혀 없을 것이다.

'첫 위기인가? 몸이 굳는 것도 당연하겠군. 음, 그리고 보니.'

소운은 자신이 전혀 긴장하지 않고 있음을 깨달았다.

아무리 이성적으로 계산이 끝나 있어도 이렇게 사방이 적으로 둘러싸여 있는 상황에서는 어느 정도 긴장을 해야 하는 게 정상이다.

그런데 의식을 하지 않고 자연스럽게 있을 수 있다는 것은 바로 소운이 이미 수라장을 수차례 겪어왔다는 의미가 된다.

소운은 새삼스럽게 그걸 깨닫고는 살짝 고개를 들어 북쪽을 보았다.

'천마신교에서의 생활이 나를 단련시킨 셈이군. 내가 만약 신침의룡으로 활선문을 이었다면 마교와의 전쟁에서 살아남을 수 있었을까?'

대답은 할 수 없다. 실력이 모자란다고 다 죽는다는 법은 없으니까.

하지만 적어도 지금의 소운이 생각하기에 신침의룡 시절의 그는 세상물정 모르는 어린 아이와 같았다. 그런데 지금은 대륙 전체를 굽어보는 식견과 천하의 수위를 다투는 무력을 지니게 되었다.

이 년도 채 지나지 않았지만 그사이 소운은 전혀 다른 사람이 된 것이다.

그렇게 소운이 감회에 잠겨 있을 때 남궁세가 쪽에서 사람이 달려왔다.

그중 한 사람은 긴 턱수염을 단전 아래까지 길렀는데, 소운이 보기에 그는 남궁세가의 장로인 장염공 단측인 것 같았다.

"가주께서 만나시겠다고 하셨소."

장염공 단측은 자기소개도 하지 않고 대뜸 그렇게 말했다.

'신선 같은 용모와는 다르게 불같이 성미가 급하다는 소문이 사실인가 보군.'

소운은 묵묵히 바위에서 일어나 장염공의 뒤를 따랐다. 사방의 무인들이 소운을 포위하는 형태로 그 뒤를 따랐다.

남궁세가 안으로 들어서니 이미 백여 명의 사람들이 대청에 나와 소운을 기다리고 있었다. 하나같이 범상치 않은 기세를 풍기고 있는 것이 세가 안의 고수들이 대부분 모인 것 같았다.

"어서 오게. 청염마조의 명성은 익히 들었네. 내가 바로 남궁도일세."

중앙의 노인이 정중하게 소운을 맞이했다. 남궁도는 바로 남궁세가의 가주다. 현재 무림에서 검으로 가장 강한 다섯 명을 말하라면 그중에 틀림없이 들어가는 고수 중의 고수.

"서정입니다."

소운도 정중하게 대답했다. 하지만 그의 기세는 당당하여 남궁도의 앞에서도 전혀 기죽는 모습이 아니었다.

적진 한가운데나 다름없는 곳에서 저토록 당당하기는 쉽지 않다. 남궁도는 내심 감탄하면서 슬쩍 칭찬의 말과 함께 떠보듯 물었다.

"과연 천마의 제자답군. 그런데 비무를 하기 위해서 왔다고?"

"그렇습니다. 누구든지 남궁세가 분들 중 한 분과 검을 나누고 싶습니다."

"우리 남궁세가와 천마신교는 적대관계이지. 그것도 천마신교는 이미 강호의 도의를 지키지 않겠다고 선언한 상태. 그런데 그대가 감히 백주대낮에 모습을 드러내고 비무를 청할 수 있는가?"

갑자기 바뀐 분위기. 인사만 정중하게 나누고 바로 표정을 바꾼 남궁도의 말은 추상과도 같았다. 동시에 그의 전신에서 날카로운 기운이 흘러나와 소운의 전신을 압박했다.

검이 없어도 사람을 죽일만한 검기! 소운은 과연 남궁세가라고 감탄을 하면서 그 기세를 받았다.

파악.

두 기세가 허공 중에 부딪치며 격한 공기의 흐름을 만들어 내었다. 무형의 기세가 물리적인 힘을 발휘한 것이다.

소운은 한 치도 물러나지 않고 검을 두 손으로 들어 포권을 하며 말했다.

"나는 무인이오. 단지 그것을 증명하기 위해 왔을 뿐, 다른 의도는 없소."

"흥. 너를 잡아 무림맹으로 보내는 것이 우리 남궁세가가 할 수 있는 가장 좋은 일이 아니겠느냐? 아니면 이 자리에서 너를 죽여 버리는 것이 옳은 일이다."

"마음대로. 그때에는 목숨을 걸고 싸울 뿐. 적어도 나는 사로잡히지 않을 자신이 있소."

천마의 제자쯤 되면 교내의 여러 가지 일들에 대해 잘 알고 있을 것이다. 그중에는 적에게 밝혀지면 안될 치명적인 비밀도 있음이 틀림없다.

소운은 남궁 가주 앞에서 자신은 죽을지언정 잡히지 않겠다고 선언했다. 그 말은 이미 스스로의 목숨에 대해 포기를 했다는 뜻이다.

그러자 남궁 가주는 잠시 입을 다물고 소운을 노려보았다. 소운의 전신에서 일어나는 기세는 한 점의 망설임도 없이 타올라 주변을 후끈 달아오르게 했다.

'타고난 무인이군.'

저놈은 진짜 바보다!

남궁 가주는 그런 생각을 했다.

그가 보기에 소운이 남궁세가를 찾은 이유는 정말로 비무를 하기 위해서이다. 죽을 가능성이 너무나도 높다는 것을 알면서도 무를 추구하는 마음을 참지 못하고 적지에 들어선 것이다.

소운의 나이를 보면 약관을 약간 지난 것 같았다. 삼십은 넘지 않은 것이 확실하다.

그렇다면 젊은 혈기에 이런 행동을 할 만하다. 대세와는 관계없이, 자신만의 도리에 따라 목숨을 걸 수 있는 나이다.

'세상 물정 모르는 놈.'

남궁 가주는 그렇게 결론을 내렸다. 그리고는 한숨을 내쉬며 말했다.

"현무대주는 앞으로 나와 저자와 비무를 하게."

"명을 받들겠습니다."

남궁도의 말에 현무대주는 예를 갖추고 앞으로 나섰다.

"가주님!"

그때 옆에 서 있던 장로 한 명이 급히 끼어들었다.

"마교와 정식으로 비무를 하는 것은 남들이 보기에 오해의 여지가 있습니다. 여기서는 일단 제압을 하는 것이……."

"언제부터 우리 남궁세가가 남들의 오해를 두려워했소?"

"……."

자긍심이 묻어나는 남궁도의 말에 장로는 자신의 실언을 깨닫고 급히 고개를 숙이며 입을 다물었다.

남궁도는 세가를 걱정하는 그의 내심을 충분히 짐작하고 있었다.

슬쩍 주위를 둘러보니 자신의 결정에 혼란스러운 표정을

짓는 사람들이 제법 보였다. 그는 속으로 한숨을 삼키며 담담한 표정으로 다시 입을 열었다.

"저자는 단신으로 비무를 하러 온 것인데, 그걸 강압적으로 제압을 하는 것은 세가의 법도에 어긋나오. 그러니 일단 비무는 해야 할 것이오."

"그렇다면?"

일단 비무는 해야 한다. 장로는 그 의미를 깨닫고 다음 지시에 대해 궁금해했다. 그 주변으로 다른 이들도 가주의 다음 말을 청각을 곤두세우고 기다렸다.

남궁도는 굳이 숨길 필요가 있겠냐는 듯 목소리도 낮추지 않고 선언하듯 말했다.

"제압을 하거나 척살을 하려면 남궁세가를 나선 다음에 해야 하오."

"과연 그렇군요."

장로는 가주의 말이 지당하다는 듯이 고개를 숙였다.

전음으로 이야기하지 않은 이상 그 말이 서정이라는 자에게 들리지 않았을 리는 없다. 하지만 척살이라는 말까지 나왔는데도 그의 태도는 전혀 변함이 없다.

남궁 가주는 입을 다물고 소운을 보며 생각했다.

'남궁세가에서 저놈을 제거하는 것은 좋지 못하다. 득은 없고, 실이 많은 일이다. 저놈은 살려서 다른 곳으로 보내야 한다.'

원래 바보를 죽이면 뒤끝이 좋지 않다. 세상의 모든 불화의 씨앗은 앞뒤 가리지 않는 바보의 미친 짓에서 야기되는 것이다.

그러나 세상은 이런 바보를 싫어하지 않는다. 눈앞에 서 있는 천마의 제자는 신분으로 보면 원수이나 그걸 제외하면 칭찬해 마지않아야 하는 무인이다.

남궁 가주는 경험상 이런 자를 죽이면 욕은 욕대로 먹고 고생은 고생대로 한다는 것을 잘 알고 있었다.

막말로 천마가 직접 남궁세가를 찾는다면 어떻게 할 것인가? 어쩌면 마교는 소운이 정파의 습격에 의해 죽을 것을 알고 내보낸 것인지도 모른다.

단신으로 비무행을 나선 소운이야 말로 알고 보면 걸어 다니는 폭탄과도 같다.

'저자를 죽이려면 비무를 하면서 죽여야 한다.'

그렇게 생각을 정리한 남궁 가주는 현무대주와 대치한 소운에게 말했다.

"비무는 목숨을 걸어야 한다. 그대가 현무대주와의 싸움에서 져서 죽는다면 그것은 무인의 숙명. 어떤 원한도 가져서는 아니 된다."

"물론. 한 자루 검에 못 미쳐 죽으면 그것은 본인의 운명일 뿐."

소운은 단호하게 대답하고는 검을 뽑았다.

창, 화르르륵.

"오, 저것이 화조무령검이군."

"검기에 반응해 화기가 일어나다니? 과연 강호삼대신병!"

파란 불꽃이 검에서 피어오르자 사람들은 저마다 감탄을 했다. 마주선 현무대주도 그 모습에 상당히 긴장한 듯 내공을 끌어올리며 검을 뽑았다.

'고수군.'

소운은 현무대주의 검을 든 자세만 보고도 상대의 기량을 어느 정도 알 수 있었다. 그는 남궁 가주에 비해 한 세대 젊은 나이로 보였는데 무공은 이미 극에 달한 것으로 보였다.

'현무대주란 자는 지금까지 무림에서 활동을 거의 안한 자인데. 남궁세가가 비밀리에 차세대 대들보로 키우는 자겠군.'

어쩌면 다음 세대의 가주가 될 자일지도 모른다.

왠지 모르게 그런 느낌을 받았다. 상대의 눈에 나타난 정기는 맑고 깨끗하여 세속의 잡사에 물들어 있지 않아 보였다. 순수하게 무공에만 모든 것을 걸고 평생을 살아야 비로소 가질 수 있는 그런 눈빛이었다.

심지어 현무대주는 소운이 마교출신이라고 경멸하거나 미워하는 것 같지도 않았다. 그저 검을 뽑아 생명을 걸고 싸울 상대라고 인식하는 것 같았다.

기분 좋은 투지다. 소운은 그렇게 생각했다.

'그렇다면 적당히 상대해 줄 수는 없지.'

소운은 결론을 내리고 앞으로 한 걸음 나아갔다.

슈욱.

몸이 한 걸음 나아가자 검기는 두 자나 길어졌다.

"웃!"

현무대주는 소운의 검기를 맞받으려 하지 않았다. 화조무령검의 예기가 더해진 검기는 눈으로 보일 정도이기 때문에 쉽게 막아서 버틸 성질의 것이 아니다.

휘리릭.

검이 나선형으로 휘는 듯했다.

"회선암향!"

원래 비무는 초식을 펼침과 동시에 그 이름을 말해주는 게 예의다. 그렇기 때문에 대부분 암기 같은 것을 쓰지 않고 정식 무공만으로 겨룬다.

현무대주 역시 소운과 제대로 된 비무를 하고 싶었는지 초식의 이름을 외쳤다. 회선암향은 남궁세가가 자랑하는 창궁비연검 중의 절초이다.

소운은 즉시 옆으로 한 걸음 움직이며 검을 거칠게 좌우로 흔들었다. 그러자 화검기가 사방으로 퍼져나가며 상대의 검을 옆으로 밀어냈다.

"노룡파해!"

"강검인가? 좋군."

현무대주는 소운의 경력이 무시할 수 없을 정도임을 알았
다. 그는 크게 호승심이 이는 듯 검의 변화를 포기하고 내력
을 집중해서 앞으로 세 번을 찔렀다.

"무애삼첨!"

무애삼첨은 남궁세가 최고의 검법이라고 알려진 창궁무애
검법 중의 초식이다. 현무대주는 단 일 초 만에 소운을 강적
으로 인정하고 최고의 검법을 펼치기 시작한 것이다.

이에 소운도 질세라 심극검의 전초식을 사용하여 대응했
다.

"심원무한!"

카카캉!

소운의 검이 크게 원을 그리며 상대의 검을 옆에서 잘라내
려 했다.

그러나 현무대주 역시 검을 교묘하게 돌려 화조무령검의
옆면을 쳤다. 검이 부딪치자 강한 충격이 두 사람을 튕겼다.
기와 기가 부딪쳐 폭발하는 듯했다.

그런데 현무대주는 그 상황에서도 공격을 가했다.

"명마각!"

검이 아니라 발차기! 뒤로 튕기는 상태에서 자연스럽게 원
앙각이 펼쳐졌다.

소운은 자신의 턱을 향해 날아오는 상대의 발을 보았다. 검
으로 막을 수 없는 곳을 정확하게 뚫고 들어왔다. 이걸 막으

려면 억지로 검로를 바꿔야 하는데, 그러면 바로 진다.

"합! 비월산!"

소운의 몸이 허공 중에서 한 바퀴를 회전했다. 그렇게 상대의 명마각을 피하면서도 검이 기세를 잃지 않고 오히려 힘을 더했다.

슈욱.

검이 닿을 수 없는 위치인데 화검기가 뻗어 나갔다. 그것은 검기가 아닌 검사로 충분히 상대를 상하게 할 수 있는 날카로운 기운이었다.

팍!

현무대주의 어깨에서 피가 튀었다. 동시에 옷에 불이 붙었다.

그러나 현무대주는 조금도 당황해하지 않았다. 어깨의 살같이 약간 스친 정도로는 전혀 그의 투지를 꺾을 수 없었다.

검을 몸 앞에 비스듬히 세워 방비를 철저히 하고 한 손으로 어깨를 털어 불똥을 털어냈다.

"검도 사람도 무섭군."

현무대주는 그렇게 중얼거리며 천천히 검을 머리 위로 들어올렸다.

"창궁뇌운."

작지만 강한 목소리. 창궁무애검법을 정식으로 시전하려는 자가 자신의 검법에 대한 절대적인 믿음을 나타내고 있었다.

 '장난이 아니군.'

 소운은 상대의 내외에 거의 빈틈이 없다는 것을 알았다.

 이건 정말 대단한 것이다. 아무래도 현무대주는 십 년 이내에 현 가주의 경지를 뛰어넘을 것 같았다. 지금의 수준으로도 청성파 장문인인 허산보다 위라고 봐야 했다.

 '이걸 어떻게 상대해야 할까?

 사실 소운은 스스로에게 금제를 건 상태에서 싸우고 있었다. 검강을 사용하지 않고, 내력으로 상대를 제압하지 않는다. 오로지 검초만으로 상대를 이겨야만 하는 것이다.

 원래는 하늘을 나는 매가 땅의 늑대를 보듯 검초만 비교해도 소운은 초절정고수의 실력이라 봐야 한다.

 하지만 현무대주와 같은 검사를 상대로 그렇게 이긴다면 앞으로의 비무행에 크게 문제가 발생한다. 무엇보다 남궁세가에서 살아나가기 어려울 것이다.

 현재 소운은 마교의 큰 전력이라는 의미보다는 천마의 제자라는 의미가 컸다. 즉, 살아 있을 때보다 죽여서 얻는 후환이 더 크게 보이는 존재라는 뜻이다.

 하지만, 진정한 실력이 드러난다면 그렇지 않다.

 아무리 명분을 중요시하는 정파의 사람들이라 해도 마교의 실제적인 전력을 없앨 수 있다면 모든 방법을 동원할 것이 틀림없다.

천마의 제자다운 실력. 나이에 비해 그 성취가 엄청나다는 평가. 딱 그 정도면 족하다. 소운이 스스로에게 건 금제는 바로 이러한 점을 기준으로 했다.

'이 정도 고수에게는 이겨도 그냥 이기면 안 된다. 겨우겨우 운이 좋아 이겨야 한다!'

소운은 그렇게 판단을 내렸다. 그렇다면?

"차앗! 반심극!"

갑자기 소운의 검로가 변화했다. 심극검의 원래 이치와는 정반대로 상좌를 버리고 하좌를 택했다. 묘와 유의 흐름을 잊고 궤와 각의 길을 택했다.

이것은 삼류낭인무사가 실전에서 모든 것을 잊고 상대를 향해 돌진하는 것과 같았다. 절정고수의 품위는 전혀 느껴지지 않았지만 목숨을 건 생사투의 처절함이 나타났다.

"크윽! 현각!"

현무대주는 짧게 헛바람을 들이키며 옆으로 이동해 소운의 멧돼지와도 같은 기세를 흘렸다.

상대가 미친 짓을 한다고 해서 말려들 이유는 어디에도 없었다. 그 정도 수준은 이미 십 년 전에 넘어섰다.

파파파팍.

소운은 숨도 쉬지 않고 공격을 가했다. 방칠공삼(防七攻三)이 정석인 비무에서 살수들이나 쓰는 방일공구(防一攻九)의 기세를 취했다.

현무대주는 계속해서 옆으로 원을 그리며 소운의 공격을 피하거나 흘렸다. 그러면서도 전혀 밀리지 않고 항상 날카로운 기세를 암중으로 뿜어내 소운의 빈틈을 노렸다.

"현무대주가 유리하군요."

관전을 하던 장로가 살짝 남궁 가주에게 말했다.

서정이라는 자는 공격 일변도로 날뛰는데 현무대주가 그걸 능숙하게 받아내니 곧 지칠 수밖에 없을 것이다.

사실 저렇게 거칠고 모나게 공격을 하면 체력 소모는 몇 배나 심하다.

사람의 몸에는 한계가 있고, 내력은 한번 사용하면 다시 채우는데 운기조식을 하거나 상당한 시간을 들여야 하기 때문에 조금도 낭비를 하면 안 된다.

그게 고수들의 싸움에선 승패를 가르는 결정적인 요인이 될 수 있다.

남궁 가주 역시 그렇게 생각하는지 살짝 고개를 끄덕였다. 하지만 그는 여전히 두 사람의 비무에 시선을 고정시킨 채 말했다.

"천마의 제자쯤 되는 자가 그걸 모를 리 없네. 무슨 속셈이 있겠지."

알면서 실수를 하는 자는 속에 계략을 품었다고 봐야 한다. 현무대주가 과연 그 계략에 넘어갈 것인가? 아니면 끝까지 흔들리지 않고 승리를 거둘 것인가?

"어쨌든 간에 상대가 계략을 사용할 생각을 한 것이라면 정상적으로는 이기기 어렵다는 판단을 한 셈이네."

남궁 가주는 그렇게 덧붙였다. 그의 입가는 살짝 미소를 띠고 있었다.

공적인 자리에서야 현무대주와 가주의 관계지만 알고 보면 부자간이다. 현무대주 남궁무혼은 남궁도의 셋째 아들인 것이다. 그런 만큼 남궁도가 아들의 성취를 미리부터 알고 있음은 당연했다.

하지만 수련으로 습득한 성취와 실전에서 보이는 실력이 같으란 법은 없다. 그런데 지금 보니 만만치 않은 상대의 말려들기 쉬운 공격에도 전혀 당황하지 않고 검초를 펼친다.

실전비무에서 저렇게 할 수 있는 것으로 보아 대가의 자질이 있다고 여겨졌다. 아무리 재능이 뛰어나다고 해도 실전에서 몸이 움츠러들면 절대 대가는 못 되는 것이다.

'아무래도 다음 대의 가주는 저 아이가 되겠구나.'

남궁 가주는 그렇게 속으로 중얼거렸다. 이번 비무가 끝나면 남궁무혼에게 후계자 교육을 시켜야겠다고 결심했다.

그러는 동안에도 소운은 맹렬하게 공격에 공격을 거듭하고 있었다. 마치 자신은 절대 지치지 않는 악귀와도 같다고 몸으로 외치는 듯했다.

그런 기백은 이성으로 헤아릴 만한 것은 아니다. 어느 순간 남궁무혼의 눈동자가 살짝 흔들렸다.

‘내가 이 정도로 공격을 가했다면 지금쯤은 호흡이 흐트러졌을 것이다.’

그는 그렇게 생각했다. 끈기와 투지로는 절대 남에게 지지 않는다고 생각하던 그가 소운의 투지에 감탄을 했다.

소운은 그 일순간의 흔들림을 정확히 찔렀다.

“차앗!”

이번에는 거센 기합성을 발했을 뿐 초식명은 외치지 않았다. 초식이랄 것도 없었다. 그저 두 손으로 검을 잡고 전력으로 찔렀나갔다.

이번 일격이 실패하면 죽어도 좋다는 마음가짐으로 몸에 한 점의 여유도 남기지 않은 것처럼 보였다.

“타앗!”

남궁무혼은 즉시 몸을 옆으로 틀며 전력으로 검을 옆으로 쳐내어 소운의 찌르기를 흘려내었다. 아무리 마음이 흔들렸다고 해도 상대의 공격에 당할 정도의 수준은 아닌 것이다.

그런데 문제는 바로 그 다음에 일어났다.

캉!

“아! 검이!”

소운의 검을 쳐내려 했던 남궁무혼의 검이 두 동강으로 갈라졌다. 알고 보니 소운은 이번 찌르기를 할 때 검날을 옆으로 뉘였던 것이다.

남궁무혼의 검도 명검에 속하는 것이기는 했지만, 그래도 화조무령검에 비할 바는 아니다. 금석을 두부처럼 가르는 날에 검을 정면으로 부딪쳤으니 잘릴 수밖에 없다.

파.

남궁무혼의 어깨에 소운의 검이 박혔다. 동시에 화기가 그물처럼 전신을 덮쳤다.

"크으윽!"

남궁무혼은 이를 악물고 비명을 지르지 않았다. 그리고 흩어지려는 내력을 집중하여 화기로부터 몸을 보호했다.

하지만 그로 인해 몸 안의 힘이 풀려 버렸다. 그는 버티지 못하고 털썩하고 한쪽 무릎을 꿇었다.

그러나 눈은 여전히 기세를 잃지 않고 소운을 노려보고 있었다.

소운은 남궁무혼의 어깨에 찌른 검을 그대로 빼내었다. 만약 그 상태에서 검을 돌려 베었다면 단숨에 남궁무혼의 목을 자를 수도 있었다.

살짝 비틀어 빼기만 해도 남궁무혼은 어깻죽지가 잘려나가 평생 불구가 되었을 것이다.

하지만 찌르자마자 그대로 빼어냈으니 치료를 하면 전혀 후유증이 없이 본래대로 돌아갈 것이다. 물론 흉터는 남겠지만 화조무령검에 찔리고 그 정도면 기적에 가까운 결과라 할 만하다.

"후우우우."

그때서야 소운은 참았던 숨을 거칠게 내쉬었다. 그는 천천히 두세 걸음 뒤로 물러나 품속에서 단약을 하나 꺼내 삼켰다. 그리고는 검을 아래로 내린 채 호흡을 골랐다.

"처음부터 화조무령검의 예기를 이용할 생각으로 격공을 펼친 것인가?"

남궁무혼은 고통을 참으며 물었다.

"그렇소. 그대를 이기려면 나의 모든 것을 동원해야 한다고 판단했소. 내 내력이 완전히 고갈될 때까지 그대에게서 약간의 허점도 드러나지 않을 거라고는 믿지 않았소."

"그렇군. 내 그대의 검이 화조무령검이라는 것을 잊지는 않았는데, 마지막에 검이 옆으로 누였다는 것을 보지 못했지. 내 잘못이야. 마음이 흔들려 눈이 멀었지."

남궁무혼은 그렇게 중얼거렸다. 동시에 그의 몸이 옆으로 스르륵 기울었다.

털썩.

남궁무혼은 정신을 잃고 땅에 쓰러졌다. 사람들 몇 명이 소리를 치며 달려 나와 남궁무혼을 부축해 안아 들었다.

소운은 조용히 그 광경을 지켜보고 있었다. 이제부터가 중요하다. 남궁세가는 과연 자신을 그냥 보내줄 것인가?

'승산은 구 할. 다른 곳이 아닌 남궁세가라면 나를 조용히 보내 줄 것이다. 설령 뒤로 암살자를 고용하는 한이 있더라도 방금 비무를 끝낸 나를 바로 치지는 않는다.'

사실 소운이 이곳 안휘성까지 와서 남궁세가를 비무행의 첫 대상으로 고른 이유가 여기에 있다.

남궁세가는 다른 세가와는 조금 다른 면이 있는데, 그것은 바로 약삭빠르면서도 고지식하다는 점이다.

다시 말해서 세가의 이익이나 안전과 관계되는 일에는 과연 이게 정파가 맞는가 할 정도로 노골적으로 실리를 취하지만, 평소에는 아주 엄격하게 대의와 명분, 그리고 규칙에 따라 움직인다.

그리고 실리를 취할 때에는 항상 가주가 직접 명을 내린다. 세가의 모든 무인에게 가주의 명에 따라 움직였을 뿐이라는 대의명분을 주는 것이다.

그래서 다른 무림인들은 남궁세가에 대한 별로 좋지 않은 평가를 내리면서도 절대 무시를 하지 않는다.

말하자면 생존을 위한 중용의 처세술이 뛰어나다고 봐도 된다. 오대세가 중 항상 수위로 꼽히는 데에는 이런 이중성이 크게 작용한다.

'그런 남궁세가라면 나를 죽이는 게 얼마나 큰 손해인지를 알아차릴 것이다!'

소운은 그렇게 판단했다.

죽이는 게 이익이 안 된다면 그 다음에는 규칙과 대의다.

남궁세가는 어떤 경우에도 비무를 요청한 자에게 정당치 못하게 대한 적이 없다.

비무 결과 자파의 사람이 죽거나 불구가 되어도 상대를 탓하지 않는다. 단지 비무를 할 때에는 항상 가주나 장로가 직접 비무상대를 감당할 만한 자를 골라 내보내니 그런 불상사는 거의 없다.

아예 처음부터 공격을 했다면 모를까 일단 소운의 비무를 받아들인 이상, 아마도 이들은 규칙을 지킬 것이다.

'그래도 결과는 두고 봐야 알지.'

소운은 조금도 방심하지 않았다. 그저 마음속으로 어떤 상황이 와도 대응할 수 있도록 준비를 한 채 상황을 지켜볼 뿐이다.

어차피 그의 예상과 달라도 무사히 몸을 빼는데에는 지장이 없을 터이다.

"살아 있습니다. 어깨의 부상도 경미합니다."

남궁무혼의 상태를 살핀 자가 외쳤다. 사람들이 내쉬는 안도의 한숨 소리가 사방에서 들려왔다.

남궁 가주는 천천히 고개를 끄덕이며 자리에서 일어났다.

"손속에 정을 두었군."

"망치기엔 아까운 무인이오. 하지만 내 다음에는 멈추지 않으리다."

"그런가? 허허허."

남궁 가주는 웃음을 터뜨렸다. 그리고는 천천히 걸음을 옮겨서 겨우 정신을 차린 남궁무혼에게 다가갔다.

“무혼아. 네가 상대한 청염마조는 단지 무공이 뛰어날 뿐만 아니라 임기응변도 뛰어나고 투지 또한 대단하구나.”

“그렇습니다.”

남궁무혼은 순순히 인정을 했다. 그는 소운이 검의 힘을 이용해 이긴 것을 결코 원망하지 않았다. 만약 소운이 암기를 사용해서 승기를 잡았더라도 그는 조금도 억울해 하지 않았을 것이다.

하물며 소운의 검이 화조무령검이라는 것은 비무 전부터 알고 있었다.

“제가 정신이 산만하여 상대의 검도 마음도 모두 보지 못했습니다.”

남궁무혼은 오히려 부끄러운 듯 고개를 숙였다. 그러자 남궁 가주는 가볍게 남궁무혼의 등을 두드리며 그의 허리에 차고 있던 검을 풀러 주었다.

“이검은 화조무령검보다 위라고는 할 수 없지만 적어도 쉽게 잘리지는 않을 거다.”

“아버님!”

남궁무혼은 놀라서 고개를 번쩍 들었다.

그가 지금 손에 든 검은 남궁세가의 가주가 사용하는 창궁무한검이다. 남궁세가의 시조가 남긴 보검으로 검속에 창궁무애검법의 최후초식이 담겨 있다는 전설까지 있다.

남궁 가주가 이걸 무혼에게 넘겼다는 것은 차대 가주를 결정한 것과 다름없다.

"어허, 공식 석상에서는 그렇게 부르지 말라고 했거늘. 아무튼 정진해라. 패배는 때로는 필요하나 자주 경험할 것은 못 된다."

남궁 가주는 별것 아니라는 듯이 손을 살짝 흔들고는 일어나서 원래 있던 자리로 돌아갔다. 아무도 그가 패배한 남궁무혼을 후계자로 지목한 것에 대해 반대하지 않았다.

소운은 그걸 보고는 내심 감탄했다.

'확실히 남궁세가는 대단한 점이 있군. 나한테 이겼다면 몰라도 졌는데 오히려 후계자로 인정하다니?

상벌을 명확히 하는 무림세가의 관습 상 있을 수 없는 일이다. 하지만 소운이 미처 모르는 것이 있었다.

사실 남궁무혼은 어릴 때부터 뛰어난 재능으로 두각을 나타내어 가주와 장로들은 그들 차세대의 기둥으로 보았다. 그리고 집중적으로 무공을 가르쳐서 마침내 나이를 뛰어넘는 성취를 얻게 하는데 성공했다.

그러나 문제는 가주란 직위가 결코 무공만으로 결정되는 것이 아니라는 데 있다.

남궁세가에서는 이런 점에서 철저하다.

무공과 인품, 그리고 지모가 모두 뛰어나야 비로소 천하제일세가인 남궁세가의 가주가 될 수 있는 것이다.

남궁무혼은 다행히도 성격이 곧으면서도 지인들을 배려할

정도로 마음이 넓다. 또한 무공뿐만 아니라 학문과 병법에도 어느 정도 성취가 있었다.

현재의 남궁 가주가 그런 남궁무혼을 보고 '다음 대의 남궁세가는 창공을 날지도 모른다.' 라고 평했을 정도이다.

그런데 또 하나, 남궁세가의 가주가 되기 위해서 필히 경험해야 하는 것이 있다.

바로 패배와 실패이다.

사람은 항상 마음 깊은 곳에 겸허함을 지녀야 한다.

진인사대천명(盡人事待天命)이라는 말이 얼마나 큰 의미를 가지는 진리인지를 알아야 스스로 자만하여 일을 망치지 않는다.

특히 말 한마디로 중원 전체에 막대한 영향을 끼칠 수 있는 세가의 가주는 세가의 힘이 강하면 강할수록 조심해야 한다.

일으켜 세우는 것은 쉽고, 지키는 것은 어렵다. 성자필멸이라는 말도 있고, 실제로 망하는 것은 그야말로 순간이다.

그걸 최대한 막기 위해서 가주가 지녀야 할 가장 큰 덕목은 겸허함일지도 모른다.

문제는 남궁무혼을 패배시킬 자가 그렇게 많지 않다는 점에 있다. 적어도 중원에 있는 사파의 최고 거물들이 아니면 남궁무혼을 확실하게 패배시킬 수 없다.

그런데 그들이 쉽게 남궁무혼과 싸우려고 할까? 그리고 이 정도 수준이 되면 어차피 종이 한 장 차이의 실력이기 때문에

서로 겨룸에 있어 생사를 장담할 수 없다.

패배를 경험시키려면 조금 일찍, 무공이 아직 완성되지 않았을 때에 시켰어야 했다. 그러나 불행인지 다행인지 남궁무혼의 성취가 다른 사람의 예상을 넘어섰기에 적당한 시기를 놓쳐 버렸다.

그런 상황에서 소운이 남궁세가를 찾았다. 남궁세가의 가주로서는 그야말로 죽어가던 환자가 화타를 만난 심정이었다.

이기면 이기는 대로 좋고, 지면 지는 대로 좋았다.

비무는 결국 지고 말았지만 완전히 패배를 한 것도 아니다. 다시 싸운다면 이길 것이라고 남궁 가주는 생각했다. 하지만 그렇다고 해서 어이없게 패한 것은 더욱 아니다.

상대는 정말 무시 못 할 강자다. 더군다나 나이를 생각하면 믿을 수 없는 경지라 할 수 있었다.

'이제 무혼이는 더욱 노력할 것이다. 두 번 다시 이런 패배를 경험하지 않기 위해 철저한 정신적 단련을 하리라. 상승검법은 육체적 단련보다 정신적인 성장이 더욱 중요한데, 가장 중요한 것을 얻었다.'

남궁 가주는 그렇게 생각하며 소운을 보았다. 여전히 검을 내린 채 당당하게 서 있는 그의 모습에서 말로는 표현 못할 기세가 느껴졌다. 남궁 가주는 문득 생각했다.

'저자는 비무 도중 한 번도 패배를 생각하는 기색이 없었다. 그런 자신감이라니? 천마의 제자로서의 자긍심인 걸까?

설명을 할 수 없지만 저렇게 서 있는 소운에게서는 절대강자의 기도가 풍겼다.

마치 검성이나 개성이 여유롭게 웃고 있어도 앞에 선 사람은 결코 마음을 놓을 수 없는 것처럼 자연스럽고도 무거운 기세다.

'허허허, 내가 무슨 생각을.'

남궁 가주는 고개를 좌우로 흔들며 머릿속에 떠오른 생각을 지워버렸다.

젊은 천재 무인이 가지는 자신의 강함에 대한 확신은 압도적으로 강한 상대를 만나 패할 때까지 절대 꺾이지 않는다.

아마 저자가 지금 그런 상태일 것이다. 스승인 천마 이외에는 감당하지 못할 자가 없다고 생각하고 있겠지.

그런 하룻강아지와도 같은 생각은 의외로 도움이 되기도 한다. 겁을 상실하면 그만큼 용감하게, 거침없이 손을 쓸 수 있으니 동급의 상대를 만나도 삼 푼 정도 유리하다.

하지만 그런 자는 결국 살아남을 수 없다. 보통 패배를 경험함과 동시에 죽는다. 특히 저자처럼 적진 한가운데를 당당하게 종횡하며 비무를 하는 자는 더욱 그렇다.

'역시 저자를 죽일 수는 없겠군.'

남궁 가주는 다시 한 번 고민한 끝에 같은 결론을 내렸다. 살려두기엔 장래가 위험한 자이지만, 굳이 남궁세가가 제거할 필요는 없다.

"이번 비무의 승자는 그대다."

남궁 가주는 엄숙한 얼굴로 선언했다. 그리고는 다시 말했다.

"원래대로라면 무인의 정리 상 그대가 충분히 휴식을 취할 때까지 우리 세가에서 보호해 주어야 한다. 하지만 그대는 역시 마교의 인물. 남궁세가는 마교의 인물을 보호하지 않는다."

축객령. 남궁 가주는 방금 비무를 통해 내공을 극한까지 소모한 소운에게 즉시 남궁세가의 영역을 떠나라고 말하고 있었다.

"비무자에게 예의를 지킨다는 우리 세가의 법도 상 그대에게 따로 무력을 행사하지는 않겠다. 하지만 그건 내일 새벽까지다. 해가 떠서 날이 밝아지면 남궁세가 사람들은 그대를 여느 마교도들과 같이 취급할 것이다."

하루 동안의 유예기간이다. 문제는 남궁세가의 영역을 벗어나려면 하루밤낮을 꼬박 경공을 써서 달려야 가능하다는데 있다.

그야말로 사막에서 헤매는 사람에게 소금물을 먹이는 격이다.

'과연 남궁세가.'

소운은 속으로 그렇게 중얼거렸다. 감탄하는 것이 아니라

욕을 하는 것이다. 하지만 겉으로는 태연하게 남궁 가주의 말을 인정했다.

"내일 이후, 본인은 남궁세가의 적이오. 나를 추살해도 원망하지 않겠소."

소운의 말에는 비무를 해준 것만으로도 고맙다는 뜻이 섞여 있었다. 그 말에 몇몇 사람들이 움찔했지만 가주는 전혀 신경도 쓰지 않았다.

독하지 않으면 장부가 아니다. 공과 사를 분명히 해야 한다. 적의 후기지수가 강하면 강할수록 빨리 제거해야 하는 법이다. 그는 단숨에 여러 가지 자기 위안성 변명 거리를 찾아냈다.

소운은 말이 끝나자마자 즉시 몸을 돌려 남궁세가를 나섰다. 그리고는 경공을 펼쳐 남궁세가로부터 멀어져 갔다.

몇몇 무인들이 소운의 뒤를 쫓았다. 정말 세가의 영역 밖으로 나가는지 확인하려는 듯했다.

소운은 묵묵히 두 시진 정도를 달렸다. 해가 질 무렵이 되자 그는 인근 마을에 있는 한 마구간에 들렀다.

그곳에는 말이 두 마리 매여져 있었는데 몸집이 크면서도 군살하나 없고 털에는 윤기가 자르르 흐르고 있었다. 척 보기만 해도 단숨에 천리를 달리는 명마라는 것을 알 수 있었다.

"혹시나 해서 도망갈 때 쓰려고 준비해 뒀는데, 절반쯤은 예상대로 됐군."

명마라면 절정고수들이 경공을 사용하는 것과 비슷한 속
도로 달릴 수 있다. 특히 하루를 꼬박 달리는 경우에는 경공
보다는 말이 빠르다.

소운은 바로 말을 끌어내어 옆에 있는 작은 마차에 묶었다.
그리고는 마차에 올라타 말의 고삐를 휘익 하고 흔들었다.

히히히힝.

말들은 크게 한번 울부짖고는 달리기 시작했다.

마차는 관도를 따라 거의 전속력으로 달렸다. 마차가 상당
히 흔들렸지만 소운은 별로 개의치 않았다. 산길도 아니고 관
도를 따라 달리는 것이기 때문에 앉아 있을 만했다.

소운의 뒤를 쫓던 자들은 더 이상 따라가 봐야 의미가 없다
는 것을 알고 추격을 멈추었다.

그들은 소운이 의외로 준비성이 철저했다는 사실에 또 다
시 감탄했다.

소운은 마차 속에서 한 권의 책자를 꺼내 지필묵으로 남궁
무혼의 이름과 특징을 적었다.

사실 소운이 이렇게 위험을 무릅쓰고 직접 비무행을 하는
데에는 단순히 하나의 목적을 위함이 아니라 여러 가지 복합
적인 이유가 있다.

그중 하나인 각 문파나 세가들의 숨은 인재들의 파악은 나
중을 위해 꼭 해놓아야 한다.

그나마 첫 단추를 잘 꿰었기에 앞으로는 훨씬 할 만할 것

이다.

"남궁세가가 나를 그냥 보냈는데 다른 문파가 공격을 할 리가 없지. 체면도 체면이고, 내가 폭탄이 될 수 있다는 것을 문파의 장쯤 되는 자가 생각하지 못할 리가 없으니까."

이래서 남궁세가가 중요했다.

천하제일세가가 천마의 제자와 비무를 하고, 패배를 했음에도 불구하고 소운을 세가 밖으로 살아서 나가게 한 이상 다른 문파들도 소운을 죽이지 않아도 되는 것이다.

무림맹은 이 점에 대해 아무런 말도 하지 못할 것이다.

"그렇다면 이제 비무상대를 잘 고르기만 하면 되는 거지."

앞뒤 따지지 않고 마교라면 무조건 칼을 뽑는 무식한 놈들은 애초에 찾아가지 않을 것이다.

나름대로 머리가 있고 체면도 중시하는 대문파나 세가 위주로 여정을 조정하면 무사히 이번 비무행을 끝낼 수 있다. 소운은 그렇게 판단했다.

"다음은 호북으로 가자. 무당파와 제갈세가에는 어떤 인재가 있는지 봐야지."

소운은 안휘의 경계선을 향해 달려가는 마차 속에서 앞으로의 일들을 다시 한 번 재검토했다.

第六章

첩첩계략（疊疊計略）

앞뒤로 일을 꾸민다

南斗延壽保命時老君告天師曰
大八會之真文三洞三清之上
彙道元始天尊昔經歷于億萬劫天地始終

太上說南斗延壽保命

安真經太上說南斗
此經乃九天八

熙哀而人倫五運遷變萬彙光

첩첩계략(疊疊計略)

앞뒤로 일을 꾸민다.
그런 만큼 노리는 것도 한두 개가 아니다

소운은 남궁세가를 시작으로 무당파와 제갈세가에서도 비무행을 행했다.

무당파에서는 이대 제자들 중 가장 무공이 강한 금무종검 막연에게 무당의 사대보검 중 하나인 태동무검을 들려서 내세웠다.

소운의 화조무령검에 견딜 검으로 상대하면 충분히 꺾을 수 있다고 판단했던 모양이다. 하지만 막연은 백 초를 넘기지 못하고 소운의 검에 무릎을 꿇었다.

무공실력 자체로 따졌을 때 막연은 절정고수 중에서 상당히 강한 편이기는 하지만 청성파 장문인을 비롯한 초절정의 벽에 도달한 사람과는 하늘과 땅의 차이가 있었다.

"무당파는 검성 이후에 사람이 없군."

소운은 무당산을 벗어난 후 그렇게 중얼거렸다. 비무 상대였던 막연의 무공만을 일컫는 것은 아니다.

'무공과 지략, 양쪽으로 사람이 없다.'

이기든 지든 상관없다는 태도가 아니었다. 보검만 들리면 이길 것으로 생각했는지 승부가 난 후 당황한 빛이 역력했다.

이미 청염마조 서정이 청성파 장문인을 꺾은 것은 널리 알려져 있다. 거기에 남궁세가에서의 비무에 이긴 것도 알고 있을 터였다.

무당의 구태의연한 대응은 그들이 정보를 모으거나 판단하는 능력 자체가 현저히 떨어진다는 것을 증명한 것이나 다름없었다. 소운은 미련 없이 다음 비무상대로 정한 제갈세가를 향했다.

제갈세가의 정문이 눈앞에 들어올 거리에 이르자 몇 명의 사람이 마중이라도 하듯 이미 나와 있었다.

"잠시 멈추시오. 그대가 청염마조 서정이 맞소?"

"그렇습니다."

처음 소운에게 말을 건 자는 자신을 제갈세가의 총관이라 소개한 후 정중한 태도로 양해를 청했다.

"우리 제갈세가에서는 마교의 사람을 세가 안으로 들일 생각은 없소. 하지만, 그대가 원하는 비무에는 응할 것이오. 정당한 비무를 위해 외부에서 참관인까지 초청한 후이니 이를 보아 우리가 준비한 장소에서 비무를 했으면 하오."

"좋습니다. 그렇게 하지요."

소운은 쾌히 승낙한 후 총관의 뒤를 따랐다. 기실 제갈세가의 이러한 반응은 어쩌면 현명한 것일 수도 있다. 다른 세가와 달리 제갈세가의 가장 큰 힘 중 하나는 기문진과 기관이다.

그런 만큼 천마의 제자에게 세가의 내부를 일부라도 보게 하는 것은 그만한 위험을 내포한다고 할 수 있다.

"이곳이오."

총관이 소운을 이끌고 도착한 곳은 근처의 공터였다. 이미 조취를 취한 것인지 근방에는 사람의 기척을 찾을 수 없었다.

꽤 널찍한 공터 안에는 이미 사람들이 자리를 잡고 그들을 기다리고 있었다. 총관은 그 중 몇 명의 무림명을 거론하며 그들이 이 비무의 참관인이 될 것이라고 설명했다.

공터의 중앙에는 제갈세가 쪽에서 소운을 상대하기 위해 나온 자가 이미 준비를 마치고 대기 중이었다. 그는 총관의 말이 끝나자 한 걸음 앞으로 나서 직접 자신의 소개를 했다.

"본인은 제갈문정이오. 세가의 독문무기인 황금척으로 귀하의 검을 견식하고자 하오."

"서정입니다."

소운 또한 검을 뽑아 기수식을 취하며 예를 갖췄다.

제갈세가의 대표로 나선 제갈문정은 바로 제갈세가의 소가주였다. 소운은 그의 이름만 듣고도 즉시 정체를 알아챘다. 하지만 직접 느껴지는 상대의 수준에는 의아해하지 않을 수 없었다.

제갈문정 역시 절정의 고수이기는 하나 아무래도 지금까지 드러난 소운의 무공수준에 비해서는 손색이 있었던 것이다.

'이상하군. 제갈세가가 일부러 패할 생각을 한 것은 아닐 텐데……'

소운은 상대가 만만하자 오히려 긴장했다.

그런데 막상 비무를 시작하고 나니 상황이 심상치 않았다. 기를 일으켜 싸우려고 움직인 순간 주변이 변화하기 시작했다.

스스스스.

순식간에 땅의 굴곡이 바뀌고 사방에 시야를 가리는 안개가 끼었다.

"이것은 진법!"

소운은 순간적으로 움직임을 멈추고 마음을 안정시켰다. 진법이 발동된 이상 섣불리 움직였다가는 크게 당할 수 있다.

"하하하, 우리 제갈세가는 무공보다 지략으로 이름을 날렸으니 청염마조께서 양해해 주시오."

제갈문정은 호탕하게 웃으며 뻔뻔스러운 말을 했다. 일 대 일은 일 대 일인데 장소가 문제였다. 진법 안에서 싸우는 것이니 결코 정당하다고 할 수는 없다.

하지만 제갈세가가 진을 사용하는 것은 당문이 암기를 쓰는 것과 같다. 이 정도를 가지고 사람들은 비겁하다고 생각하지 않는다.

특히 마교의 무인과의 싸움에서라면 아무래도 제갈세가의 편을 들어줄 것이다.

"역시 제갈세가. 음흉하기로는 남궁세가와 우열을 가릴 수 없겠군."

소운은 이를 갈며 걸음을 멈춘 채 사방을 엄밀하게 방비했다. 상대는 이미 삼 일 전부터 이 일대에 강력한 진법을 설치하고 소운을 기다렸던 것이다.

이미 진이 완벽하게 발동해서 사방에서 귀곡성이 들려오고 한 치 앞도 보지 못할 정도로 안개가 가득 찼다. 자연의 기운마저 바뀌는 것으로 보아 절진 중에 절진인 것 같았다.

"젠장. 생각해보니 난 진법에 별로 관심이 없었지."

은무별곡의 진은 사조가 당대의 기문진학의 일인자인 만진자의 딸을 치료해주고 설치한 것이다.

사제인 서문량은 그걸 거의 이해하고 세월의 흐름에 따라 약해진 기운을 다시 보강할 정도까지 공부를 했다. 하지만 소운은 전혀 그 이치를 공부하지 않았다.

사실 의술과 무공, 그리고 문파의 경영에 관한 것만으로도 소운은 바빴다. 진법은 어차피 사는데 별 도움이 안 된다고 생각했기에 아예 관심 밖이었다고 할 수 있다.

그런데 생각해보니 제갈세가는 지략과 진법으로 이름을 날렸다. 이자들이 그냥 무공만 사용해서 비무를 할 리가 없다.

카캉!

소운은 눈앞에 갑자기 나타나 공격을 가하는 두 개의 황금척을 반사적으로 쳐냈다. 상대의 기척이 전혀 느껴지지 않아 바로 앞까지 다가온 것도 몰랐다.

"하하하, 본인의 황금쌍척을 모두 막아내다니. 과연 훌륭한 공부를 쌓으셨구려. 제갈모는 감탄했소."

공격 방향은 앞쪽이었는데 목소리는 뒤에서 들렸다.

"음, 위험하군."

소운은 인상을 살짝 찡그리며 다시 중얼거렸다. 그리고는 정신을 집중하여 감각을 사방으로 확장시켰다. 눈으로 보는 것이 불가능하니 이제는 기감와 청각, 그리고 후각으로 상대를 느껴야 했다.

그러나 전혀 느껴지지 않았다. 초절정의 경지에 이른 소운의 감각으로도 진법의 영향력에서 벗어날 수 없었다!

"이런 진법이 있었다니……."

소운은 자신도 모르게 소리 내어 중얼거렸다. 그 말을 칭찬으로 듣기라도 한듯 의기양양한 제갈문정의 설명이 들려왔다.

"우리 제갈세가가 자랑하는 만상귀곡진이오. 원래는 천마가 방문했을 때 사용하려던 것 중 하나인데, 이번에 시험적으로 그 제자분께 써보기로 세가에서 결정을 내렸소."

'대천마용 진법이었다고? 어째 독하더라.'

소운은 납득했다.

제갈세가의 역사에 초절정 고수가 없었던 것도 아니니 그런 자가 가문을 위해 스스로도 벗어나기 힘든 진법을 고안해냈을 가능성은 얼마든지 있다.

정말 천마를 막을 수 있을지는 장담할 수 없지만 최소한 초절정고수를 막을 정도는 될 것이다.

'그런 절진이라면 완벽하게 설치할 정도의 시간은 없었을 테니 그나마 다행인가?'

제갈세가의 정보력이 최고라는 가정 하에 저들이 진을 준비할 시간은 나흘 정도이다. 그 시간 내에 완벽한 진을 설치하는 것이 가능할 리가 없었다.

소운의 생각대로 지금 이곳에 쳐져 있는 진법은 제대로 된 것이 아니었다. 급한 김에 대충 시험적으로 설치한 것이다.

소운은 진짜는 제갈세가 내부에 있을 것이라 생각했다. 어쩌면 제갈세가 전체가 진법으로 이루어져 있는지도 모른다.

'그나저나 좋은 걸 알았군.'

제갈세가에 그런 방비가 있다는 걸 안 것은 큰 수확이다. 이건 특급비밀에 해당한다. 그런데 제갈문정이 말을 한 것은 소운이 이미 진속에 갇혔기 때문이다.

'어떻게 하지?'

소운은 고민했다. 이건 예상치 못했던 변수다. 소운은 적이 습격을 하거나 암살자를 보낼 경우에는 충분히 몸을 뺄 대비를 해놓았다.

하지만 비무 장소에 이런 식으로 초특급 진법을 설치해 놓았을 줄은 미처 몰랐다.

'전력을 다한다면 벗어날 수 있지만.'

비록 감각이 막혔어도 내공이 어디 가는 것은 아니다. 주변의 귀기가 몸을 압박해도 그 정도는 충분히 튕겨낼 수 있다.

또한 제갈문정의 수준을 생각할 때 그가 공격을 가하는 순간 그 방향으로 강기를 확산시켜 발출하면 절대로 피해낼 수 없을 것이다. 정확한 공격은 못해도 방향 정도는 잡을 수 있는 것이다.

'하지만 그런 식으로 내 실력을 드러낼 수는 없다.'

아직 비무행 도중이다. 그런데 소운의 실력이 드러난다면 비무행을 계속할 수 없다. 계획에 큰 차질이 생긴다.

파파팍.

다시 소운의 등 뒤에서 기습적인 공격이 가해졌다.

소운은 황금쌍척이 몸에 거의 닿을 듯한 순간까지 기다렸다가 급히 전신을 회전하며 소매로 쌍척을 감아버리려 했다. 적이 물러나지 못하게 하려면 무기를 제압해서 딱 붙는 게 최고다.

그러나 쌍척은 서로를 보호하듯 교차하며 소운의 소매를 털어냈다.

'저자의 무공수준도 무시할 정도는 아니군.'

소운은 안개 속으로 사라져가는 쌍척을 보면서 속으로 그렇게 중얼거렸다. 제갈세가의 독문무기인 쌍척의 오묘함은 강호의 일절이라 할 만했다.

위이잉.

갑자기 파공음과 함께 소운의 정면에서 황금척 중 하나가 안개를 헤치며 다가왔다. 황금척은 맹렬하게 회전을 하고 있었는데 기세만 보아도 만근의 힘이 담겨 있는 것을 알 수 있었다.

검으로 쳐내기엔 너무 거리가 가깝다. 진법이 무서운 것 중 하나가 소운의 검이 공격과 수비를 하기에 적합한 거리를 안개가 가린다는 점이다.

"타핫!"

소운은 크게 기합을 질렀다. 동시에 그는 두 다리를 좌우로 좌악 벌리고 상체를 숙여 땅으로 꺼질 듯 달라붙었다. 덕분에 날아온 황금척은 소운의 머리카락 몇 개를 감아 끊으며 위를 스치듯 지나갔다. 간발의 차이였다.

그사이 소운은 땅에 붙은 몸을 회전시키며 검으로 팔방을 흩듯이 갈랐다.

"지절풍!"

촤아악.

방금과 같이 강공을 펼치기 위해서는 발로 땅을 강하게 구르는 진각의 힘이 필요하다. 그럴 경우 순간적으로 보법의 영활함이 사라진다. 소운은 제갈문정의 발목을 자르려 했다. 이 정도 빠르기면 하늘로 뛰어올라 피할 수 없을 것이라 판단했다.

그런데 검끝에 아무것도 걸리지 않았다. 검사의 힘을 이용했기에 일 장 이상의 사정거리가 있었을 터인데 걸리지 않다니?

그 순간 소운의 머리 위에서 또 하나의 황금척이 내려찍듯이 공격해 들어왔다. 황금척 뒤쪽으로 어렴풋이 제갈문정의 모습이 드러났다.

"그새 뛰었나?"

소운은 급한 김에 벌린 다리로 땅을 박차며 개구리처럼 앞으로 뛰었다. 쿵 하는 소리와 함께 소운이 있던 자리가 움푹 파였다. 그러나 곧 안개에 가려 그 지점이 보이지 않게 되었다.

스스스스, 끼아아아아.

"으윽, 진법의 힘이 더욱 강해졌군."

"하하하, 당연하지 않소? 그대가 움직이면 움직일수록 진이 힘을 얻게 되어 있다오."

"그건 그렇군."

이번 동작으로 제갈문정의 공격을 피할 수는 있었지만 그 결과 진법 속에서 무분별하게 이동한 셈이 되었다. 이런 무서운 절진 속에서는 치명적인 행동이라 할 만하다.

'더 이상 움직이면 망한다.'

소운은 그렇게 생각하며 몸을 일으켰다. 그러나 채 자세를 가다듬기도 전에 제갈문정의 공격이 폭풍처럼 이어졌다.

"연산파정!"

카캉, 캉, 카카캉!

몸을 움직일 수 없으니 검을 세워서 상대의 쌍척을 하나하나 막아내야만 한다. 그런데 상대의 무기는 두 개이고 또 반격을 가하기가 힘드니 그냥 싸우는 것보다 십 배는 힘이 드는 것 같았다.

더군다나 제갈문정의 황금쌍척은 정상적으로는 공격이 불가능한 머리 위 내려치기와 발목 후리기, 정면과 뒤쪽에서 동시에 찌르기라든가 하는 공격을 해왔다.

제갈문정의 팔이 문어가 아닌 다음에야 이런 식의 공격은 불가능할 터이다.

'혹시 또 한 놈이 몰래 진에 들어온 건가?'

소운은 그렇게 생각하며 어쩔 수 없이 한 발로 학처럼 선

채 몸을 회전시키기 시작했다.

카카카카카캉!

"선풍검벽!"

팔방을 동시에 방어하기 위해서는 회전력을 극한으로 이용하는 수밖에 없다. 하지만 이 방법은 내력의 극심한 소모를 야기한다.

"하하하, 마치 팽이와도 같군."

어디선가 제갈문정의 놀리는 목소리가 들려왔다. 그와 동시에 공격이 딱 멈췄다. 아무래도 소운의 회전이 멈추는 순간 다시 공격을 가하려는 속셈인 것 같았다.

'거지 같은 놈. 인간성이 별로 좋지 못하군.'

소운은 제갈문정에게 상당한 분노를 느꼈다. 상대는 이미 자신의 승리를 확신하고 있었다. 그런데 승리를 확신하는 것으로 끝나지 않고 소운을 놀리려 했다.

아마 저놈은 머리가 너무 좋아서 다른 사람을 깔보는 취미가 있는 것 같다. 소운이 가장 싫어하는 부류 중 하나이다. 특히 지금처럼 곤란할 때에 놀림을 당하면 더욱 싫어하게 된다.

'네놈은 그냥 안 놔둔다.'

소운은 조용히 이를 갈았다. 그러나 당장 뾰족한 수가 있는 것은 아니었기에 흥분을 가라앉히고 머리를 맑게 했다.

이것은 이미 잔머리 대 잔머리의 승부다. 서로 간에 꿍꿍이가 부딪쳐 누군가가 속아서 당하면 패하는 것이다.

‘절대 질 수 없지.’

소운은 속으로 중얼거렸다. 그렇다고 숨겼던 힘을 쓸 수는 없다.

‘지금의 실력으로 승부를 내야 한다. 어떻게 할까?

처음 고민으로 돌아갔다. 해답은 없는가?

‘있지. 흐흐흐.’

궁하면 통한다. 소운은 아직 자신에게 쓸 만한 방법이 있다는 것을 깨달았다. 무공수준과는 관계없는 힘! 제갈세가에서 내세운 게 진법이라면 소운은 마교의 힘 중 하나를 동원하면 된다.

“타핫!”

소운은 기합을 지르며 위로 뛰어올랐다. 단숨에 삼 장 가까이나 수직으로 뛰었지만 안개는 여전히 진하게 깔려 있었다.

“팔방비산!”

소운은 크게 외치며 품속에서 네 개의 검은 석편을 꺼내 사방으로 뿌렸다. 묵강모를 쪼개 만든 석편은 얇은 판처럼 되어 있었다.

슈슈슈슉.

내력이 실린 석편은 무서운 암기가 된다. 하지만 이번에 석편을 던질 때에는 내력을 사용하지 않았다. 단지 던지기 바로 직전에 손가락에 힘을 주어 석편에 금이 가게 했다.

파파팍.

석편은 날카롭지만 유리처럼 깨지기 쉽다. 특히 금이 간 상태에서는 잔나무 가지에 부딪쳐도 산산조각이 난다. 소운이 던진 석편은 사방의 바닥이나 나무 등에 부딪쳐 깨어졌다. 깨어진 파편이 바닥에 흩어진 것은 말할 필요도 없다.

"내가 움직이지 못할 경우엔 상대의 움직임을 방해하면 된다. 석편 조각에는 극독이 묻어 있어 피부에 닿기만 해도 중독이 되지. 우리 천마신교가 자랑하는 독 중 하나인 칠보산이다."

소운은 제갈문정에게 충고하듯 중얼거렸다.

사실 이런 사실까지 말할 필요는 없다. 제갈문정은 처음부터 공격을 가하면서 초식명을 외치지 않았다. 말이 비무이지 실전의 기습과 다름이 없었다.

반면에 소운은 꼬박꼬박 초식명을 외쳤다. 이처럼 독 묻은 암기를 바닥에 깔 때에는 주의도 주었다. 그야말로 명문대파의 제자들이 하는 비무의 예의를 모두 지키고 있었다.

제갈문정은 웃기지도 않는다는 듯 콧방귀를 뀌었다.

"흥, 네놈이 우리 제갈세가의 진법을 우습게 아는구나. 설마 네놈이 생각하는 데로 석편조각이 사방에 골고루 뿌려졌을 것 같으냐?"

물건을 던졌을 때 그것이 진세의 밖으로 나갈 수 있다면 아무도 진을 두려워하지 않을 것이다.

가령 소운이 궁신탄영의 수법으로 허공에 몸을 띄운 채 일

직선으로 십 장을 이동해도 진을 벗어날 수는 없다.

진이 발동된 순간 숨겨져 있던 돌기둥들이 모습을 드러내 어떤 식으로든 돌기둥을 피하지 않으면 앞으로 나아갈 수가 없다. 문제는 돌기둥을 파괴하려 해도 돌기둥을 발견할 수 없다는 점에 있다.

기의 흐름이 돌기둥을 피하게 만드니 사방이 모두 뚫려 있으면서도 사실상 막혀 있다.

사실 소운이 던진 석편은 바닥의 일부에 깔려 있었다. 하지만 제갈문정이 이동하는 진세의 경로에는 작은 돌조각 하나 떨어지지 않았다.

말하자면 소운이 서 있고 움직일 수 있는 공간과 제갈문정이 움직이는 공간은 전혀 다르다는 의미가 된다. 바닥에 깔린 석편은 소운에게 닿으면 닿았지 제갈문정에게는 전혀 영향을 끼치지 못한다.

그사이 바닥에 착지한 소운은 다시 몸을 회전시키기 시작했다. 그런데 이번에는 회전을 시키면서 검기를 사방으로 발산했다.

파파파파팍.

검기의 힘으로 바닥에 뿌려졌던 흑석편이 튀어 올랐다. 그리고는 소운이 일으킨 검기의 회선풍에 말려 같이 회전을 시작했다.

"흑용권!"

소운의 외침이 진세 속에서도 사방으로 퍼졌다.

"대단하군. 저게 마교의 절학인가?"

제갈문정은 감탄한 표정으로 그 광경을 보았다. 검풍과 독이 든 암기로 주변에 방벽을 치다니? 이건 공방일체의 무공이라 할 만하다. 만약 진세의 힘이 없었다면 정말 저 수법을 막기가 쉽지 않았을 것이다.

"하지만 이 안에서는 그건 무익한 반항에 불과하지."

제갈문정은 안전한 곳에서 조용히 기다렸다. 소운이 일으키는 돌풍은 그에겐 전혀 영향을 미치지 못했다.

저런 수법이라면 내공의 소모는 더욱 막대할 것이다. 이제 일 각도 못 되어 저자는 내공이 바닥나 쓰러질 것이니 그때 손쉽게 처리하면 된다. 제갈문정은 그렇게 생각했다.

시간이 흘렀다. 소운은 정말 미친 듯이 회전했다. 검풍의 속도는 점점 빨라져 이제는 정말 소운의 모습이 보이지 않을 정도가 되었다. 그러다가 어느 순간 한계에 달한 듯 다시 점점 느려지기 시작했다.

제갈문정의 눈빛이 빛났다. 이제 곧 저놈은 멈춘다. 그때에는 손가락 하나 제대로 움직이기 힘들 정도로 지쳐 있을 것이다!

"크윽!"

드디어 소운의 회전이 멈췄다. 동시에 검기의 돌풍도 사라졌고, 흑석편의 조각도 모두 바닥에 떨어져 버렸다.

“후욱, 후욱.”

소운은 바닥에 검을 꽂은 채 한쪽 무릎을 꿇고 호흡을 가다듬었다. 척 보기에도 내력의 고갈로 힘들어 하는 모습이다.

‘되었다!’

제갈문정은 기뻐서 속으로 외치며 즉시 몸을 날렸다. 하지만 그는 여전히 소운의 몸 주변으로 다가가려 하지 않았다.

휘익.

제갈문정은 황금척 중 하나를 던졌다. 황금척의 끝부분에는 얇은 천잠사 끈이 달려 있는데 그건 제갈문정이 중지에 끼우고 있는 반지와 연결되어 있다. 제갈세가의 쌍척무공 중에 남에게 절대 보이지 않는 문외불출의 비법 중 하나인 비선척의 수법이다.

황금척은 소운이 있는 쪽이 아닌 진세의 주축이 되는 돌기둥이 있는 쪽으로 날아갔다.

그리고 황금척이 돌기둥을 지나칠 때 제갈문정은 손가락에 슬쩍 힘을 주었다. 그러자 황금척이 방향을 틀었다.

천잠사 끈이 돌기둥을 축으로 삼아 꺾이자 황금척은 마치 돌기둥에서 제갈문정이 던진 것처럼 날아갔다.

뿐만 아니라 진세의 흐름이 황금척의 기세를 더욱 강하게 만들었다.

황금척은 그 힘에 맹렬하게 회전을 하기 시작했다.

“진법 안에서 사용하는 우리 제갈세가의 쌍척술은 무적

이다.”

제갈문정은 소운이 들으라는 듯 외쳤다. 동시에 그는 다른 하나의 황금척을 들고 소운에게 다가갔다.

이미 발출한 황금척과는 완벽하게 합격진과 같은 효과를 낼 수 있게 방향과 공격 순간을 익숙하게 조절한다. 황금쌍척의 가장 중요한 요결 중 하나가 처음 일격으로 상대의 자세를 허물고 두 번째에 그 틈을 치는 것이다.

제갈문정은 철저하게 그걸 따랐고 혹시라도 소운에게 빈틈이 드러나지 않으면 절대로 다가가려 하지 않았다.

파팍.

소운은 그 상황에서도 처음 황금척을 검으로 쳐냈다. 그러나 거의 동시에 허리를 노리고 찔러 들어오는 두 번째 황금척을 피할 여력은 없었다. 급한 김에 몸을 틀어 가슴으로 그것을 받았다.

퍽!

“크윽!”

충격이 만만치 않은 듯 소운의 입에서 신음 소리가 흘러 나왔다. 동시에 제갈문정도 몸을 빼며 말했다.

“흥, 보의로 막은 것인가? 하지만 내 공력도 그렇게 만만하지는 않지.”

제갈문정의 말대로 소운은 입고 있는 천잠마혈의로 황금척을 막았다. 하지만 절정고수가 마음먹고 찌른 황금척의 힘을 모두 튕겨낼 수는 없는 법. 제갈문정은 소운이 적지 않은 내상을 입었다고 생각했다.

'더럽게 아프군.'

소운은 속으로 욕설을 내뱉었다. 상대를 속이기 위해 내력을 안으로 갈무리한 상태다 내장은 상하지 않았다고 해도 가슴 쪽에는 크게 멍이 들었을 것이다.

'그래도 한 대 맞아 보니 확실히 알겠군. 처음 건 가짜고 뒤가 진짜였다.'

소운은 검으로 황금척을 쳐내면서 느꼈다.

강맹한 힘이 담겨 있지만 사람이 쥐고 있지는 않다. 쳐냈을 때 앞이 아닌 뒤가 흔들린 것으로 보아 틀림없다. 이에 반해 뒤에 두들겨 맞은 공격은 분명히 제갈문정이 직접 쥐고 때린 것이다.

진법이 아무리 눈과 감각을 속여도 몸속으로 전해지는 충격마저 바꿀 수는 없다.

'그리고 저놈은 땅을 밟고 있는 게 아니다. 공중에 떠 있는 거야.'

단 한 번 몸으로 때운 결과로 얻는 것이 많았다.

황금척이 가슴에 적중되는 순간 거센 경력이 소운의 몸속을 파괴하려 했다. 하지만 소운은 그 와중에도 미묘한 차이를 놓치지 않았다.

상대가 소운을 때린 순간, 소운의 가슴에서도 자연스럽게 반탄력이 흘러 나와 상대를 밀어냈다. 그런데 제갈문정은 그 힘에 밀렸다. 땅을 밟고 버티고 서 있는 상태였다면 절대 밀리지 않았을 것이다.

그 반응으로 보아 제갈문정은 마치 허공 중에 떠서 날라차기를 하는 것과 같은 상태로 보였다.

그러나 날아서 공격을 한 것은 아니다. 그러려면 제갈문정의 이동 방향이 공격 방향과 같아야 한다.

그런데 제갈문정은 소운을 옆으로 스쳐 지나가면서 찌르기를 했다. 그래서 번개처럼 찌르고 바로 몸을 뺀 것처럼 보인 것이다.

움직이는 방향과 공격방향이 전혀 다른데 허공 중에 떠 있다는 것은 무엇인가. 허공 중에서 이동을 할 수 있는 수단이 있다는 뜻이다.

'정리를 하자면 저놈은 무기를 던졌다가 받을 수 있고, 허공 중에 몸을 띄운 채 자유롭게 이동도 할 수 있다는 소리가 되지.'

감 잡았다! 소운은 자신의 생각이 옳다는 것을 직감적으로 느꼈다.

이런 상태라면 그가 이렇게 전신전력으로 흑용권같은 멋진 절기까지 선보이며 발악을 하다가 내력이 떨어진 것처럼 연기를 한 목적에 전혀 방해가 되지 않는다. 오히려 도움이 될 것이다.

휘익, 퍼퍽!

생각을 하는 사이 제갈문정이 다시 공격을 가해왔다.

소운은 다시 피하지 못하고 몸으로 황금척을 막았다. 아까보다 삼 푼 정도 강맹한 공격이어서 소운은 거의 쓰러질 것처럼 흔들렸다. 그리고 결국 소운의 입가에서 한 줄기 피가 새어나왔다.

"슬슬 끝을 내주지!"

제갈문정의 목소리가 들려왔다. 여전히 방향을 알 수 없이 소리가 사방으로 울렸다.

소운은 조용히 눈을 감고 때를 기다렸다. 두 번의 공격으로 상대의 호흡을 읽었다.

슈우우웅.

등 뒤로 첫 번째 공격이 다가왔다. 이에 소운은 검이 아닌 왼쪽 팔을 뒤로 돌려 황금척을 쳐냈다.

퍽!

피가 튀었다. 팔을 검처럼 휘둘러 상대의 병기를 막았으니 당연한 일이다. 뼈가 바스러지지 않은 것만 해도 소운이 몸 안쪽을 보호했기 때문이다.

"발악하는군! 이만 죽어랏!"

어느새 제갈문정은 소운의 옆쪽까지 다가와 있었다. 그는 이번에는 소운의 머리를 노렸다.

머리는 천잠마혈의가 보호해 주지 않는다. 황금척으로 맞으면 버틸 재간이 없을 것이다!

휘이익.

강맹한 공격! 그 순간 소운이 몸을 뒤집었다.

"합! 비룡번신!"

소운의 몸이 거꾸로 세워졌다. 땅에 꽂혀있던 검을 축으로 오른손부터 발끝까지 전사력을 발휘하며 일자로 선 것이다.

그러자 아까 흑용권을 펼치며 말려 있던 옷이 회전력에 의해 팍 하고 펼쳐졌다. 그리고 접혀 있던 옷의 주름사이로부터 수십 개의 석편조각이 튀어 나와 사방으로 비산했다.

파파파팍.

"커어억!"

마교가 자랑하는 독 중 하나인 칠보산이 묻어 있는 돌조각이 제갈문정의 얼굴과 몸에 박혔다.

소운은 전혀 반격할 방법이 없다고 상대가 생각한 순간에 옷주름을 이용해 암기를 날린 것이다.

제갈문정의 동작이 멎었다. 그러자 소운은 다시 몸의 자세를 허물며 두 발로 제갈문정의 사지를 내리찍듯이 찼다.

빠바박.

결국 제갈문정은 바닥으로 떨어져 큰 대자로 뻗었다. 팔과 다리가 이상한 방향으로 꺾여 있었다.

소운은 몸을 뒤집어 그 위에 올라섰다.

"흑용권 최후변화인 비룡번신이다. 흑용권의 묘미는 흑검

풍을 발산하는 게 아니라 빨아들이는데 있지. 아까 회전을 하면서 흑석편의 일부를 몸에 붙였는데 네놈은 그걸 미처 몰랐던 거다."

소운은 제갈문정의 머리를 발로 밟으며 말했다. 제갈문정은 칠보산이 가진 일곱 가지의 독의 효과가 반복적으로 나타나는 바람에 일종의 환각상태에 빠져 몸만 부르르 떨고 있었다.

비무는 끝났다. 제갈문정의 완벽한 패배다. 소운이 발에 힘만 주어도 그의 머리가 터져 버릴 것이다.

소운은 외쳤다.

"승부는 정해졌다. 진세를 풀어라. 설마 내가 스스로 진을 빠져나가야 한다고 말하는 것인가?"

그러자 곧 안개가 흐려지면서 소운의 몸을 압박하던 귀기도 약해졌다. 진세가 거두어지며 방향감각도 제대로 돌아오고 주변이 보이기 시작했다.

진이 발동하기 전에는 없었던 바위덩어리들이 소운의 주변을 감싸듯 자리 잡고 있었다.

작은 것은 사람의 머리통만 했고, 큰 것은 소운의 키보다 컸다. 그리고 그 중 몇 군데에는 가는 끈이 팽팽하게 매여져 있었다. 아마도 제갈문정은 저 끈을 타고 허공 중에서 이동을 한 모양이다.

"자네가 이겼네. 제갈세가는 이번 비무에서 패한 것을 인정하네."

제갈세가의 장로 중 한 명이 말했다. 별로 기분이 좋지 못한 듯했지만 그렇다고 해서 억지를 부리지는 않았다.

소운은 진 밖으로 나갔다.

"이제 떠나게. 내일 새벽이 지나면 우리 제갈세가는 그대를 마교의 악도로 취급할 것이네."

'쩝, 다들 남궁세가를 보고 배웠군.'

소운은 속으로 불평을 터뜨렸지만 그래도 제갈세가처럼 적당히 수작을 부리는 것은 애교로 봐줄 만했다. 그는 묵묵히 고개를 끄덕여 보이고는 마차에 올라탔다. 또 다시 밤새 달려야 했다.

'제갈세가에도 별로 쓸 만한 인물이 없군.'

소운은 마차 안에서 다시 책자를 꺼내 이번 비무에 대한 소감과 제갈세가의 소가주인 제갈문정에 대한 평가를 적었다.

사실 제갈세가 자체의 대응은 그다지 나무랄데가 없었다. 하지만, 소운은 그들이 대표로 내세운 제갈문정이 제갈세가를 대변한다고 보았다.

자신들이 할 수 있는 모든 것을 동원한 점은 칭찬할 만하다. 비록 진법에 의해 꽤 고생을 했지만 그쪽 입장에서는 당연한 대응이라 할 수 있다.

'이른바 소가주라는 놈의 인성이 형편없다는 건 시사하는 바가 크지!'

진법을 이용하여 자신을 죽이려 한 것에는 크게 개의치 않았다. 문제는 비무를 하면서 드러난 성품이다. 제대로 된 무사라면 비무 중에 상대방을 조롱하는 일은 결코 있을 수 없다.

물론 상대의 감정을 격발하기 위한 경우도 있지만, 이런 것과는 차원이 달랐다. 소운은 제갈문정의 행동과 말투 모든 것에서 소인배의 전형적인 특성을 보았다.

그런 자에게 소가주 자리를 지키게 했다면 제갈세가의 판단력도 쓸 만하다고 보기는 힘들다.

남궁세가는 훌륭했고, 무당파와 제갈세가는 별로였다.

문파가 지닌 저력은 일단 접어두고 소운과 싸우기 위해 나온 자의 능력과 인품만을 보았을 때, 무당파나 제갈세가는 당분간 그다지 힘을 쓸 수 있을 것 같지 않았다.

"소림사는 어떨까?"

다음 목적지는 하남에 있는 숭산 소림사! 무림의 태산북두라 불리는 천년소림. 하지만 소림사는 요즘 그다지 힘을 쓰지 못하고 있다. 인재가 적은 것은 아니지만 정말 뛰어난 사람이 나오지를 않는 것이다.

"어쩌면 다음 대에 기둥이 될 만한 자를 숨겨 놨을지도 모르지."

혹시 그런 자가 있다면 확인을 해보아야 한다.

'일단 가서 분위기를 보면 대충 답이 나오니 가서 보자.'

소운은 그렇게 생각하며 눈을 감고 휴식을 취했다.

＊　　　＊　　　＊

청염마조의 비무행은 곧 중원전체에 알려졌다.

무림맹에서는 곧 이일에 대해 논의하기 시작했다.

“당장 사람을 보내 그자를 잡아야 하오. 그자는 마교의 수많은 비밀을 알고 있을 것이오.”

“무엇보다 마교의 무리가 중원의 대로를 활보하게 놔둘 수는 없소!”

사람들은 강력하게 주장했다. 그들이 주장하는 것은 간단했다.

청염마조를 어떤 문파가 척살할 경우 그 문파는 마교의 원한을 깊이 사게 되므로 좋지 않다. 그러므로 이 경우는 무림맹이 처리를 해야 한다는 것이다.

초산은 그들의 의견이 옳다는 것을 인정했다. 제갈부 역시 제갈세가에 그런 점을 미리 알리고 정당하게 비무를 하게 했다. 진법을 이용한 정도는 비겁하다는 생각을 하지 않았다.

그러나 현재 무림맹의 실질적인 군사는 그들이 아니다. 초산과 제갈부는 무림맹의 내전에 있는 천문기사 서문량에게 이 일에 대해 의견을 물었다.

서문량은 정색을 하며 대답했다.

“전에도 말했지만 천마는 행동을 취하기 전에 민심을 얻기 위한 계략을 꾸밉니다. 제가 보기에 천마의 제자가 비무행을 하는 것 역시 대의명분을 얻기 위한 행동인 듯합니다.”

“그럴지도 모르겠군.”

제갈부가 맞장구를 쳤다. 그 역시 이번 비무에 대해 그런 생각을 하고 있었다. 초산도 알겠다는 듯이 고개를 끄덕이며 물었다.

“그렇다면 천문기사가 보기에 이번 비무 뒤에 마교가 어떤 짓을 할 것 같나?”

서문량이 답했다.

“그것은 비무가 계속되는가 아니면 중간에 청염마조가 비겁한 방법에 의해 척살되는가에 따라 다를 겁니다.”

“음, 천마는 자신의 계략에 제자마저 희생시킬 생각인 것이군.”

“그 정도 비정하지 않고는 천하를 논할 수 없을 겁니다. 지금까지 그가 사용한 계략을 보면 충분히 가능합니다.”

천마비정. 이 부분에 대해서는 초산과 제갈부도 이견이 없었다.

초산은 다시 물었다.

“만약 청염마조가 비무가 아닌 습격에 의해 죽는다면 그들이 어떻게 나올 것 같나?”

“그건 정말 중원무림이 스스로 대의에 어긋난 짓을 하고 있다는 것을 세상에 알리는 것과 같습니다. 그럴 경우 천마는 애초에 선언한 대로 수단과 방법을 가리지 않고 더욱 악랄하게 중원을 공략할 것입니다."

"흥, 그들은 원래 그랬지."

"그건 그렇습니다만, 제가 보기에 이번에 그들은 독과 인질을 사용할 지도 모르겠습니다."

"뭐라고! 인질!"

초산은 참지 못하고 큰소리를 냈다. 인질이라니? 그런 파렴치한 짓을 마교 놈들이 할 거란 말인가?

"기록을 보면 중원무림에서 어떤 인물이나 문파가 마교와 연관이 되어 있다고 밝혀질 경우, 무림맹에서는 종종 그들의 가족에게도 손을 썼던 것으로 압니다. 그런 만큼 마교가 어떤 악랄한 짓을 한다고 해도 그들은 할 말이 있을 겁니다."

"으음."

서문량의 말에 흥분했던 초산은 할 말을 잃고 살짝 머쓱한 표정을 지었다. 파렴치하다고 흥분했지만 실제로 그것을 사용한 전력은 마교가 아니라 무림맹에 있다.

서문량은 초산의 반응에 전혀 개의치 않는 듯 계속해서 자신의 의견을 말했다.

"물론 이것은 추측에 불과합니다만, 냉정하게 생각할 때 마교도들의 가족은 신강에 있어 우리가 건드릴 수가 없지만 무림맹 무인들의 가족은 결코 안전하지 못한 상황입니다. 언제 납치를 당할 지 알 수 없고, 일단 납치를 당하면 독을 사용해서 핍박을 받을 가능성이 큽니다."

"크으으, 그놈들이 만약 그런 짓을 한다면 내 가만두지 않겠네."

초산은 두 주먹을 쥐고 부르르 떨었다. 마교 놈들이 자신의 가족을 인질로 삼은 상황이 떠오르자 분노가 치밀어 참을 수 없는 모양이었다.

서문량은 더 이상 이야기를 하지 않고 서늘한 눈빛으로 조용히 초산을 지켜보았다. 그런 서문량의 눈빛이 초산의 감정을 가라앉혔다. 초산은 곧 냉정을 되찾고 서문량을 보았다.

"도의를 따지지 않는 싸움이라면 최소한 그 정도는 할 겁니다. 문제는 그것에 대해 분노하기보다 대비를 해야 합니다."

"어떻게 하면 좋겠나?"

"사실 이 일은 마교에게도 양날의 검이 될 수 있습니다. 냉정하게 말해 그들이 그런 식으로 일을 벌인다면 무림은 더할 나위 없이 강하게 뭉쳐서 마교와 끝까지 싸울 것입니다."

"그건 말할 나위도 없네."

"그렇기 때문에 천마는 제자까지 내세워 대의명분을 얻으려 하는 것 같습니다. 청염마조가 비무를 요청하는 곳은 무림맹의 중추가 되는 대문파뿐이라고 들었습니다. 그렇다면 천마는 구파일방과 오대세가에게는 수단과 방법을 가리지 않고

수를 쓰면서 중소문파 쪽은 협박과 회유를 같이 할 가능성이
높습니다.”

“그러니까, 일이 터지면 청염마조가 비무를 행했던 문파들
에게만 악사를 행하겠다는 의도인 것이군.”

초산도 이제는 서문량이 설명하는 바를 확실히 알 수 있었
다.

천마는 자신의 제자가 죽는다면 그것을 면죄부로 삼을 요
량이다. 억울하게 죽은 제자의 원수를 갚는 사부라는 면에서
대의명분으로는 차고도 넘친다.

한편, 비무행에 포함되지 않은 중소문파의 경우 자신들의
안위가 보장된다.

거기에 대문파들에 가해질 수단이 악랄하면 악랄할수록
더욱 몸을 사리게 되니 무림맹의 힘은 크게 약해질 수밖에 없
다.

초산은 자신의 생각을 정리하면서 그것이 맞느냐는 듯 서
문량을 바라보았다.

“확실하지는 않지만 그런 느낌이 듭니다.”

천문기사 서문량의 말은 그야말로 청산유수와 같았다. 물
론 꼭 그렇게 된다는 증거는 어디에도 없지만 말 한 마디 한
마디가 이치에 맞아 아니라고 장담할 수는 더욱 없었다.

오히려 서문량의 말을 듣다보니 초산과 제갈부도 마교의
의도가 그럴 것이라는 확신이 들기 시작했다.

그만큼 서문량의 어조에는 힘이 있었다. 마치 미래를 예견하는 자와도 같은 확신성이 사람을 알게 모르게 빨아들였다.

서문량은 앞에 있는 두 사람이 자신의 말에 넘어가고 있는 것을 알 수 있었다.

'믿는 것이 좋을 겁니다. 제 말은 어디까지나 진실입니다.'

서문량은 속으로 그렇게 중얼거리며 쓴 웃음을 지었다.

만약 소운이 습격을 당해 비무행을 계속할 수 없게 될 경우 마교는 정말로 서문량이 말한 대로 행동을 하게 되어 있다. 마교의 중원침공 계획서는 이미 모두 그에게 전해진 상태. 절대로 틀릴 리가 없다.

서문량은 다시 말했다.

"일단 중요한 것은 대의명분입니다. 제가 생각하기엔 무림맹에서 당장 사람을 보내 청염마조가 비무행을 끝마칠 때까지 보호를 하는 것이 최선의 방책일 것입니다."

"허, 무림맹에서 사람을 보내 청염마조를 보호해야 한다고?"

아무리 그래도 그건 너무하지 않은가? 초산은 기가 막힌 표정으로 서문량을 보았다.

"마교에 대해 깊은 원한을 가진 사람이 적지 않습니다. 그런 자들이 혹시라도 청염마조를 해할 경우 모든 책임은 그가 지나온 모든 문파가 져야 할 겁니다."

“……!”

“그리고 무림맹에서 청염마조를 보호할 경우 이로운 점이
두 가지 있습니다.”

“그게 무엇인가?”

“우선 무림맹이 진정한 무인에게는 호의를 보인다는 것을
세상에 알릴 수 있습니다. 협의가 바로 힘이고, 협의를 세우
는 것이 무림맹이 사는 길입니다.”

“그리고?”

초산은 그건 당연하다는 듯 다음 이점을 물었다.

“무림맹에서 보낸 자들은 청염마조가 비무를 할 때마다 그
의 수법을 관찰할 수 있습니다. 천마의 제자라면 틀림없이 마
교의 고급무공에 정통할 것이니 그자의 무공을 보고 연구하
면 차후에 적지 않은 성과가 있을 것입니다.”

“오호! 그런 이점이 있었군!”

초산의 눈이 빛났다.

사실 마교의 무공은 중원의 무인들 대부분에겐 상당히 생
소한 것이라 할 수 있다. 반면에 마교는 중원 각파의 무공을
열심히 연구했을 것이 틀림없다.

그런 만큼 실전에서 마교와 싸우게 되면 상당히 불리할 가
능성이 높다.

일단 초식이 한 번 선보여지면 숨겨진 절초에 비해 위력이
삼 할 이상 떨어지는 것은 상식이 아닌가?

특히 자신의 눈으로 직접 보면 전해들은 것보다 훨씬 도움
이 된다.

"그렇다면 그자가 비무를 많이 하면 할수록 좋은 것이군."

"그런 셈입니다."

"알겠네. 그것도 나쁘지 않군."

초산은 자리에서 일어나며 제갈부에게 말했다.

"어서 청염마조를 보호할 자들을 모집합시다."

"모집? 강제로 명령을 내리기 전에는 아무도 가려 하지 않
을 것이오."

"어찌 이런 일을 강제로 명하겠소? 만약 지원자가 모자라
면 우리 화산파의 제자들로 채우겠소."

초산의 말에 제갈부는 그의 의도를 알았다. 초산은 화산파
에서 쓸 만한 인재들을 모두 보내 마교의 무공을 견식하게 할
생각인 것이다.

그렇게 되면 앞으로 마교와의 싸움에서 화산파는 다른 문
파에 비해 많은 이익을 볼 것이다.

제갈부는 초산에게 혼자 독식하는 것은 좋지 않다는 눈빛
을 보내며 얼른 말했다.

"어허, 어찌 화산파에만 부담을 줄 수 있겠소? 제갈세가에
서도 절반의 인원을 보낼 것이오."

"그럼 제갈세가의 신세도 좀 집시다. 서둘러야 하오. 어찌
면 오늘이라도 청염마조란 자가 죽을지도 모르오."

"그럽시다."

그들은 의견의 일치를 본 듯 같이 문을 나갔다.

서문량은 두 사람을 배웅하고는 다시 방으로 돌아와 이번 일에 대한 것들을 정식 서류로 작성했다. 비공식적이긴 해도 그가 군사일을 하면서 행한 일들은 모두 서류로 남기고 있다.

물론 이 일에 대해서는 이미 검성의 허가를 받았다.

"일단 이것으로 사형의 계획은 성공을 하겠군. 안전도 확보할 것이고 말이야."

서문량은 지금도 고생해가며 비무행을 행하고 있을 소운을 생각했다.

어떤 일을 꾸몄을 때 그 일이 성공하는데 가장 중요한 것은 바로 몸을 굴려 움직이는 실무자의 능력이라 할 수 있다.

'후, 그런 의미에서 사형이야말로 최고라 할 수 있지!'

소운은 실력과 운, 그리고 집념과 임기응변이 모두 뛰어나니 틀림없이 계획을 성공시킬 것이다.

하지만 그 자신은 이곳에서 편하게 대접을 받으며 말로써 지원을 하는 동안 소운은 실제로 목숨을 걸고 싸워야 한다. 그 점이 서문량의 마음을 불편하게 했다.

생각 같아서는 당장 소운의 곁으로 가서 생사를 같이 하고 싶었다.

그러나 그가 맡은 역할은 아주 중요하다. 마교의 모든 것을 털어먹는데에는 무림맹의 전격적인 도움이 필요하고, 그러기 위해서는 서문량이 무림맹을 움직여야 한다.

"사형, 부탁합니다."

서문량은 사과하는 심정으로 먼 곳에 있을 소운에게 말을 건넸다. 비록 말은 전할 수 없어도 정성만이라도 닿았으면 좋겠다고 그는 생각했다.

第七章

사형재회(師兄再會)

네놈이 나의 모든 것을 빼앗았다!

南斗延壽保命時老君告天師曰

大八會之真文三洞三清之上

彙道元始天尊昔經歷于億萬劫天地始終

太上說南斗延壽保命

安真經太上說南斗

此經乃九天八會

興衰而人倫五運遷變萬彙道

사형재회(師兄再會)

네놈이 나의 모든 것을 빼앗았다!
그렇다, 그래서 어쩌라고?

"크하하하."

진곡은 보고서를 보다가 참지 못하고 웃음을 터트렸다. 웃음에는 광기에 찬 희열의 감정이 섞여 있었다.

그동안 생각지도 못한 천마신교의 과감한 전술에 골머리를 싸매고 고민을 하던 그였다. 그가 천마신교에 있을 때에 세워 놓았던 중원침공 계획하고는 큰 차이가 있었다.

지난 십 년간 중원의 정보는 거의 대부분 진곡이 지휘하는 외총단에 의해 내총단에 전해졌다. 동시에 진곡의 작전계획서 또한 수도 없이 올려졌다.

마뇌는 진곡의 계획에 크게 관심을 가지고 격려의 의사를 밝혔다. 그는 평소에도 '모든 계획은 현지에서 움직이는 사람의 의견을 가장 크게 반영해야 한다.' 고 말하곤 했다.

그래서 비록 진곡은 자신이 천마신교를 나오기는 했지만 중원침공 계획은 대부분 그가 세운 계획대로 이루어지리라고 생각했었다.

다른 자들은 거의 중원을 모르기 때문에 좋은 계획을 세우는 것이 불가능하다.

그런데 막상 뚜껑을 열어보니 전혀 달랐다. 부분적으로 예전 계획이 쓰인 곳은 있어도 큰 행동방식은 모두 달랐다.

천마는 중원 무인들의 자존심 속에 숨은 여러 가지 허점을 교묘하게 이용했다. 그야말로 혀를 내두를 정도로 철저하게 명분을 세우고 실리를 취했다.

결코 허튼 계획은 아니었다.

이렇게 되면 천마신교의 움직임을 예측하기가 어렵다. 그들의 움직임을 모르니 혈불의 중원행이 그만큼 어려워진 셈이다.

잘못하면 천마신교의 무력과 부딪쳐 대규모 전투를 벌이거나 반대로 중원의 대문파와의 싸움에 말려들 수도 있다.

그런데 그런 것과는 관계없이 그의 기분을 극도로 좋게 하는 보고를 방금 받았다.

"그놈이 겁도 없이 단신으로 비무행을 나섰다니? 그것도 신분을 드러내고 백주대낮에 중원의 대문파를 들락날락 한

다고?'

진곡은 확인을 하듯 앞에 시립해 있는 수하에게 물었다.

"예, 청염마조는 문파 간의 갈등과는 관계없이 자신은 무를 추구하기 위해 강자와의 비무를 원한다고 선언했습니다."

"흥, 젊군. 정말 젊어! 그래, 다른 문파들은 그놈을 어떻게 대했지? 비무를 해주었나? 아니면 문답무용으로 공격을 했나?"

"남궁세가와 무당파, 제갈세가는 비무를 해주었습니다. 그 뒤에 길을 가는 도중 몇몇 무인들이 습격을 했지만 청염마조는 그들을 가볍게 제압하고 소림사로 향했다고 합니다."

"그렇군. 그럴 가능성도 없진 않지."

진곡은 알았다는 듯 고개를 끄덕이며 생각에 잠겼다.

'일단 이것이 어떤 의도로 벌어지는지 알아야 한다. 그놈이 정말 순수한 마음으로 비무행을 나섰을 리가 없다.'

이미 서정에게 한 번 당한 바 있는 진곡이다. 처음 천마의 숨겨진 제자라고 소개된 때에도 그는 순진한 얼굴을 하고 있었다.

자신이 움직이기도 전에 선수를 당할 줄은 꿈에도 생각지 못했던 것이 결정적인 실수였다고 진곡은 지금도 생각하고 있었다.

그 죽일 놈의 사제가 순식간에 자신의 편이었던 두 장로를 손에 넣은 방법은 아직도 짐작조차 할 수가 없다.

음모로 가득한 마교에서 온갖 산전수전을 겪고 자란 자신의 뒤통수를 후려친 자이다. 그런 자가 무인의 의지가 어쩌고 하면서 죽어도 좋다고 돌아다니는 것은 말도 안 된다.

'그야말로 순진한 정파 놈들에게나 통할 수작이지!'

그놈이라면 그러한 점을 이미 계산에 넣고 움직였을 가능성이 크다.

진곡은 생각하고 또 생각했다.

무림의 문파들이 어떤 생각을 가지고 있는지 능히 짐작할 수 있다. 그들은 천마신교의 분노를 직접적으로 받는 것을 별로 원하지 않는다. 또한 체면을 버리면서까지 청염마조를 잡을 필요도 느끼지 못할 것이다.

'음, 일단 스스로의 명성, 천마신교의 기세, 다른 문파를 공격할 대의명분 정도가 있겠지. 그리고 또 무엇이 있지? 문파의 허실탐색? 아니지 그건 이미 어느 정도 얻었을 것이고……'

무엇인가 빠뜨린 게 있는 것 같다. 진곡은 그런 찜찜한 기분에 생각하는 것을 멈추지 않았다. 그러던 중 그는 머릿속에 팍하고 떠오른 생각에 손바닥으로 의자의 손잡이를 탁 하고 쳤다.

"그놈이 정말 단신으로 움직이고 있나?"

"예, 몇 번이나 확인을 했습니다. 가끔씩 전서구를 받기는 해도 접촉하거나 비밀리에 수행하는 자는 없습니다."

“그렇다면 천마는? 천마의 종적은 발견되었나?”

“아직 찾지 못했습니다. 북경상회와의 접촉 이후 완전히 자취를 감추었습니다. 청염마조와 같이 있지 않은 것은 확실합니다.”

“천마가 숨으려 들면 찾기가 쉽지 않다. 그런데 청염마조의 주변에 천마가 없다는 것을 자신할 수 있는가?”

“확실합니다. 천마가 가만히 숨어 있다면 몰라도 청염마조의 이동속도에 따라 같이 움직이려면 우리의 눈을 속일 수는 없습니다.”

보고자는 자신의 목을 걸으라면 걸겠다는 눈치였다. 그도 그럴 것이 소운은 비무가 끝나면 마차를 타고 거의 전력으로 하루밤낮을 달리고는 했다.

그걸 남의 눈에 띄지 않게 따라 간다는 것은 정말 귀신이 아니고는 불가능하리라.

진곡도 그걸 알기에 더 이상 그 점을 의심하지는 않았다. 그는 천천히 고개를 끄덕이며 중얼거렸다.

“북경상회주와 만났을 때에 청염마조는 천마와 함께 있었다. 그런데 그 이후부터 청염마조는 혼자 비무행을 다니기 시작했지. 그렇다면 그놈이 화려하게 사람의 눈을 끄는 동안에 천마는 다른 일을 꾸미고 있다는 소리군.”

말하자면 청염마조는 미끼인 셈이다. 천마의 은밀한 행동을 가리기 위한 미끼.

"크흐흐흐흐. 나쁘지 않아."

진곡은 다시 웃었다.

천마가 어떤 일을 하는지는 전혀 관심이 없다. 어차피 얼마 안 있어 중원전체가 알게 되지 않겠는가? 지금 중요한 것은 미끼로 나온 소운이다.

"그놈은 오래 놔두면 위험하다. 기회가 있으면 가장 우선적으로 제거해야 한다."

진곡은 이를 갈며 중얼거렸다. 소운과 얽힌 기억을 다시 떠올리자 분노를 참기 어려웠다. 그러나 마음 한구석으로부터는 공포심과도 같은 경계심이 일었다.

삼십도 안 된 나이에 내공의 한계에 도달한 자! 장로들이 천마지재라고 평가했던 것도 이해가 갔다. 그렇지 않았다면 지금도 이렇게 질투심에 불타오르지는 않았을 것이다.

"만약 십 년만 그놈을 그대로 놔두면 나도 위험해질지 모른다."

진곡은 스스로에게 속삭이듯 중얼거렸다. 그리고는 바로 의자에서 일어나 방을 나섰다.

그가 간 곳은 사형인 칭타가 있는 곳이었다. 승리는 혈불을 맞이하러 떠났기 때문에 이곳의 일은 그들 둘이 전담하고 있었다.

"칭타 사형, 청염마조의 일은 들으셨소?"

"방금 보고를 받았네. 혹시 사제가 찾아올지도 모른다고 생각했었는데, 과연 왔군.”

“짐작하고 계셨다니 말하기가 편하군요. 내 그놈에게 진 빚을 갚으러 가겠소.”

“괜찮겠는가?”

“홍. 나는 이미 독검을 자유자재로 쓸 수 있소. 개성과 싸우기에는 아직 부족한 감이 있지만 그놈 정도라면 개구리 가지고 놀 듯 마음대로 할 수 있을 것이오.”

“하기야 청염마조는 과거의 사제보다도 약했다고 했으니 지금은 말할 필요도 없겠지.”

“그렇소. 지금이라면 삼십 초 이내에 그놈을 지옥으로 보낼 수 있소.”

“호, 삼십 초나 생각을 하다니? 그 정도라면 거의 과거의 사제와 비슷한 수준이 아닌가?”

“인정하기는 싫지만 그놈은 천재요. 이미 만난 지 일 년이 넘었으니 훨씬 더 강해졌을 것이오.”

진곡은 거의 확신하듯 말했다. 보고에서도 청성파 장문인과 비무를 해서 승리할 정도라고 했으니 틀림없을 것이다.

진곡의 말에 칭타는 잠깐 말을 멈추었다. 천재라는 말을 듣자 그의 머릿속에 자리 잡은 또 하나의 천재가 떠올라 버렸다.

‘일로마협. 그놈이 정말 죽었을까? 적어도 사형이 나를 추슬러 떠날 때까지는 살아있었다고 했다.’

만약 일로마협이 살아있다면, 그리고 그가 어디에 있는지
만 안다면 칭타는 즉시 싸우러 갔을 것이다. 그만큼 그는 과
거의 패배를 받아들이기 힘들었다. 이길 수 있었는데 진 것은
씻을 수 없는 상처가 되었다.

'사제도 마찬가지겠지. 크크크.'

동병상련이라고 칭타는 진곡의 심정을 십분 이해했다.

"혹시 도망갈지 모르니 사람들을 충분히 데려가게."

"그럼 삼십 명 정도 데리고 가겠소."

"그러게. 어차피 당분간 이곳 일은 어려울 것이 없으니 나
혼자서도 별일 없을 것이네."

"투약시기만 제대로 맞추면 될 터이니 부탁드리겠소."

중원의 독종들을 모아 무공과 약으로 세뇌를 시키는 작업
은 거의 끝나가고 있었다.

현재 진곡이 모아온 자들의 무력은 거의 과거의 마인전사
대에 필적했다.

지금 그들에게 하고 있는 것은 최후의 금제인데, 이게 끝나
면 저들은 배반을 하려 마음만 먹어도 머리가 터져 죽게 된
다. 완벽한 꼭두각시 수하들의 탄생이다.

칭타는 독존의 후예이자 독곡의 곡주답게 이런 쪽의 작업
에도 능했다. 그는 자신의 무공이 이미 한계에 달해 더 이상
크게 발전하기 어렵다는 것을 깨닫고 용독술 쪽으로 주력하
고 있는 중이었다.

"사제가 과거의 앙금을 하나 해결하고 올 때쯤에는 새로운 수하들이 환영을 할 것이네. 잘 다녀오게나. 크흐흐흐."

칭타의 배려어린 말에 진곡은 감사의 말을 하고 떠날 준비를 시작했다.

이번에 소운의 뒤를 쫓다가 빈틈을 타서 그를 척살하면 그 죄는 모두 중원무림이 뒤집어쓰게 된다. 그렇게 되면 천마신교는 예정대로 중원의 문파들을 무차별로 공격할 것이다.

그사이 혈불은 무사히 원하는 곳으로 가서 목적한 바를 이루게 된다.

"이것이야말로 일석이조라 할 수 있지. 크하하하하."

진곡은 자신의 계획이 크게 성과를 얻으리라 확신했다.

'여러 가지 일이 있었지만 결국 최후에 남는 자는 나다!'

그는 속으로 그렇게 외쳤다.

*　　　*　　　*

소림의 십팔동인 중 한 명이자 사대금강 중 수위인 금각동인 요범은 내외공이 모두 뛰어났다. 그는 한 자루의 팔각곤을 들고 소운과 맞섰는데, 정말로 정정당당하게 비무에 임했다.

사실 소운의 나이에 걸맞지 않은 무공수위는 그의 비무상대를 고를 때 상대를 정말 곤란하게 하는 것 중에 하나다.

아직 청년에 불과한 소운에게 있어 대문파의 장로배분의

인물은 최소한 두 배분이나 윗줄인 것이다.

동배가 아닌 한 배분 위의 사람도 비무를 잘 안하려고 하는 게 무림의 관습인데 두 배분 위라면 싸워서 이기고도 체면이 없다고 욕을 먹기 십상이다.

그렇기 때문에 지금까지 각 문파에서는 소운보다 한 배분 높은, 나이 사십에서 오십 사이의 상대를 내보냈다.

소운이 노린 점도 바로 이것이다. 그 나이대의 무인들로서는 초절정의 벽에 도달한 자가 거의 없기에 소운이 겉으로 드러낸 실력만으로도 적수를 찾기 어렵다.

하물며 소운은 화조무령검을 손에 들고 천잠마혈의를 입었기에 더더욱 상대하기 어렵게 되었다.

그래서 지금까지는 상대도 나름대로 머리를 써서 대비를 했었다. 제갈세가와 같은 경우는 상당히 비겁한 수를 쓰기도 했다.

그런데 소림사에서는 질 것을 각오한 것처럼 아무런 수작도 부리지 않는 것이다.

결국 승부는 소운이 약 이백여 초 만에 승리했다. 그러자 소림사 장문인인 공운대사는 조용히 합장을 하며 말했다.

"아미타불. 과연 마교에서 인재가 나왔군. 시주는 이십 년 이내에 천하를 굽어 볼 경지에 이를 것이오."

"과찬이십니다."

소운은 공손하게 공운대사의 말을 받았다.

비무를 행했는데도 주변에 있는 소림의 승려들은 아무도 분노의 감정을 드러내지 않고 있었다. 심지어는 패한 당사자인 요범조차 한쪽에 서서 고개를 숙이고 합장을 했다.

'무섭군!'

소운은 그런 소림사에 대해 알 수 없는 공포를 느꼈다. 이것이 바로 저력이라는 것이 아닐까?

소운이 느끼기에 현재 소림에는 별로 뛰어난 인재가 없어 보였다.

그나마 현 장문인인 공운대사는 무림에서 손꼽힐 정도로 뛰어난 무공을 지니고 있다. 그러나 뒤를 이을 요자 항렬의 승려들 중에는 공운대사 정도의 성취를 이룰 것 같은 자는 보이지 않았다.

이런 점으로 볼 때 앞으로 이십 년 뒤의 소림은 현재보다 무림에서 영향력이 훨씬 작아질 것이다.

지금도 무림맹에서는 화산파와 무당파, 개방, 그리고 오대세가가 세력을 다투고 있을 뿐, 소림사는 이미 최고의 실세라 할 수 없다.

그런데 이들은 그걸 별로 신경 쓰지 않는 것 같다.

마치 진정한 미녀는 스스로의 미를 남과 견주려 하지 않는 것처럼, 소림승들은 자신의 무위가 높고 낮음을 애써 생각하지 않는 듯했다.

원래 무공보다는 불도를 닦는 곳이라고 소림승들은 주장

한다. 그리고 이런 주장을 그들은 진심으로 지키려 하고 있었다.

그럼에도도 불구하고 소림은 언제나 무림의 태산북두로 불리고 있다.

'평가하기가 애매하군. 그래도 이런 식이면 근미래에 발전을 기대하긴 힘들다. 하지만 절대 망하지는 않겠지.'

소운은 왜 소림이 천년소림인지를 어렴풋이 느낄 수 있었다.

"비무가 끝났으니 본인은 이만 하산하겠습니다."

소운은 바로 이동하려 했다.

비무를 한 후 하루 안에 다른 곳으로 가는 것은 이미 공식적으로 굳어졌다. 소운도 그게 깔끔하고 좋다고 생각해서 이제는 시키지 않아도 그렇게 했다.

만약 한 지방에 오랫동안 머문다면 마교에 원한이 있는 자들이 습격을 가해 올 수도 있다. 반면에 소운이 그 지방을 빠르게 벗어나버리면 다른 지방까지 쫓아오기는 힘들다.

그런데 공운대사가 소운을 막았다.

"잠깐 기다리시는 게 좋겠소. 아까 무림맹에서 전갈을 보냈는데, 시주를 보호하기 위해 무림맹에서 사람이 나왔다고 했소. 그러니 그들이 올 때까지 시주께서는 폐사에 머무는 것이 좋을 듯하오."

"저를 잡으러 오는 것이 아니고 보호를 한다는 말입니까?"

“그렇소. 이번에 무림맹에서는 시주의 행동을 좋게 본 모양이오. 정식으로 시주의 비무행을 인정하고, 비무행이 끝날 때까지 시주에게는 마교에 대한 은원관계를 따지지 않기로 했소. 하지만 그렇게 결정을 했다고 해서 모든 사람이 순순히 따르는 것은 아니니 앞으로 시주는 무림맹 사람들과 같이 다니는 것이 좋을 듯하오.”

“으음, 그건 그렇군요.”

소운은 대답을 하며 심각한 표정으로 생각에 잠겼다.

‘사제가 성공을 했구나. 그렇다면 이제 진곡 그놈을 기다리면 된다.’

이번 비무행에 가장 첫 번째 목적은 바로 진곡의 제거다. 다른 여러 가지 부차적인 일들도 모두가 중요하기는 하지만 일단은 이게 가장 중요하다.

소운은 자신이 알 수 없는 변수를 하루라도 빨리 제거하고 싶었다. 그리고 이제 그 때가 되었다.

‘진곡은 틀림없이 온다.’

소운은 확신했다.

그가 비무행을 끝낼 때까지 가만히 앉아서 구경할 정도로 진곡은 속이 넓지 않다. 원한이 머리끝까지 쌓여 있으니 이번 기회에 확실하게 복수를 하려 할 것이다.

그런데 중요한 것은 언제 오는가이다. 습격 장소나 시기를 예측하지 않으면 처리를 하는 도중에 어떤 변수가 일어날지 아무도 모른다.

그래서 소운은 서문량의 도움을 얻기로 했다.

지금까지는 움직이는 경로도 신경을 썼고, 마차를 타고 빠르게 이동을 했다. 만약 진곡이 소운을 노려도 쉽게 습격을 하지 못하게 하려는 의도였다.

그런데 드디어 무림맹에서 사람을 보내 그를 보호한다고 한다. 이건 바로 사제 서문량의 입에서 나온 계략이다.

무림맹에는 진곡의 첩자도 있다.

호위를 위해서는 필히 사람을 뽑아야 하고 그건 한둘로 해결될 일이 아니다. 따라서 이 일이 비밀리에 진행될 가능성은 전혀 없다. 진곡은 당연히 첩자를 통해 이것을 알게 되었을 게다.

사람이 오면 소운을 조용히 제거하기는 거의 불가능해진다.

그렇다면? 진곡이 소운에게 복수를 할 수 있는 기회는 무림맹에서 떠난 사람들이 도착하기 전까지이다.

말하자면 바로 지금이다!

머릿속에 상황이 정리되자 그는 공운대사에게 정중히 거절의 의사를 밝혔다.

"죄송하지만 저에겐 허락된 시간이 그렇게 많지 않습니다. 앉아서 사람을 기다리느니 위험하더라도 다음 목적지인 화산파를 향해 떠나겠습니다."

"아미타불, 급할수록 돌아가라는 말이 있지 않소? 습격을 받아 상처를 입기라도 한다면 비무를 하기가 힘들 것이오."

"그것은 애초부터 각오하고 있던 일입니다. 그럼."

소운은 혹시라도 공운대사가 반 강제로 자신을 붙잡을까 봐 얼른 몸을 돌렸다. 그리고는 경공을 써서 소실봉을 내려가기 시작했다.

일단 소실봉을 내려와 산 중턱에 있는 산사에 도착한 소운은 맡겨놓았던 말과 마차를 되찾았다.

소실봉 주변으로는 이천 개가 넘는 사찰이 있고, 이들 중 상당수는 소림사와 연관이 있다. 마차를 맡겨 놓았던 사찰도 그 중 한 곳으로 소림사를 찾는 사람들이 말과 마차를 주로 맡기는 곳이다.

소운은 혹시라도 마차에 이상이 있는지 살펴보았다.

'아무 문제가 없군.'

마차는 손을 댄 흔적조차 없는 것이 맡긴 그대로 놔두었다가 돌려주었음이 틀림없다. 거기에 말의 몸에는 윤기가 흐르고 기운이 넘쳐보였다. 몸을 씻기고 좋은 여물을 먹여 충분히 쉬게 한 모양이다.

마차와 말을 점검한 소운은 정중하게 예를 취하며 사의의 말을 건넸다.

"신세를 졌습니다."

"아미타불, 천만에 말씀이오. 시주가 소림을 찾는 이상 본사에서 마차를 보관하는 것은 의무라고 할 수 있소."

분명 소운의 정체를 알 법하건만 흔하디흔한 향화객을 대하는 것 마냥 초연하기만 했다. 침착하게 마차를 점검하는 것을 기다려 인사를 받고 할 일을 다했다는 듯한 표정을 짓는다.

소운은 속으로 감탄을 하고는 합장을 하며 살짝 고개를 숙여 보였다.

"그럼."

화산파가 있는 화산까지는 갈 길이 멀다. 소운은 서둘러 마차에 올라탔다.

두두두두두.

마차는 관도를 따라 달렸다. 숭산을 완전히 벗어나자 평야와 숲을 번갈아 지났다. 하지만 이곳은 아직 소림의 영향권 아래다. 진곡의 간이 배 밖으로 나왔다 하더라도 이곳에서 습격을 감행하지는 못한다.

"어디쯤일까?"

소운은 지도책자를 펼쳐들고 하남에서 섬서로 넘어가는 관도주변의 지리를 보았다.

각 장에는 지형지물이 세밀하게 그려져 있고 옆쪽으로는 글로써 설명이 첨가되어 있었다. 외총단이 십여 년에 걸쳐 비밀리에 제작한 중원지도다.

진곡도 이걸 가지고 있으니 습격할 계획을 세운다면 이걸 보고 짤 것이다. 소운은 스스로를 진곡의 자리에 놓고 심각하게 자신을 습격하기 좋은 위치를 고려하기 시작했다.

"음, 대충 이곳이려나?"

하남에서 섬서로 넘어가는 고개, 관문을 지나 한두 시진쯤 간 곳의 숲 지역이 가장 유력했다.

그곳이라면 하남도 섬서도 아닌 셈이기 때문에 무림인들의 경계가 가장 느슨하다.

소운이 만약 사람들 눈에 띄지 않게 누군가를 기습한다면 바로 그곳을 택할 것이다.

"일단 이곳을 일차 후보지로 생각하고 그 다음에는 어디지?"

싸움이 일어나기 전에 한 번이라도 더 생각을 하고, 조금이라도 많은 대비를 해놓아야 한다. 소운은 이제 의식하지 않아도 그걸 행하는 습관이 들었다.

"뭐, 대충해도 계획이 틀어질 일은 없을 테지만……."

만사는 유비무환이다.

*　　　*　　　*

진곡은 소운이 일차적으로 선정한 지점에서 수하들을 매복시키고 있었다. 그도 머리가 나쁜 것은 아니지만 소운이 무림맹을 움직일 수 있다고는 꿈에도 생각지 못했다. 그렇기에 천마신교와 무림맹이 합동으로 일을 꾸미면 넘어갈 수밖에 없다.

"마차가 옵니다. 청염마조의 마차입니다."

"왔군. 모두 기세를 숨겨라."

진곡은 냉정한 표정으로 명령을 내렸다. 수하들을 모두 양쪽 옆 숲속에 매복시킨 후 자신은 길 한가운데 서서 마차가 오기를 기다렸다.

"후후후."

왠지 모르게 기분이 좋아져 웃음이 나왔다. 꿈에서도 그럴 정도로 미워했던 소운이지만 막상 원한을 갚을 순간이 되자 오히려 마음이 가라앉았다.

두두두두.

땅이 울리는 진동이 느껴졌다. 그리고 언덕 너머로 마차가 모습을 드러냈다.

"왔는가!"

눈에 보인 이상 도망갈 수 없다! 진곡은 그렇게 생각하며 당당하게 외쳤다.

소운은 진곡의 모습이 보이자 마차의 속도를 살짝 늦추었다. 그리고는 진곡이 서 있는 곳에서 삼 장 앞에 마차를 세웠다.

"이게 누구신가? 배반자께서 여긴 웬일이지?"

"크하하하하, 네놈이 아직 기가 살았구나. 내려라. 내 그래도 사형제의 정리를 생각해서 단칼에 죽여주겠다."

"흠, 복수를 하러 온 건가?"

다 알면서도 묻는 것은 상대를 놀리기 위함이다. 소운의 뻔 뻔스러움에 진곡은 결국 웃음을 멈추고 살기 띤 눈으로 그를 노려보았다.

"네놈은 나를 크게 힘들게 했다. 내가 가졌어야 할 모든 영 광을 빼앗다니. 쥐새끼 같은 놈."

"음, 사실 그런 면이 좀 있지. 하지만 그게 뭐가 잘못된 건 가? 강자존 약자종의 원칙을 따르는 우리 천마신교에서 내가 네놈의 자리를 빼앗은 것은 바로 실력이라 할 수 있지. 하지 만 네놈은 진 주제에 패배를 인정하지 않고 배신을 했다. 배 신은 천성이고 습관이라 했다. 진곡 네놈은 바로 반골이다!"

"크흐흐, 뚫린 입이라고 잘도 내뱉는군. 어쨌든 좋다. 네놈 이 말한 것처럼 지금 이 상황에서 내가 네놈을 제거하면 그것 역시 힘의 논리에 따르는 것이지."

진곡의 말에 소운은 검지를 세워 좌우로 까딱거리면서 설 교하듯 말했다.

"아니. 배반과 암습은 결코 인정받지 못하지. 수십 년간 신 교에 몸담으면서 무엇을 배웠는지 모르겠군."

"흥! 나는 이미 천마신교의 교도가 아니다. 나를 버린 천마 신교는 내가 지배할 한 곳에 불과할 뿐. 나는 이제 나의 도리 대로 움직인다."

“자신만의 도리인가? 바로 무도리(無道理)군. 역시 네놈답
다.”

“말이 길었다. 이제 죽어라.”

소운의 끊임없는 비아냥거림에 기분이 상할 대로 상한 진
곡은 살기를 있는 대로 뿜어대며 검을 뽑았다. 그리고는 손으
로 검날을 잡아 위로 슥 하고 훑었다.

우우웅.

검이 울었다. 진곡의 내공이 전과는 비할 수 없이 상승했다
는 것을 알 수 있었다.

또한 손으로 훑은 검날이 녹색으로 변했다. 강력무비한 독
의 기운이 금속에 스며든 것이다.

스스스스스.

진곡이 검을 소운에게 겨누자 녹색의 기운은 검기를 타고
길게 뻗었다. 마치 검강과도 같이 선명하게 보였다.

소운은 그걸 보고 안색이 변했다.

“그것은?”

“후후훗, 독검기다. 네놈의 화조무령검의 화기로도 태울
수 없는 것이지.”

진곡은 의기양양하게 외쳤다. 굳이 독검기의 속성에 대해
가르쳐줄 필요는 없지만 안다고 막을 수 있는 것이 아니기에
별 상관없다고 생각했다.

미리 가르쳐주어 중독될까봐 연연해하는 모습을 보고 즐

기고 싶은 마음도 있었다.

"어디에서 그런 음험한 수법을 배웠는지 모르겠군."

소운은 그렇게 중얼거리며 검을 앞으로 세워 싸울 준비를 했다. 마치 독검기의 무서운 점을 능히 짐작할 수 있다는 듯 진지했다.

두 무인이 검을 마주하고 대치하자 살기가 사방으로 퍼졌다. 두 사람 모두 서로에 대해 방심할 수 없는 상대라는 것을 인정이라도 하듯 눈 한 번 깜박이지 않고 상대를 노려보고 있었다.

그러나 그건 진곡의 경우일 뿐, 소운은 속으로 딴 생각에 열중하고 있었다.

'저놈이 어디서 독검기를 배웠지? 그건 독존의 비술인데. 저 검에 바른 독만 해도 그렇지. 금속에 스며들고 불에 타지 않는 녹색의 절독이라면 녹석지주독이잖아. 독존경에서도 열손가락 안에 드는 독을 저놈이 어디서 구했지?

녹석지주독은 바위에 구멍을 파고 사는 작은 거미의 독이다. 그 거미들은 거미줄을 치지 않고 바위에 독을 발라 먹이를 잡는데 그렇게 녹석지주들의 집이 되는 바위는 세월이 흐름에 따라 바위 자체가 강력한 독성을 띠게 된다.

이게 다시 수백 년의 세월이 흐르면 독의 정화가 바위 속에 모여 바위를 녹이고 한줌의 물이 된다.

그래서 독을 다루는 자들은 녹석지주의 집을 발견하면 신주단지 모시듯 보호를 하며 수백여 년 동안 대를 이어 기다리는 것이다.

문제는 그렇게 기다려도 정작 바위를 부수었을 때 녹석지주독이 있을 확률이 삼 할도 되지 않는다는 것이다. 그 때에는 어쩔 수 없이 바위를 갈아 가루로 만들어 쓰게 되는데, 이건 독액에 비해 십분의 일 정도의 독성밖에 없다.

소운이 보기에 진곡이 쓰는 것은 독분이 아닌 독액이 틀림없었다.

금속에 스며드는 성질은 독액만이 가진 특징으로 독존은 그 성질을 이용하여 독검기를 창안해 냈다.

재능이 모자라 경지에 오르지 못한 후예들을 위해 특별히 신경 쓴 무공인데, 이걸 완숙하게 익히면 거의 독검강에 맞먹는 살상력을 발휘할 수 있다.

정말로 초절정고수가 된 자에게는 미치지 못하지만. 그래도 흉내는 낼 정도가 되는 것이다.

'그러고 보니 녹석지주는 묘강에서만 자라지. 진곡은 독곡하고 손이 닿았군.'

소운의 눈이 빛났다.

독곡! 진곡의 배후가 그곳이라면 능히 대응할 수 있다. 뭐니 뭐니 해도 독곡의 최고비급이라고 할 수 있는 독존경이 바로 소운의 머릿속에 생생히 살아 있으니까.

하지만 소운은 곧 생각을 바꿨다.

‘그 승리라는 놈은 절대 독곡의 사람이 아니다. 서장이나 몽골쪽이었다. 그렇다면 혹시 진곡의 배후가 되는 세력은 변황의 연합이 아닐까?

생각을 하자니 끝이 없다. 소운은 간단하게 궁금증을 해결하기로 마음을 먹고 진곡에게 물었다.

“그런데 네놈은 어디에 꼬리를 흔들었기에 그런 수법을 배운 거지? 전에 보았던 고수도 그렇고, 제법 쓸 만한 세력에 붙은 것 같군.”

“후후후, 네놈에게 그걸 알려줄 필요는 없지.”

“순순히 대답을 해주지는 않는군. 그런데 그때 같이 온 승리란 자는 이번에는 오지 않은 모양인데?”

“그걸 네놈이 알 필요가 있을까? 승리 사형이 있는지 없는지 알려면 먼저 나의 검에서 살아남아야 할 것이다.”

“아니, 없는 것 같아. 그게 거의 확실해. 쩝”

소운은 혀를 차며 검을 내렸다. 순식간에 사라진 살기. 그는 싸울 마음이 없는 듯했다.

진곡은 한쪽 눈살을 살짝 찌푸렸다. 일촉즉발의 상황에서 검을 내리다니? 이놈이 죽음을 각오한 것인가?

그런데 그때 소운이 몸을 반쯤 돌리며 땅에 한쪽 무릎을 꿇었다. 항복의 표시인가? 라고 사람들이 생각을 할 때, 소운이 외쳤다.

“천마께서 나오시니 만인은 절을 하라!”

"천마!"

진곡은 놀라서 사방을 살폈다.

그 순간 마차 안에서 산이 무너지는 것과도 같은 기세가 펴져 나오며 누군가가 걸어 나왔다.

"어헉!"

진곡의 입에서 자신도 모르는 사이 비명과도 같은 소리가 튀어 나왔다. 그는 검을 내민 것도 내린 것도 아닌 엉거주춤한 자세로 굳어 버렸다.

소운은 살짝 고개를 돌려 그 모습을 구경하며 속으로 중얼거렸다.

'쳇, 숭리란 놈이 올 줄 알고 천마를 동원했는데 안 오다니. 이거야말로 닭 잡는데 소 잡는 칼을 쓰는 셈이군.'

진곡은 소운도 충분히 감당할 수 있다. 그러나 숭리는 다르다. 소운은 아직 그와 싸워서 이길 자신이 없었다.

이제 갓 초절정의 경지에 오른 소운과 숭리는 적어도 반수 정도의 차이가 있을 터이다.

그래서 소운은 이 일을 꾸미고 천마를 마차의 이중바닥 속에 숨겨 두었다. 그 누구도 천마가 마차 바닥 사이에 누워 있으리란 생각은 할 수 없을 것이다.

추격자들도 마차에 소운이 혼자 타고 이동하는 것과 아무도 마차 뒤를 쫓지 않는 것만 확인했지 마차 내부를 샅샅이 뒤지려고는 하지 않았다. 그만큼 허름하고 무엇을 숨기려 해도 숨길 수 없는 작은 마차였다.

그렇게 진곡은 빠져나갈 수 없는 함정에 걸렸다. 아마 빠져나갈 생각도 감히 하지 못할 것이다.

천마는 냉엄한 시선으로 진곡을 보았다. 그리고는 벌벌 떨고 있는 그에게 물었다.

"진곡, 승리란 자를 사형이라 부른다지? 그러면 네 새 사부는 누구냐?"

"으으으."

진곡은 입을 열려다가 말았다. 억지로 참은 것 같았다.

그러자 혈장천마는 손을 들어 왼쪽 숲속을 향해 흔들었다.

콰콰콰콰!

검은 강기가 파도처럼 숲을 향해 밀려나갔다. 그러더니 어느 순간 수십 갈래로 나뉘어져 화살과도 같은 모양이 되었다.

"아아악!"

숲에서 비명 소리가 들려왔다. 진곡이 매복해 놓았던 수하 몇 명이 몸을 빼서 도망을 가려다가 그대로 죽은 것이다.

"귀찮군. 일단 저것들을 처리하고 다시 애기를 해보자."

팍.

혈장천마는 자리에서 꺼지듯이 사라졌다. 너무 빨리 움직여서 보통사람의 눈에는 잔상만이 보였다.

곧 숲속에서 비명 소리가 울려 퍼졌다. 삼십이나 되는 매복자들이 혈장천마의 손에 의해 모두 죽어가고 있는 것이 틀림없었다.

"크으으!"

진곡은 이 악몽을 받아들이고 싶지 않은지 이를 악물고 신음소리를 내었다. 그는 필사적으로 이곳을 살아서 빠져나갈 방법에 대해 생각했다.

그러나 없었다. 혈장천마의 시선에 잡힌 이상, 그의 목숨은 혈장천마의 것이나 다름없다. 다른 이라면 시도라도 해보았겠지만 진곡은 천마의 제자이다. 그의 무위에 대한 공포와 경외심은 오히려 알지 못하는 누구보다 더 크다고 할 수 있었다.

그때 혈장천마가 원래 서 있던 자리에 다시 나타났다. 사방이 조용한 것으로 보아 매복한 자들은 이미 모두 죽은 듯했다.

"이제 대답해라."

혈장천마의 말은 감정을 느낄 수 없을 정도로 차분했다. 마치 제자에게 명을 내리는 것처럼 들리기도 했다.

그러나 그 말속에는 상상하기 힘든 내력이 담겨 있었다. 듣기만 해도 사람의 심장을 떨리게 하고 머릿속의 생각하는 힘을 마비시킬 정도였다.

"으으으. 나는, 나는……."

진곡은 여전히 대답을 하지 못하고 몸을 떨었다.

그러자 혈장천마는 잠시 진곡을 바라보다가 몸을 돌려 마차로 돌아갔다.

그리고 마차 안에서 말했다.

"네 사제와 겨루어 보아라. 이긴다면 그냥 보내주겠다."

"정말이십니까?"

절대적인 절망 속에서 갑자기 나타난 한 줄기 희망! 진곡은 정신이 번쩍 들어 얼른 되물었다.

"……."

마차 안에서는 아무런 대답도 들려오지 않았다. 천마는 결코 같은 말을 두 번 하지 않는다.

대신 소운이 몸을 일으켜 진곡 앞에 서서 검을 뽑았다.

"한 수 가르침을 부탁드리오, 사. 형."

"크흐흐흐, 좋아. 좋아!"

혈장천마의 기세가 거두어지자 진곡은 다시 할 마음이 났다. 그는 이런 좋은 기회는 다시 있기 어렵다는 생각에 웃음을 터뜨리며 검을 뽑았다.

"그런데 사형, 사형이 새롭게 모신 사부가 누구요? 또 그 독검기는 어떻게 얻었소?"

"흥, 네놈에게."

진곡은 말을 하려다가 멈추고 고개를 돌려 마차 안을 보았다. 그때서야 그는 깨달았다. 혈장천마는 목숨을 살려 주는 대가로 비밀을 말하라고 한 것이다.

'이걸 말하면 정말 나를 살려줄까?'

진곡은 급히 머리를 굴렸다.

'천마는 이놈을 사제라 칭했다. 그건 나를 제자로 부른 것이나 다름없어. 그렇다면 정말로 내가 이기면 이번만은 놔준다는 뜻이군. 그의 성격상 선언을 한 이상 지킬 것이다.'

혈장천마의 성격을 누구보다도 잘 알고 있는 진곡이다.

냉정하고 비정하지만 스스로의 말에 신의를 지키는 자다. 하기야 천마쯤 되는 자가 신의가 없으면 얼마나 뒤에서 손가락질을 당할까?

마치 남도왕처럼 최강의 무인이면서 존경이 아닌 욕을 먹게 될 것이다.

진곡은 소운을 노려보았다.

'그럼 저놈을 죽이면 안 되는 건가.'

기분이 나빠졌다. 혈장천마가 무서워서 죽이지도 못하는데 비무를 해야 한다니?

그런데 그때 소운이 말했다.

"양보를 해주실 필요는 없소. 내 검은 충분히 나를 지킬 수 있으니까. 만약 그대가 나를 죽여도 사부께서는 말씀하신 것을 지키실 것이오."

진곡의 속마음을 읽은 듯한 말투. 하기야 누구라도 지금 진곡이 무엇 때문에 갈등하는지 쉽게 짐작할 수 있을 것이다.

"하지만 안심할 수는 없을 것이오. 나는 전력으로 그대를 죽일 것이고, 죽일 수 있을 것이라 생각하고 있으니까."

"과연 사제는 용감하군. 이길 수 있다고? 죽여도 좋다는 말이지?"

진곡은 감탄한 표정을 지었다. 다분히 가식적인 말투이자 놀리는 듯한 감정이 섞여 있었다. 그러나 이것으로 그는 마음의 망설임을 버렸다.

진곡은 검을 들어 다시 검기를 일으키며 말했다.

"내 새로운 사부는 서장 혈뇌음사의 혈불이다. 그분의 무공은 천마에 비해 결코 뒤떨어지지 않지. 이미 독곡의 곡주도 그분의 제자가 되었다. 새로운 둘째 사형인 칭타가 바로 그다. 독검기는 바로 그에게 배웠다."

"그렇구려."

소운은 고개를 끄덕였다. 이것으로 숨은 상대의 배후는 다 안 셈이다.

'그놈이 독곡의 곡주라고? 어쩐지 마지막에 독장을 쓰더라니.'

칭타하고는 이미 일전을 나눈 바 있다. 일로마협으로 싸운 것이기 때문에 상대는 모를 테지만 소운이야 확실하게 기억한다.

그리고 중요한 것은 혈불이다. 혈장천마에 대해 누구보다도 잘 아는 진곡이 비슷한 수준의 무공이라고 말했다. 그렇다면 틀림없을 것이다.

'미치겠군. 무슨 천마급이 한 시대에 두 명이나 나타난 것이지?

소운은 속으로 혀를 내두르다 갑자기 생각난 것이 있어 다시 진곡에게 물었다.

"혈불이란 분의 연세가 어떻게 되는지 물어도 되겠소?"

"올해 일백오십 세가 조금 넘으셨지."

"과연, 혈불은 백 년 전부터 세상을 굽어보았겠군."

원래 천마급의 고수는 백 년에 한 번 나올까 말까 하다.

혈불이란 자가 백오십이 넘었고, 혈장천마가 이제 칠십 정도이니 대충 그럴 만도 하다는 생각이 들었다.

말하자면 전대 천하제일고수와 현재 천하제일고수가 있는 셈인데, 어느 쪽이 강한지는 정말로 싸워봐야 알 것 같았다.

소운은 더 이상 알아낼 것이 없다고 생각하고 검에 집중했다.

화르르륵.

검기가 청염으로 변해 타올랐다. 강기보다는 못해도 보는 사람의 시선을 빼앗을 정도로 아름다운 불꽃이었다.

진곡 역시 기세를 더해 독검기를 강렬하게 뿜어댔다. 그러자 녹색의 독기가 허공 중에 물감이 풀어지듯 녹아내리며 퍼졌다.

독검기의 무서운 점이 바로 이것인데, 일단 검기를 일으키면 일대가 독장으로 변한다.

그러면 상대의 호흡을 방해할 뿐만 아니라 작은 상처로도 독이 스며들어가 치명적으로 작용을 하게 된다.

반면에 독검기를 일으킨 장본인은 호흡을 통해 자연스럽게 독성을 흡수하기 때문에 격렬하게 싸우면서도 덜 지치고 내공이 유지되는 효과가 있다.

소운은 더 이상 독기가 퍼지는 것을 참을 수 없다는 듯 검을 크게 휘둘러 화기를 퍼뜨렸다. 그러자 화기가 허공에서 뭉쳐 거대한 불덩어리가 되었다.

"청염벽파!"

파란 불덩어리가 진곡의 머리 위를 덮치듯 떨어지고 정면에서는 소운이 검을 찔러 들어갔다.

"화조무령검을 능숙하게 다루는군. 만독일연!"

진곡은 검을 수평으로 뉘여 옆으로 휘둘렀다.

강호에 널리 퍼진 횡소천군과도 같은 동작인데 기의 운용법이 전혀 다른 듯 독검기가 셋으로 변해 제각기 소운의 목과 다리, 그리고 허리를 노렸다.

소운의 공격을 무시한 채 동귀어진을 각오했다고 보일 정도로 강경일변도의 반격을 가한 것이다.

하지만 소운은 알 수 있었다. 만약 이대로 부딪치면 소운은 전신이 동강나서 죽고, 진곡은 가벼운 부상으로 끝난다.

상대의 공격을 완전히 피하는 것이 아니라 살을 주고 뼈를 깎는 무서운 수법이다.

"독한 놈!"

소운은 손목을 이용하여 찌르던 검을 한 바퀴 돌렸다.

그 힘에 진검이 아닌 독검기가 뭉쳐진 가짜 검날이 파괴됐다. 하지만 진곡이 쥐고 있는 진짜 검날은 여전히 무겁게 소운의 허리를 노렸다. 손목의 힘만으로는 진곡의 검력에 대항할 수 없었다.

"차핫, 비응번신!"

파팍, 캉!

소운의 몸이 엎드리듯 바닥으로 쓰러졌다. 그러면서 몸이 빙글 돌아 철판교와 비슷하게 누운 자세가 되었다.

검은 두 손으로 잡고 가슴 앞에 모아 위를 막는다. 진곡의 검이 그 위를 지나며 아래쪽으로 독검기를 퍼뜨렸지만 모두 튕겨내었다.

소운은 질 수 없다는 듯 그 자세를 취한 채 진곡의 아래쪽으로 파고들었다.

"탁탑천왕!"

흔하디흔한 강호의 삼류초식이 펼쳐졌다. 머리 위의 적을 상대하기 위한 초식인데 그걸 누운 채 펼치니 정면 하반신을 공격하는 셈이 되었다.

파식.

진곡의 허벅지 안쪽은 소운의 검기에 의해 찢겼다. 피한다고 피했는데 완전하지는 못했다.

"좋군. 하지만 장난은 이제 끝이다! 심려사해!"

진곡은 심극검의 초식을 사용했다. 그러자 독검기가 사방으로 퍼져 단숨에 소운의 전신대혈을 노렸다. 마치 절정고수 네 명이 전후좌우를 둘러싸고 동시에 합공을 하는 것 같았다.

"심즉무애!"

소운 역시 심극검을 펼쳤다.

같은 초식이라도 운용법에 따라 변화가 무궁한 것이 심극검이다. 애초에 무초를 넘어서 심검의 도리가 담긴 검법이기에 진곡이 익힌 심극검과 소운이 얻은 심극검은 전혀 다른 것이라고 할 만했다.

진곡의 검에서는 끊임없이 독검기가 튀어 나왔는데 이것에 조금이라도 상처를 입으면 즉시 중독되는 것이다.

반면에 소운 역시 청염검기를 이용해 검이 이르지 않은 상황에서도 화기로 진곡을 위협할 수 있었다.

더군다나 몸에 두르고 있는 천잠마혈의는 소운이 상처 입는 것을 어느 정도 보호해 주고 있었다. 진곡이 사용하는 사혈마검은 명검이기는 해도 화조무령검보다는 아무래도 조금 떨어진다.

그 검의 예기로는 소운의 몸통 쪽은 거의 벨 수 없다. 오로지 정확하게 찔러야만 천잠마혈의가 뚫린다.

그러나 확실히 독검기의 위력은 강했고, 진곡의 내공과 검법실력 또한 뛰어났다.

소운은 계속해서 조금씩 밀렸다.

"네놈이 뛰어나기는 해도 아직 내 상대는 못 된다!"

진곡은 외쳤다. 속으로는 전과는 비교도 할 수 없게 달라진 소운의 실력에 감탄을 했지만 어차피 죽여야 할 원수다.

"나는 배반자에게 당할 정도로 약하지 않다!"

소운도 지지 않겠다는 듯 외쳤다. 그리고는 두 손으로 검을 들고 더욱 거세게 반격을 가했다.

이미 비무의 격식따위는 간 데 없이 사라져 두 사람 다 초식명을 외치지 않았다.

어차피 그들이 사용하는 검법은 심극검이니 초식 따위는 거의 의미가 없었다. 그 안에 담긴 힘과 변화가 중요할 뿐이다.

하지만 진곡은 내심 웃고 있었다. 소운의 피부가 알게 모르게 은은한 녹색의 기운을 띠고 있었다.

'흐흐흐, 네놈이 아무리 버티려 해도 독검기의 독을 막을 수는 없다.'

단순히 독을 뿌리는 것과는 차원이 다르다. 검기에 독을 실어 날리면 상대의 몸을 보호하는 내력을 파고들어 독을 몸 안까지 침투시킨다. 절정고수라 해도 그걸 막을 수 없는 성질의 것이다.

'일 각 안으로 네놈은 쓰러진다.'

진곡은 속으로 그렇게 중얼거리며 방어를 강화해 소운의 맹공을 여유 있게 막아냈다.

마검패룡이라 불리며 상처를 두려워하지 않는 그이지만 때로는 누구보다도 영악하게 싸울 줄 알기도 했다. 패도의 탈을 쓴 냉정한 승부사라 할 수 있다.

'이놈이 완전히 중독된 후, 내력이 끊기고 움직임이 멈추면 그때 치명적인 일격을 가하자. 그리고는 최대한 빠르게 도망가는 거다.'

진곡은 혈장천마를 완전히 믿지는 않았다.

일단 말한 것을 지킬 거라고는 생각하지만 세상일은 아무도 모르는 법이다. 그래서 그는 소운을 단번에 죽이는 걸 포기하기로 했다.

소운을 딱 죽을 정도로 부상을 입히고 도망을 가면 혈장천마는 그를 치료하느라 자신을 놔줄 것이다.

물론 그렇다고 해서 소운이 살 수는 없다. 독검기는 그렇게 만만한 것이 아니다. 혈장천마가 아니라 독심약왕이 와도 쉽게 구하지는 못할 것이다.

무엇보다 일단 독성이 일어나면 반 각도 버티지 못하고 죽게 되니, 구할 수 있어도 시간이 모자라다.

만약 진곡을 먼저 제압하고 소운을 천천히 치료하려 한다면? 그때에는 해독약으로 흥정을 하면 된다. 눈치를 봐서 그래도 안 될 것 같으면 같이 죽는 수밖에 없다.

'흥, 어차피 네놈은 죽는다!'

진곡은 방어를 더욱 견고히 하면서 생각했다.

한편 소운은 진곡의 수준에 맞추어 싸우면서 그의 무공수준을 관찰했다.

이미 상대의 내부에 진기가 어떻게 흐르는지도 느낄 수 있는 그였다. 삼백여 초를 싸우는 동안 진곡이 사용하는 독검기의 운용법을 어느 정도 파악할 수 있었다.

그것은 소운에게 있어서 엄청난 도움이 되고 있었다. 독존경은 사실 기본 내공 운용법에 대한 설명이 그다지 충실하지 못하다.

말하자면 천마의 무공비급들과 비슷한데, 쉬운 독공은 아예 적혀있지 않은 것이다.

그래서 활선문의 사조는 강호의 독공들을 은밀히 찾아 독존경에 필요한 기초부분을 따로 만들어 내었다. 하지만 그건 독존경의 상승독공과 그다지 상성이 맞지 않았다.

그런데 지금 진곡의 몸속에 흐르는 독공의 움직임은 그야말로 소운이 독존경에서 이해하기 어려웠던 부분을 상당수 해설해 주고 있었다.

'독곡의 독공이야말로 독존경의 기본이 되는 부분이었나 보군.'

소운은 열심히 그 순서를 외우고 이치를 따졌다.

'이건 기연이라 할 만하다. 하하하.'

확실히 독존경의 독공은 남다른 데가 있다. 그리고 독공은 다른 무공과는 상리가 다르다.

그런데 소운은 지금 독존공의 깨달음을 이해하기 시작했다. 막혀있던 강물이 터져 바다로 흐르는 것처럼 검에 대한 상식도 조금씩 바뀌었다.

상식이 아니었던 것들이 상식이 되고, 지금까지 느끼지 못했던 부분도 조금 더 넓고 자세하게 알게 되었다.

호랑이가 날개가 달려 하늘을 날다가 다시 물속에서 숨을 쉬는 방법을 배운 것처럼 지금까지 가지 못했던 새로운 영역을 마음껏 보고 느꼈다.

어느 순간 소운은 허공 중에 퍼져 있던 진곡의 독검기를 몸 안으로 흡수하기 시작했다.

초절정의 경지에 도달한 이후 내공의 한계가 없어진 것처럼 느끼던 소운이다. 그런데 지금 생각하니 아직 그의 내공은 한줌에 불과해서 얼마든지 더 쌓을 수 있었다.

그리고 독존공이 있으니 독 또한 내공이라 할 수 있었다.

반면에 원래 독기를 흡수해 소모된 내공을 채워야 할 진곡은 거의 독기를 흡수하지 못하게 되었다. 소운의 힘이 더욱 강해서 독기가 소운 쪽으로 몰리는 것이다.

오히려 진곡의 몸에서 독기가 조금씩 빠져나오고 있었다. 독성이 약해진 검기가 진곡의 몸으로부터 독을 채워 형태를 유지하는 상황이다.

진곡은 미처 그걸 인식하지 못했지만 그는 빠르게 지치고 있었다. 지금 그가 독검기를 사용하는 것은 바로 소운을 추궁

과혈 해주는 것과 같았다.

파파팍.

"크흐흑, 이상하군."

드디어 진곡은 자신의 몸의 변화를 알았다. 독의 농도가 약해지며 피로가 일순간에 몰려온 것이다.

소운은 그때를 놓치지 않고 다시 연속해서 육검을 찔렀다.

"육합무쌍!"

슈슈슈슈슈슉.

"큭!"

진곡은 여섯 번째 검식을 막지 못하고 무릎 위쪽에 검상을 입었다. 제대로 걷기 힘든 제법 큰 부상이었다.

"이익!"

그 순간 진곡은 몸을 앞으로 숙이며 검으로 소운의 어깨를 자르려 했다. 소운은 검으로 그걸 막았다.

동시에 진곡은 다른 손으로 소운의 명치를 노렸다. 숙여진 몸에 가려진 장은 소리도 없이 빠르게 소운을 향해 다가갔다.

"어딜!"

펑!

소운은 급히 몸을 옆으로 돌려 한쪽 손으로 진곡의 장을 맞받았다. 그런데 진곡은 그럴 줄 알았다는 듯 손가락을 오므려 소운의 장을 잡았다.

"이제 죽어라, 흐읍!"

　진곡은 자신의 내력을 손바닥을 통해 발출했다. 소운 역시 어쩔 수 없이 내력으로 그것을 막았다.

　내력대결! 한손으로는 검과 검으로 서로를 막고, 다른 한손은 각지를 낀 채 전신의 내력을 흘려보낸다.

　일단 내력대결로 들어간 이상 적당히는 끝낼 수 없다. 한쪽이 내력고갈로 완전히 죽거나 둘 다 죽는 수밖에 없다!

　진곡은 소운을 향해 얼굴을 들이밀며 웃었다.

　"나도 검법에는 자신이 있었는데, 네놈에게 반수를 손해 보다니. 하지만 이제 끝이다. 초식이 아닌 내력으로 나를 이길 수 있을 것 같으냐?"

　그 말이 끝남과 동시에 진곡은 몸속에 쌓인 독공을 일으켰다. 단전과 반쯤 융합되어 있던 독공은 진곡의 뜻에 따라 그의 혈도를 타고 소운에게 흘러 들어가기 시작했다.

　독검기와는 또 다른 독공의 힘! 이게 상대의 몸속으로 흘러 들어간 순간 그 상대는 이미 죽은 목숨이라고 봐야 한다.

　어이없게 무릎에 상처를 입었을 때 순간적으로 이 상황을 머릿속에 떠올리고 시도를 했는데 다행히도 성공했다. 이것으로 소운은 꼼짝없이 독공에 당할 수밖에 없다.

　"흐흐흐흐."

　진곡은 소운의 팔이 팔뚝까지 완전히 녹색으로 물드는 것을 보며 음흉하게 웃었다. 아마 지금쯤이면 상대는 팔뚝의 뼈와 신경이 가닥가닥 끊어지는 고통을 느끼고 있으리라.

그때 소운이 갑자기 입술을 오므려 바로 앞에 있는 진곡의 얼굴에 침을 뱉었다.

퇴!

"크윽!"

순간적으로 놀란 진곡은 움찔하며 인상을 찡그렸다. 웃고 있던 중에 침에 맞았으니 기분이 좋을 리가 없다.

"네놈이!"

"녹림투룡이라는 질 나쁜 산적 놈이 가르쳐 준 수법이다."

소운은 씨익 웃으며 순간적으로 손으로 발출하던 내력을 모두 거두어 들였다. 그리고 반대로 강력한 흡입력으로 진곡의 독을 빨아들였다.

"크으윽!"

"아직 독공을 제대로 익히지 못했군. 자신의 내력과 완전히 융합하지 못한 독은 사용에 조심해야 한다는 것을 잊었나?"

"네, 네놈이 어떻게 그 구결을?"

"멍청한 놈, 독곡의 독공에 그건 기본이다!"

팍!

순간적으로 진곡의 단전에서 묘한 폭발음이 일었다. 소운이 작정하고 힘을 쓰자 진곡의 단전에 모여 있던 독이 깨어져 소운의 몸속으로 빠르게 흘러 들어갔다.

"끄으으으윽!"

진곡은 고통을 참지 못하고 비명을 지르려 했다. 그러나 비명 소리도 나오지 않았다. 다물어진 입 사이로 처절한 신음소리만 흘러 나왔을 뿐이다.

이윽고 소운은 진곡의 검과 대치한 자신의 검을 거두었다. 진곡은 전혀 움직이지 못했다.

"미안하지만, 넌 여기서 죽어줘야겠다. 난 너 같은 놈을 오래 살려둘 정도로 마음이 약하지 않다."

팍!

소운의 검은 그대로 진곡의 목을 꿰뚫었다. 동시에 소운은 진곡의 몸 안에 있는 독을 모두 빨아들이고 손을 놓았다.

진곡은 그 상태로 서서 소운을 복잡한 시선으로 쳐다보았다. 모든 것을 얻으려다가 모든 것을 잃은 자의 한이 그 눈에 담겨 있었다.

그러다가 곧 그는 입에서 피를 토하며 앞으로 쓰러졌다. 이미 절명한 것이 틀림없다.

"후, 한 놈 제거했군. 이제 혈불과 승리, 그리고 칭타란 놈만 처리하면 되는 건가?"

소운은 검을 검집에 넣으며 중얼거렸다.

오랫동안 그의 머릿속 한구석에 자리 잡고 있던 우환덩어리 중 하나가 드디어 사라져 버렸다. 하지만 새롭게 혈불이라는 걱정거리가 생겨났으니 결코 마음을 놓을 수는 없다.

"산을 하나 넘으니 더 높은 산이 나오는군. 인생이란 게 다

그런 것일까?"

천마급이라고 했으니 상대할 방법 또한 천마 밖에는 없다. 어떻게 해야 할까?

소운은 약간은 갑갑해지는 마음을 털어버리려는 듯 고개를 좌우로 저었다.

"아무튼 지금은 비무행을 무사히 끝내는 것만을 생각하자. 혈불이라는 자가 어떻게 움직이는지는 잠시 관찰을 해볼 필요가 있으니까."

마음은 급해도 손은 급해지면 안 된다. 생각이 너무 앞서서 당장 해야 할 일에서 손이 멈추면 오히려 늦어지는 법이다.

소운은 일단 매복자들과 진곡의 시체를 숲 한쪽에 있는 동굴 속에 숨겼다. 무림맹 사람들이 그를 뒤쫓아 올 것이기 때문에 증거 인멸을 해야 했다.

그 뒤 소운은 마차에 올라 천마에게 다시 마차의 이중 바닥 속으로 들어가라고 명했다. 그리고는 입구를 못으로 박아 막은 후 마차를 몰아가던 길을 재촉했다.

아무도 천마와 소운이 이곳에서 진곡과 삼십 명의 고수들을 제거했다는 것을 알지 못했다.

마차는 관도를 따라 화산으로 향했다.

第八章

활선비무(活仙比武)

활선문은 사람을 구한다. 누구도 활선문의 행동을 막지 못한다

南斗延壽保爾時老君告天師曰

大八會之真文三洞三清之上

彙道元始天尊昔經歷于億萬劫天地始修

太上說南斗延壽保爾

安真經太上說南斗

此經乃九天八會

興衰而人倫五運遷變萬彙道

# 활선비무(活仙比武)

혈불은 서장에서 나와 곧바로 사천으로 들어섰다. 백 명의 라마승들이 범창을 하며 짊어진 거대한 가마는 하루 백 리를 거뜬히 나아갔다. 그 행렬은 산이나 강을 만나도 거침이 없었다.

그런 혈불의 움직임이 다른 사람의 눈에 안 뜨일 리가 없었다.

청성파는 천마에게 당한 후 무림의 놀림감이 되어 있었다. 그러던 중 서장에서 일단의 무인들이 들어왔다는 보고를 받았다.

검곡천리 중보는 살아남은 청성의 장로들 중 가장 무공이 강하고 주변에 사람도 많았다. 그는 이때가 기회라고 생각하며 강력하게 주장했다.

"마교의 무리들일 것이다! 마교가 서장하고도 손을 잡은 것이 틀림없다."

그들에겐 증거가 필요 없었다. 단지 실추된 명예를 되찾을 기회만이 눈에 들어왔다.

즉시 청성파의 전투부대들이 투입되어 혈불의 앞을 막았다.

"멈춰라! 어딜 서장의 무인들이 우리 사천 땅에 들어오는가? 너희들이 마교가 아니라면 우선 우리 청성파에 사람을 보내 인사를 했어야 한다!"

중보는 자신의 내력을 과시하기라도 하듯 크게 외쳤다. 삼백에 이르는 무인들이 자신을 존경어린 시선으로 보고 있다고 생각했기에 더욱 당당했다.

'이번 일을 제대로 처리하면 난 차대 장문인이 될 수 있다.'

그는 그렇게 생각했다.

그런데 그때, 라마승들의 범창 소리가 점점 커졌다.

혈불재래, 혈세만민, 혈인진복, 만앙혈불.

"이놈들! 사람 말을 무시하다니!"

중보는 크게 노해 다시 내력을 끌어올려 외쳤다. 그런데 신기하게도 그의 목소리는 더 이상 사방으로 울려 퍼지지 않았

다. 주변의 모든 소리가 라마승들의 범창 소리에 파묻혀 버렸
다.

“으으윽, 내 귀가!”

곧 주변의 무인들은 귀를 잡고 괴로워하기 시작했다. 극심
한 어지럼증에 제대로 서 있지를 못하고 픽픽 쓰러졌다.

위험을 감지한 이들은 뒤늦게 내공을 끌어올려 저항을 하
려 했지만 이미 음파는 그들의 귀에 들어와 방비하기엔 늦었
다. 선기를 제압당한 상태에서는 백여 명의 라마승들의 힘에
대항을 할 수 없었다.

“우엑, 웩!”

사람들은 결국 바닥에 쓰러진 채 속에 든 것을 모두 토해내
기 시작했다. 귓속이 울리니 머리가 흔들려 신체의 모든 기관
이 반란을 일으킨 것처럼 제멋대로 움직였다.

라마승들은 그런 무인들을 무시하고 다시 발걸음을 옮겼
다. 방금 전 이들이 나타났을 때 일순간이나마 멈춘 것을 후
회라도 하듯 강하게 발을 앞으로 내딛었다.

쿵, 쿵, 쿵!

발 구르는 소리의 간격이 심장이 뛰는 것과 거의 같았다.
얼마 안가 땅에서 신음하는 청성파 무인들의 심장 고동이 라
마승들의 발소리와 일치해 가기 시작했다.

“크으으윽!”

라마승들의 발걸음이 묘하게 빨라졌다 느려지기를 반복하

자 그것에 심장 고동이 동조된 무인들은 극도의 고통을 느꼈다. 마치 피가 거꾸로 흐르는 것과도 같았다.

그 위에 범창 소리는 계속되고 있었으니 이미 이 술법에 걸려든 자들의 생사는 라마승들의 손바닥 안에 있는 것과 마찬가지였다.

"으으으, 어떻게 이런 일이……!"

중보를 비롯해 몇몇 고수들은 음공의 마력에서 벗어날 수 있었다. 적어도 그들은 절정의 고수들이니 이름값은 한다. 하지만 그들 역시 경거망동을 하지는 못했다.

가마꾼 라마들이 자신들의 힘을 겉으로 드러낸 순간 그들은 전투 의욕을 상실했다. 라마승들 하나하나가 그들과 비슷한 수준의 고수였다.

"서, 서장에 이런 무인들이 있었다니!"

중보는 믿을 수 없다는 표정을 지었다.

중원이라는 울타리 속에서 살아온 그는 천외천의 존재를 전혀 알지 못했다. 팔황이라 불리는 변황의 무림 중 신강의 천마신교 이외에는 한번도 생각해 본 적이 없었다.

하지만 이제 그는 알았다. 서장의 무인들을 결코 무시할 수 없다는 것을. 눈앞을 지나가고 있는 가마꾼들만 하더라도 중원무림을 위협하는 천마신교에 비해 결코 떨어지지 않는 것처럼 느껴졌다.

청성파는 그렇게 싸워보지도 못하고 대부분 혈불의 가마

가 눈에 보이지 않게 될 때까지 괴로워하다 탈진해 쓰러졌다.

혈불은 가마 위에 있는 황금 의자에 앉아 그 광경을 지켜보았다. 뒤를 돌아보지는 않았지만 눈으로 보는 것처럼 청성파 무인들이 괴로워하는 모습을 하나하나 살폈다.

혈뇌음사가 자랑하는 음공대진 '군림혈보범창'의 위력은 역시 쓸 만했다. 버티는 자들이 있기는 해도 이 정도라면 손가락 하나 까닥 않고 상대를 제거한 셈이다.

이번에는 대의를 위해 살상을 피했지만, 원래대로라면 저들은 모두 내장이 뒤집혀 피를 토하고 절명했을 것이다.

혈불은 옆에 시립해 있는 승리에게 물었다.

"저것이 무림에서 가장 강하다는 구파일방 중 하나인가?"

"그렇습니다. 단지 그들은 그중에서도 가장 약하여 천마는 아예 인정을 하지 않았다고 합니다."

"그럴 만도 하군."

혈불은 납득했다는 듯 중얼거리며 눈을 감았다.

어쨌거나 이게 시작이다. 중원을 가로질러 무림의 태산북두라는 소림사로 갈 때까지 앞을 가로막는 자들은 모두 군림혈보범창으로 상대를 한다.

그걸 버티는 자가 있으면 승리가 나설 것이고, 승리 혼자 힘들 정도로 많은 자들이 온다면 결국 가마는 멈춰질 것이다.

"하지만 그렇게 된다면 이미 하책이라 할 수 있지."

혈불은 눈을 감은 채 생각 중 일부를 입 밖으로 내었다. 그러자 승리는 혈불과 대화를 나누기라도 한 듯 허리를 굽히며 대답했다.

"셋째 사제가 쓸데없는 분란을 막는다고 했습니다. 감히 혈불의 앞을 가로막는 자는 거의 없을 것입니다."

"음……."

그들은 아직 진곡이 죽었다는 사실을 모르고 있었다.

어쨌거나 청성파가 그렇게 엉망으로 당하자 아미파나 당문은 함부로 경거망동을 하지 않고 상황을 살폈다. 무시할 수 없는 무력이 서장으로부터 들어왔는데, 이게 적인지 아군인지 구분이 안 가는 것이다.

사실 이것이야말로 이미 죽은 진곡이 노리는 바였다. 아마 그가 살아 있었다면 지금의 성과에 크게 기뻐하며 자랑스러워했을 것이다.

사람은 죽었지만 계략은 여전히 살아서 움직인다. 곧 무림맹에는 서장의 최강자인 혈불이 소림사로 비무를 하러 간다는 정보가 들어갔다.

무림맹은 고심 끝에 다른 문파들에 전갈을 보내 혈불의 가마를 막지 말도록 부탁했다. 천마와의 싸움이 본격화 되는 시점에 긁어 부스럼을 만들기 싫었다.

천문기사 서문량 역시 그것이 상책이라는 의견을 내었다. 결국 무림은 혈불의 가마가 중원을 가로질러 대륙의 서쪽으로부터 동북쪽에 있는 하남지역에까지 관통하는 것을 지켜보기로 했다.

그러는 사이에도 가마는 여전히 앞으로 나아가고 있었다.

한편 혈불의 가마에 당한 청성파의 삼백 무인들은 심각한 부상을 당해 거의 폐인지경이 되었다.

그런데 그때 활선문의 사대문주인 백약선자 능아연이 나섰다.

활선문의 의원들은 청성파 제자들의 뒤틀린 기혈을 다시 원래대로 되돌리고 끊어진 혈맥을 이었다. 뿐만 아니라 귀한 약재를 아낌없이 사용해 가며 흩어져 가는 무인들의 내공이 다시 회복되도록 도왔다.

그 결과 폐인이 되었어야 할 청성파의 무인들은 대부분 정상으로 돌아왔다. 청성파는 활선문에 구명지은을 입은 셈이다.

"사제가 은원을 해결하니 나는 새로운 인과관계를 만들어야 해. 그것이 활선문을 맡은 나의 사명이야."

능아연은 그렇게 스스로에게 다짐했다.

*   *   *

강호는 또 다시 크게 흔들렸다.

천마신교는 계속해서 감숙에서 전력을 보강하는 중이고, 천마의 제자인 청염마조는 비무행을 통해 구파일방과 오대세가의 대부분에 자신의 강함을 증명해 보였다.

각 문파의 장문인들이나 장로들은 청염마조의 세대를 뛰어넘는 강함에 무인으로서 감탄을, 그리고 중원인으로서 근심과 우려를 표명했다.

앞으로 삼십 년이 지나면 또 다시 천마가 탄생하는 것이 아닌가 하고 그들은 조심스럽게 말했다.

그러나 가장 큰 일은 그게 아니다.

혈불의 출현! 현재 강호를 진동시키는 가장 큰 변수는 바로 혈불이었다.

혈불은 고수 백 명이 짊어진 가마를 타고 강호를 횡단했다. 그들은 하루 종일 범창을 부르며 이동했다. 그러다가 자신들을 막는 자가 있으면 범창에 내공을 실어 상대를 퇴치했다.

무서울 정도의 음공! 당한 자들은 거의 폐인이 될 정도의 강력한 음공진의 출현이다.

그들의 목적지는 바로 소림이라고 했다. 이미 정식으로 비무첩이 소림에 전해졌다. 문제는 혈불이 도전하는 것이 소림사 방장이 아닌 바로 소림의 자존심인 백팔대나한진이라는데 있었다.

무림역사상 단 한 번도 깨어지지 않은 최고의 진이 바로 백팔대나한진이다.

백팔명의 소림승이 내력을 합해 단 한 명의 절대고수를 상대할 수 있는 진! 그걸 감당하는 것은 인간의 힘으로는 무리라고 알려져 있다.

하지만 혈불은 비무첩에 이렇게 썼다.

진정한 강자는 상대의 수를 따지지 않는다.

저 천마조차 하지 않은 짓을 그는 하겠다고 나섰다.

사람들은 혈불을 비웃었다. 그들은 불가능에 도전을 하겠다는 혈불을 불꽃의 아름다움에 취해 스스로 몸을 불태우는 불나방에 비유했다.

만약 가마를 짊어지고 있는 백여 명의 라마들이 소림을 공격하겠다면 이야기가 다르다. 하지만 비무첩에는 분명히 혈불 혼자 백팔대나한진을 상대하겠다고 쓰여 있었다.

혈불의 가마가 소실봉 입구에 도착한 날, 일대는 수천 명에 이르는 무인들이 모였다.

소림 쪽에서는 장문인을 비롯해 십팔동인들이 모두 나왔고, 실제로 백팔대나한진을 구성할 소림정무승들이 포진을 한 채 기다리고 있었다.

해는 이미 산중턱에 걸려 붉은 노을이 구름을 물들이고 있었다. 산으로부터 부는 바람이 시원하여 긴장한 사람들의 가슴을 조금이나마 식혔다.

백팔대나한진은 절반쯤은 산언덕에 걸쳐진 채로 자리를 잡았는데, 이건 산의 기세를 진법의 힘으로 이용하기 위한 포진이었다. 최고의 포진 장소로, 적어도 소림 쪽에서 방심은 하지 않는다는 것을 의미했다.

혈불은 그들이 서 있는 방각만 보고도 진법의 숨은 힘을 어느 정도 느낄 수 있었다.

"확실히 중원의 태산북두라 할 만하군."

이 정도면 제자인 승리로는 무리다. 혈불은 그렇게 속으로 중얼거리고는 천천히 자리에서 일어나 걸어 내려왔다.

그리고는 다른 사람은 거들떠보지도 않고 백팔대나한진 속으로 걸어 들어갔다. 스스로 진안으로 들어가 갇힌 셈이다.

소림의 장문인인 공운대사는 형식적이나마 인사를 하려다 혈불이 오히려 자신을 상대하려 하지 않자 작게 아미타불을 읊조리고는 뒤로 물러났다.

혈불이 예의를 차리지 않았다고 해서 그가 화를 낼 이유는 어디에도 없다. 불도의 수행은 예의조차 헛된 구름이라고 가르치곤 했다.

"시작하라."

혈불이 말하자 공운대사는 순순히 손을 들어 올려 백팔나한들에게 신호를 보냈다.

"아미타불, 개진."

"개진!"

지축을 흔드는 우렁찬 목소리와 함께 대나한진이 발동되었다. 일단 진이 발동되자 태산을 밀어버릴 것 같은 압력이 사방에서 일어나 혈불을 내리눌렀다.

이런 압력을 받으며 서 있을 수 있다는 것만으로도 대단하다 할 것이다. 최소한 절정의 고수가 아니라면 그대로 찌부러져 사체도 남기지 못하고 죽을 것이다.

"좋군."

혈불은 짧게 자신의 감상을 표현했다.

과거 그가 혈불의 자리에 오를 때 받은 최후의 시험이 생각날 정도의 압력이었다.

그 당시 혈불은 커다란 종속에 들어가 백대 혈승들이 펼치는 '군림혈보범창'을 견뎌내야 했다. 그날 이후 혈불은 외부의 힘에 전혀 구애를 받지 않는 몸이 되었는데, 지금 펼쳐지는 백팔대나한진의 힘은 어느 정도 혈불의 움직임을 방해하려 했다.

진의 기세가 완전히 발동되자 백팔나한승들은 서서히 움직이기 시작했다. 혈불을 중심으로 동심원을 그리듯, 가장 안쪽은 빠르게, 바깥쪽은 느리게 돌았다.

그러자 혈불에게 가해지는 압력이 더욱 거세졌다. 이제는 내리누르는 것뿐만 아니라 순간적으로 쥐어짜듯 비틀면서 위로 끌어올리려 했다가 다시 한쪽 방향으로만 밀어 자세를 흐트러뜨리려 했다.

혈불의 메마른 몸이 몰아치는 압력에 갈대처럼 흔들렸다. 그러나 그는 긴장하기는커녕 오히려 기분이 좋은 듯 웃음을 터뜨렸다.

"허허허허. 나쁘지 않아."

동시에 혈불의 몸이 붉게 물들기 시작했다. 피의 연못에 몸을 담갔다가 나온 사람처럼 옷과 수염까지 모두 핏빛이 되었다. 오로지 두 눈만이 예외적으로 녹색의 광채를 띠며 빛났다.

"금강불괴의 뜻을 아느냐? 절대로 파괴되지 않는 몸. 그건 바로 혈영마공으로 감싼 신체를 의미한다."

혈불의 말이 육합전성처럼 하늘로부터 울려 퍼졌다. 동시에 혈불의 핏빛 몸체가 빛나기 시작했다.

혈불이 평생을 수련한 혈영마공의 결정체인 혈영마강이 그의 몸을 완전히 감싸니 천하의 어떤 병기로도 그를 해할 수 없게 되었다.

다른 초절정고수들이 펼치는 호신강기와는 차원이 다르다. 호신강기가 일반인의 신체라면 혈영마강으로 감싼 신체는 외문기공인 금종조를 극한까지 익힌 자의 몸이라고 할까?

일단 혈영마강을 일으키면 스스로 그것을 거두기 전까지 혈불은 전설 속의 금강불괴가 되었다고 할 수 있었다.

"아미타불."

그 광경을 지켜보던 공운대사는 자신도 모르게 불호를 발하고는 크게 외쳤다.

"마의 힘이 강하다. 나한은 우선 기세를 흐트려라!"

"산(散)!"

백팔나한들은 일제히 응답하며 넓게 퍼지기 시작했다. 지금까지는 압력으로 내리눌렀지만 상대가 그걸 충분히 버틸 수 있다고 판단한 순간 방법을 바꾸었다.

혈불은 압력이 약해진 것을 알았다. 그런데 묘하게도 심적인 압력은 더욱 강해졌다.

상대는 넓게 퍼져 그만큼 혈불에게 운신의 자유를 준 것처럼 보인다. 그런데 여기서 섣불리 움직이면 오히려 크게 힘들어질 것 같은 느낌이 들었다.

"무한포대인가. 그렇군. 나를 가두려고 하는가?"

백팔대나한진의 두 번째 변화는 상대의 힘을 빼고 진 속에 가두는데 신묘한 효능이 있다.

겉으로 보기엔 작아도 일단 들어가면 한없이 넓어서 아무리 달려도 밖으로 나올 수 없는 부처의 손바닥처럼 혈불이 어떤 힘을 써도 진에 타격을 입힐 수 없다. 벗어날 수도 없다.

혈불은 그런 이치를 한눈에 꿰뚫어보았다. 알고 보면 혈불은 진법에도 능하여 백팔대나한진의 힘을 누구보다도 민감하게 느끼고 있었다.

"그것도 좋다. 오늘 중원의 절학을 보는군."

혈불은 칭찬을 했다. 그러면서 손목에 걸고 있는 혈염주를 풀어 머리 위로 돌렸다.

파파파팍, 위이이잉.

　백팔 개의 염주가 혈영마강에 둘러싸인 채 팔방으로 발출되었다. 그러나 백팔나한은 조금도 두려워하지 않고 진법의 변화에 집중했다. 그들은 혈불의 강기가 자신들을 해할 수 없다고 믿었다.

　파파파팡!

　과연 혈불의 염주는 백팔대나한진이 일으키는 힘을 뚫지 못하고 옆으로 튕겼다.

　진의 힘은 상대의 공격을 모두 흘려낸다. 그러면서도 은근히 상대의 내력을 빨아들여 힘을 소모케 하니 어떤 강자라도 이 안에서 삼 각을 버틸 수 없다.

　하지만 혈불은 이미 그걸 알고 있다.

　"합!"

　혈불이 위로 치켜든 손으로 주먹을 쥐며 기합을 넣자 혈염주는 살아 있는 것처럼 사방으로 비산하며 계속해서 백팔대나한진의 힘과 싸웠다. 그러던 어느 순간 혈불은 팔을 아래로 내리며 외쳤다.

　"진폭!"

　콰콰콰쾅!

　혈염주가 일제히 혈불이 가리킨 땅의 한 곳에 떨어져 내렸다. 순간적으로 땅이 깊게 파이며 일대가 지진이 일어난 것처럼 흔들렸다.

　"대정!"

백팔나한들은 일제히 발에 힘을 주어 땅의 진동을 막았다. 산을 뒤집어 업기는 쉬워도 한 번 발동한 나한진을 흔들기는 오히려 어렵다.

그러나 혈불 역시 나한진을 그걸로 깰 마음은 없었다.

혈불은 패여 있는 땅 위로 이동해 혈염주의 알들을 밟고 섰다.

"가장 강한 힘은 바로 빨아들이는 힘이지. 혈영마공은 발(發)과 탄(彈)이 아닌 흡(吸)과 인(引)의 강기이다."

고오오오오오.

혈불의 발아래 있는 혈염주들이 제자리에서 고속으로 회전을 하기 시작했다. 그러면서 그것들은 자신들이 지금까지 부딪쳐 온 나한진의 힘들을 맹렬하게 빨아 당겼다.

눈으로 볼 수 없는 가는 실이 혈염주들과 나한진의 힘 사이에 연결되어 있는 것처럼 혈염주들이 회전함에 따라 흡인력은 더욱 세졌다.

"으으으, 버텨라!"

백팔나한들은 일제히 정자세로 서서 두 손을 합장했다. 금강부동의 자세. 천근추보다 훨씬 강한 안정력으로 그들은 흔들림을 막았다.

하지만 이것으로 혈불의 힘과 백팔대나한진의 힘은 백중세가 되었다. 그들은 설마 이토록 강한 흡입력을 지닌 무공이 있으리라고는 상상도 하지 못했다.

혈불은 말했다.

"아무도 나로부터 벗어나지 못한다. 내가 움직이는 것이 아니라, 너희들이 나에게 와야 한다."

혈불 역시 금강부동의 자세를 취한 채 혈뇌음사의 법경을 외기 시작했다. 일백팔 대 일의 내력대결! 그러나 혈불은 전혀 질 마음이 없었다.

시간이 흘렀다. 혈불은 여전히 처음의 자세를 유지한 채 눈을 감고 진경을 암송했다. 그의 내력은 무한한 듯 처음과 전혀 기세의 변화가 없었다.

반면에 나한들은 전신이 땀으로 목욕한 듯 젖은 채 몸을 부르르 떨었다.

공운대사는 나한들의 내력이 거의 고갈되었다는 것을 알았다. 이대로라면 나한진 자체가 붕괴될 것이다.

"아미타불, 대불조세를 펼쳐야 합니다."

옆에 서 있던 공현대사가 조용히 자신의 의견을 말했다. 장경각 각주인 공현은 의외로 지기 싫어하는 성격이고 또 소림에 대한 자긍심이 강했다. 그는 백팔대나한진이 무너지는 것을 절대로 인정하지 않았다.

그러나 공운대사는 고개를 저었다.

"대불조세는 인세에 있어서는 안 되는 악귀를 막을 때에나 쓰는 것일세. 사제는 백팔나한들의 생명을 헛되이 희생시킬 수 있는가?"

"……."

대불조세는 나한진 최후의 변화다. 일단 변화가 시작되면 나한들이 모두 죽거나 혈불이 죽을 때까지 멈출 수가 없다. 만일 혈불을 죽이는데 성공했다고 해도 백팔나한들 역시 진기가 고갈되어 말라 죽기가 쉽다.

말하자면 양패구상이 최선인 상황이었는데 공운은 그것이 불가의 가르침과는 맞지 않다고 판단했다.

"또한 그렇게 될 경우 우리 소림은 저 뒤에 있는 백 명의 라마승들과 싸워야 할지도 모르네."

"아미타불. 그렇군요."

그때서야 공현은 공운대사의 뜻을 이해했다는 듯 합장을 하며 고개를 숙였다.

한때 소림은 천하제일의 무도세력으로 이름을 날리며 황제가 직접 현판을 써서 하사할 정도로 성세를 누렸다. 그때 소림승들은 알게 모르게 자신들의 무공에 대해 자부심을 가지고 다른 모든 무공을 그들의 아류로 여겼다.

그러나 그런 자만심은 불가에서 가장 경계하는 것으로 곧 소림의 여러 승려들은 타락의 길을 걷게 되었다.

외부적인 힘은 강해졌지만, 그만큼 내부가 썩었다.

또한 천마의 침공을 비롯하여 중원무림에 여러 가지 일이 있을 때마다 소림의 제자들이 강호로 나가 손을 쓰다 보니 언제부터인가 원한이 쌓이고 소림승들은 손에 피를 묻혀도 전혀 마음의 거리낌이 없게 되었다.

　그러던 중, 한 소림의 승려가 나타나 이것이 결코 옳지 않음을 역설했다. 그는 정식 무승이 아닌 소림의 학승에 불과했는데, 놀랍게도 그의 무공은 세상에 짝을 찾기 어려울 정도였다.

　그가 바로 삼백 년 전 진정한 소림제일인인 무진대사로, 소림사에서는 무진의 무공이 천마를 비롯한 과거에 존재한 열두 명의 절대자와 동급이라고 여기고 있다.

　하지만 무진은 죽을 때까지 소림을 나서지 않았기에 강호에는 전혀 이름이 알려지지 않았다.

　단지 그로 인해 소림은 초심을 되찾고 '무공은 어디까지나 불도에 정진하기 위한 도구에 불과하다.'는 원칙을 엄하게 세웠다.

　또한 그 뒤로 소림은 강호의 대소사에 가능하면 관여하지 않으려 했고, 무림의 태산북두로서의 지위도 포기를 했다. 그 뒤로 무당파나 화산파가 무림맹의 실세가 되었지만 이미 소림의 승려들은 무림맹 자체에도 큰 미련을 두지 않았다.

　일체의 사욕을 버리고 무림의 정기를 위해 무림맹에 협조를 할 뿐이다.

　지금 백팔대나한진의 명성을 위해 혈불과 나한들을 동귀어진 시킨다는 것은 무진의 뜻에 어긋나는 일이다. 그리고 혈뇌음사와 원한관계를 맺어 소림을 피로 물들이게 하는 일이니 더욱 좋지 않다.

"사형의 뜻대로 하시지요."

공현은 그렇게 말하고 뒤로 물러났다. 그가 물러나자 더 이상 공운의 행동을 저지하려는 승려는 없었다.

공운은 염주를 든 손을 위로 들어 올리며 외쳤다.

"아미타불, 파진!"

"파진!"

백팔나한들은 즉시 공운대사의 명에 따라 나한진을 풀었다. 그들은 거의 힘이 남아 있지 않았지만 절도 있게 서른여섯 명씩 세 무리로 뭉쳐 나열했다.

"혈불시주가 승리했음을 인정하오."

공운의 선언에 주변에 있던 모든 사람들은 경악한 표정으로 그를 보았다. 대나한진이 패배하다니? 하늘이 무너지고 땅이 갈라져도 일어날 수 없는 일이 일어나 버리고 말았다!

혈불은 서서히 자신의 몸을 감싸고 있던 혈영마강을 거두었다. 어느새 그는 핏빛으로 물든 마불에서 아무런 기세도 느껴지지 않는 마른 라마승으로 돌아왔다.

혈불은 나한승들과 공운대사를 한 번씩 보았다.

"과연 소림이란 이름은 가볍지 않군. 내 기억해 두겠다."

그는 그 말을 끝으로 다시 가마에 올라탔다. 그리고는 육합전성을 이용하여 주변의 모든 사람이 들을 수 있도록 허공 중에 음파를 퍼뜨렸다.

"다음에는 감숙으로 간다. 그곳에서 천마를 꺾는다."

"천마를!"

"혈불이 천마와 싸운다고!"

사람들은 저마다 자신들이 귀로 들은 것이 환청이 아닌 진실인가를 옆 사람과 확인했다.

그사이 다시 혈불의 가마는 이동을 시작했다. 아무도 가마의 움직임을 막으려 하지 않았다.

*　　　*　　　*

청염마조의 비무행은 거의 막바지에 달하고 있었다. 그는 마지막으로 사천 지방에 들어와 아미파와 당씨세가에 도전을 했다.

당씨세가에서는 차대 가주로 내정된 당가운이 나와 독질려와 암절편을 사용해 소운을 압박했지만, 독이 묻은 모래도 투명한 채찍도 모두 소운을 해할 수는 없었다.

"청염마조의 승리를 인정한다."

마침내 당씨세가의 가주가 선언을 하자 주변에서 관람을 하고 있던 모든 사람들이 탄성을 내질렀다. 그들은 무림맹에서 나온 무인들로 그동안 소운을 보호하며 그의 비무행을 계속해서 지켜보았다.

"결국 청염마조는 모든 비무에서 승리를 했군."

"그가 바로 다음 대의 천하제일인이 되는 것일까?"

"알 수 없지. 무림은 원래 내일 살아서 눈을 뜰지 아니면 죽은 채 무덤 속으로 들어갈지 알 수 없는 곳 아니겠나?"

"그렇지. 당장 마교놈들과 본격적인 전투가 벌어지면 나부터도 저자를 가장 먼저 죽일 것이네."

"나도 그렇게 해야 된다고 생각하고 있네. 하지만 만약 저자가 끝까지 살아남는다면 아마 아무도 저자를 이길 수 없게 될 것 같네."

"후우, 안타깝지만 그 의견에는 반론을 할 수 없군."

그들은 청염마조가 그동안 보인 무위와 투지에 감탄하고 있었다. 그동안 사파보다 더 악랄한 놈들이라고 욕하고 깔본 마교에 대한 인식은 청염마조로 인해 크게 바뀌었다.

소운은 아무런 말도 하지 않고 묵묵히 자신의 길을 걸었지만, 그의 행동은 어떤 웅변보다도 더 설득력이 있었다. 그의 무에 대한 열망은 정파의 무인들을 자극하기에 충분했다.

그것이 비록 꾸민 것일지라도 사실 소운의 마음속에는 진짜로 그런 열망이 있었기에 비무를 함에 있어서 그런 마음가짐에 따라 강직함을 보일 수 있었다.

그리고 오늘, 드디어 구파일방과 오대세가를 상대로 전승으로 비무행을 끝냈다.

"그럼 본인은 이만 교로 돌아가겠소. 그동안 그대들이 보여준 호의에 감사를 드리고 싶소. 하지만 다음 번에 만나면 본인은 신교의 무인으로서 검을 들 테니 그대들도 손속에 정을 두지 말기를 바라오."

소운은 포권을 한 채 주변에 인사를 하며 그렇게 말했다.

"청염마조. 그대가 마교의 사람이 아니었다면 나는 그대를 존경했을 것이다. 하지만 그대는 같은 하늘 아래 숨을 쉴 수 없는 적! 다음에는 수단과 방법을 가리지 않고 치겠다."

주변의 무림인들도 포권을 하며 대답을 했다. 소운은 그들의 복잡한 시선을 뒤로 한 채 마차에 올랐다.

그런데 소운은 그 길로 감숙으로 돌아가지 않았다. 그는 마차를 몰고 활선문으로 향했다. 무인들은 소운이 모는 마차의 방향이 그들의 생각과는 다른 것에 의아함을 느끼고 얼른 뒤를 따랐다.

만약 아직 비무행이 끝나지 않았다면 그들은 소운을 보호해야 했다. 아무튼 비무에서 목숨을 잃지 않는 이상 소운을 감숙으로 무사히 돌아가도록 하는 것이 그들의 임무이고, 지금 그들 자신도 그걸 원했다.

소운은 사람들이 따르든 따르지 않든 묵묵히 마차를 몰아 활선문 앞에 세웠다.

뒤도 한 번 돌아보지 않고 정문에 서서 문을 지키는 사람에게 청염마조가 왔다는 사실을 알렸다.

하지만 그의 의식은 온통 뒤에 쏠려 있었다. 가능하면 사람들이 많이 오기를 원했는데, 그의 의도대로 무림맹의 무인들은 물론이고 아미파와 당문의 사람들도 따라왔다.

'이 정도면 훌륭하지.'

소운은 속으로 회심의 미소를 지었다.

그때 문이 열리며 안에서 백약선자 능아연이 나왔다. 능아연은 소운을 보고는 정중하지만 짧은 인사를 했다. 마교의 인물과 길게 이야기하고 싶지 않다는 투였다.

"활선문을 맡고 있는 능아연입니다. 청염마조 소협께서 우리 문을 찾은 이유가 무엇인지 모르겠군요."

소운은 능아연의 눈을 보았다. 말은 쌀쌀하지만 눈빛은 유정하다.

소운은 얼른 포권을 하며 두 손으로 입을 가린 채 전음을 보냈다.

- 사저, 그런 눈으로 저를 보시면 연기가 탄로 납니다.

"청염마조 서정이오. 다름이 아니라 본교의 이장로님이신 독심약왕의 부탁으로 활선문에 비무를 요청하러 왔소."

그 말에 능아연은 다시 포권을 하며 허리를 약간 굽혔다. 그리고는 더 이상 소운을 마주 바라보지 않았다.

"비무라니요. 저희 활선문은 의가일 뿐, 강호를 진동하는 청염마조 소협과 비무를 할 정도의 무력은 없습니다."

능아연의 말에 사람들은 저마다 옆 사람의 얼굴을 보며 이게 웬일인가 하고 서로의 의견을 물었다. 확실히 청염마조가 일부러 활선문과 비무를 할 이유는 어디에도 없다.

그때 소운은 다시 말했다.

"무공의 비무가 아니오. 독심약왕께서는 활선문의 의술에 관심이 있으시오. 그래서 이번에 제가 교를 나올 때 세 알의 독단을 주시고 활선문이 이것을 해독할 수 있는가 보라고 하셨소."

"독단을……."

"모두가 독심약왕께서 친히 만드신 것으로 천하에 짝을 찾기 힘든 독단이오. 만약 활선문 사람이 이걸 먹고 살아남을 수 있다면 우리 천마신교는 활선문을 천하제일의문으로 인정할 것이오. 반면에 사람을 구하지 못한다면 활선문은 독심약왕의 아래라는 것을 인정해야 하오."

소운의 말에 사람들은 과연 하고 감탄성을 터뜨렸다.

그동안 무림에서 회자되던 이야깃거리 중 하나가 바로 활선문이 천하제일이고 독심약왕이 천하제이라는 것인데, 아마 독심약왕은 그게 못마땅했던 것 같다.

소운은 다시 말했다.

"물론 능 문주께서 이 비무를 거절한다면 본인은 그냥 물러나겠소. 사실 이런 명예싸움은 부질없는 것이니 거절해도 크게 상관은 없을 것이오."

그 말에 능아연은 잠시 생각에 잠겼다.

그에 따라 주변 사람들의 시선이 더욱 긴장으로 가득 찼다. 그들은 서로 눈짓과 전음으로 능아연이 소운의 비무를 받을

지 안 받을지 의견을 나누었다. 심지어는 내기를 거는 자들도 있었다.

그러는 동안 능아연은 생각의 정리가 끝났는지 다시 포권을 취하며 소운에게 말했다.

"소협의 배려에 감사드립니다. 기실 우리 활선문은 천하제일이라는 헛소문을 크게 부담스러워 하고 있는 실정이니 그걸 걸고 비무를 하자고 하면 도저히 감당할 수 없습니다."

명백한 거절의 의사. 소운은 고개를 끄덕이고는 대답했다.

"그렇군. 그럼 본인은 이만 물러나겠소."

"하지만……."

"아직 할 말이 있소?"

"만약 천마신교가 본 문주의 요구에 응하겠다면 그 독을 먹고 해독해 보이겠습니다."

"흠, 원하는 바가 무엇이오?"

"앞으로 십 년간 천마신교가 본문의 사람들과 본문의 환자들을 건드리지 않는 것입니다."

"활선문 사람을 공격하지 말라는 것이오?"

"본문의 사람들뿐만 아니라 환자들 역시 마찬가지입니다. 심지어는 귀 교파와의 싸움에 의해 부상을 당한 자라고 해도 활선문 안에서 치료를 받는 이상 공격을 하지 않아야 합니다."

"흠, 그건 조금 곤란하오. 활선문 사람만 공격을 하지 말라는 조건이라면 받아들이겠소."

"그것은 의미가 없습니다. 우리 활선문은 무림맹에 소속되어 있으니 앞으로 큰 전투가 벌어지면 의원으로서 참가를 하게 됩니다. 하지만 우리의 목숨만 보장을 받고 환자를 죽게 내버려 둘 바에야 차라리 같이 죽는 것이 의원의 양심에 어긋나지 않습니다."

"으음……."

능아연의 강한 기세에 소운은 잠시 대답을 하지 못하고 신음 소리만 흘렸다.

사람들은 놀란 눈으로 그 광경을 보았다. 그동안 청염마조는 어떤 상황에서도 저런 곤란해 하는 표정으로 신음 소리를 내지 않았다.

그때 능아연이 다시 말했다.

"대신 우리 활선문은 천마신교의 사람들도 치료할 것을 약속드리겠습니다."

"뭐라고? 그게 정말이오?"

"무림맹에 본녀가 직접 찾아가 선언을 하겠습니다. 외인들이 어떻게 말을 하든 우리 활선문은 의원으로서 부상자를 치료할 뿐입니다."

"그것은 쉽지 않은 일이오."

"만약 무림맹 사람들이 활선문이 치료하는 천마신교 사람들을 공격할 때에는 활선문에서는 목숨을 걸고 환자를 보호할 것입니다.”

능아연은 너무나도 단호하게 선언을 했다. 주변의 모든 사람들이 놀라는 것에는 전혀 신경을 쓰지 않았다.

그녀의 태도에 소운은 크게 감탄한 표정을 지었다. 누구도 의심하지 못할 환상의 연기였다.

“좋소. 능 문주의 뜻이 그렇다면 본인은 천마신교의 명예를 걸고 그 요구를 받아들이겠소!”

그러면서 소운은 품속에서 하나의 패를 꺼내 들었다.

“이것은 천마께서 직접 내리신 현철령. 이것을 든 자는 본교에 무엇이든 한 가지 요구를 할 수 있소. 활선문 문주가 비무를 받아들여 여기 있는 세 알의 독단을 복용하고 능히 해독할 수 있다면 현철령의 권위로 요구 조건을 들어줄 것을 나 청염마조가 맹세하는 바이오!”

“오오오!”

사람들은 이 놀라운 광경에 크게 감동하여 소운이 들어 올린 현철령과 능아연을 번갈아 보았다. 이것으로 비무는 성립된 셈이다.

문제는 능아연이 독을 먹고 무사할 수 있는가 하는 것뿐이다.

“해독할 수 있을까?”

“활선문은 천하제일의문이잖아.”

“그건 전대 문주가 살아 있을 때의 이야기지. 저 젊은 선자가 독심약왕의 독을 해독할 수 있겠어?"

그들 대부분은 능아연의 능력을 신뢰하지 못하고 있었다. 그도 그럴 것이 능아연은 원래 삼대 문주인 소운이 급사를 한 후에 뒤를 이었기에 확실히 정식으로 문주가 되었다고는 보기 어려웠다.

인품이야 어떻든 간에 실력이 과연 문주로서 자격이 있는지는 아무도 장담하지 못한다.

하지만 능아연은 소운이 비무의 요구조건을 승낙하자 사람들에게 명해 하나의 긴 탁자를 가져오게 했다. 그리고는 그 위에 사슴 가죽을 깔고 다시 광목천을 씌웠다.

"독단을 놓으시지요."

"여기 있소."

소운은 세 개의 독단을 탁자 위에 차례대로 내려놓았다.

능아연은 잠시 그것들을 보다가 이윽고 천천히 손을 뻗어 첫 번째 독단을 집어 들었다.

"꼭 능 문주가 직접 복용하지 않아도 되오."

소운이 말했다. 사실 스스로 중독된 상태에서 해독을 하는 것은 매우 위험하다. 상태를 아는데 도움이 된다고 해도 독의 작용에 따라 행동과 생각의 범위에 크게 제한을 받을 수 있기 때문이다.

하지만 능아연은 상대의 호의 섞인 제안에 단호하게 고개를 저으며 말했다.

“독단을 남에게 먹이는 것은 의원이 가장 해서는 안 되는 일 중 하나입니다.”

능아연은 그렇게 대답하면서 단숨에 독단을 입안에 털어넣었다.

“아! 먹었다.”

“과연?”

사람들의 긴장은 끝없이 높아만 갔다.

능아연은 잠시 눈을 감고 독단의 맛과 효능을 음미하는 것 같더니 품속에서 세 알의 단약을 꺼내 삼켰다. 그리고는 엄지손가락 끝에 굵은 대침을 꽂았다.

팍, 주르르륵.

검은 피가 대침 속에 뚫린 구멍을 타고 흘렀다.

피가 탁자 위의 광목천 위로 뚝뚝 하고 떨어지니 광목천이 치지직 하며 검게 타서 오그라들었다.

“아! 저런 독이 있다니?”

사람들은 기겁해서 능아연을 보았다. 그러나 능아연은 안색이 약간 창백해졌을 뿐이다.

“첫 독단은 삼충삼화독이군요. 단지 독단에 쓰인 세 가지 벌레와 꽃이 모두 찾아보기 힘든 희귀종이라 일반의 삼충삼화독에 비해 십 배나 해독이 어렵습니다.”

“삼충삼화독의 십 배!”

당문의 사람들 중 한 명이 놀라서 외쳤다. 삼충삼화독은 독

중에서도 가장 무서운 것 중 하나로 손꼽힌다. 그런데 그 십 배라면 사람이 먹고 살 수 있는 독이라 할 수 없다.

소운은 고개를 끄덕이며 말했다.

"능 문주의 판단이 맞소."

"그럼 다음 것을 먹겠어요."

능아연은 시간을 끌 필요가 없다는 듯 두 번째 독단을 집어 들었다. 독을 조금이라도 다루어 본 사람들은 이런 능아연의 성급함에 혀를 찼다.

자고로 독은 한 번 먹는 것보다 두 번 먹는 것이 세 배나 위험하다.

특히 앞에 해독을 한 상태에서 다른 독을 먹으면 미처 해독되지 않은 잔독이 크게 발작을 하는 경우가 많다. 그렇게 되면 어떤 해약도 소용이 없는 것이다.

하지만 능아연은 그런 사실을 모르는 듯 즉시 독단을 입에 넣었다.

꿀꺽.

능아연은 조용히 독단을 삼켰는데, 구경하는 자들이 괜히 소리를 내어 침을 삼켰다. 그만큼 긴장했으리라.

소운 역시 긴장이 되는지 굳은 표정으로 능아연을 지켜보았다.

하지만 소운은 겉과 속이 완전히 달랐다. 소운은 긴장을 풀려는 듯 천천히 손을 들어 턱을 쓰다듬었다. 그러면서 살짝 입을 가리고 전음을 날렸다.

- 사저, 조금 천천히 먹어요. 사람들이 절대로 독단을 얕잡아 보면 안 되니까요.

"아!"

능아연은 어지러운 듯 한 손으로 탁자를 잡고 비틀거렸다. 그러면서 고개를 몇 번 끄덕였다.

"백약선자가 쓰러진다!"

사람들은 안타까운 표정으로 외쳤다.

그런데 능아연은 쓰러지지 않고 버티고 서서 품 속에서 한 알의 단약을 꺼내 삼켰다. 그리고는 잠시 눈을 감고 운기를 한 후, 다시 다른 단약을 꺼내 복용했다.

스스스스.

능아연의 머리 위로 붉은 독기가 흘러 나왔다. 그때서야 그녀는 눈을 뜨고 대침으로 손가락을 찔러 검은 피를 뽑아내었다.

"극상의 화혈독이군요. 일순간에 전신 혈맥이 막히는 줄 알았는데 해혈단과 한상단으로 엉긴 혈맥을 녹이고 화기를 막을 수 있었네요."

"훌륭하오."

소운은 능아연에게 엄지손가락을 치켜세우며 말했다.

"하지만 마지막 단약은 절대로 해독을 할 수 없을 것이오. 그 독이야말로 천마신교가 자랑하는 무영마독이오."

"전설로만 내려오는 무영마독이 바로 천마신교에 있었군
요."

능아연은 소운의 입에서 나온 독의 이름을 아는 듯 안색을
굳혔다.

구경하던 사람들 역시 하나같이 극도로 긴장한 표정을 지
었다. 능아연의 반응으로 보아 마지막 독단은 그녀가 해독할
수 없는 것 같았다.

능아연은 잠시 눈을 감고 생각에 잠겼다. 그리고는 얼마 후
눈을 뜨고 말했다.

"사실 무영마독을 다른 사람이 복용했을 경우 저는 해독할
자신이 없어요. 하지만 제가 직접 복용을 하면 이야기가 다릅
니다. 저는 사부님의 은혜로 어렸을 때부터 적지 않은 영약을
복용했어요. 특히 단약제조 때 새어나오는 약기와 독기에 견
디다 보니 몸의 항독력이 강해졌습니다. 저는 활선문의 미래
를 위해 이것을 해독해 보이겠어요."

단호한 선언. 그 말이 끝나자마자 능아연은 단약을 집어 단
숨에 삼켰다.

"으으음."

단약이 목구멍을 넘어가자마자 독기가 치미는지 능아연은
신음 소리를 내며 다시 비틀거리기 시작했다. 그녀는 눈에 띄
게 떨리는 손으로 품속에서 단약을 하나 꺼내 삼켰다.

그러자 곧 능아연의 피부색이 검게 물들었다.

“저, 저런!”

사람들이 안타깝게 외치는 소리가 사방에서 울려 퍼졌다.

그사이 능아연은 견디기 어려워졌는지 땅바닥에 털썩 주저앉으며 여섯 개의 대침을 꺼내 몸의 요혈에 찍었다. 그러자 검은 피가 대침을 타고 흘러나오며 능아연의 피부에서 묵기가 점점 빠졌다.

하지만 그것도 잠시, 곧 그녀의 피부는 다시 녹색으로 번들거리기 시작했다.

“저럴 수가!”

사람들은 기겁을 했다. 단숨에 전신에 퍼지는 것만으로도 부족해서 이중으로 작용하는 독이다.

하나를 해독하면 다른 하나가 오히려 힘을 얻는 수법은 용독법 중에서도 가장 오묘한 것인데, 능아연의 상태로 보아 무영마독은 바로 그런 효능이 있는 듯했다.

능아연은 다시 몇 알의 단약을 삼키고는 몸에 꽂힌 침을 뽑은 후에 다른 침으로 머리에 있는 혈들에 꽂았다. 머리로 독기가 침투하는 것을 막으려는 듯했다. 그리고는 가부좌를 틀고 운기를 하기 시작했다.

얼마 안 있어 능아연의 피부가 붉어졌다가 다시 녹색으로 변했다. 독기와 약기가 서로 싸우는 것이 틀림없었다. 그것을 증명이나 하듯 그녀의 피부색은 끊임없이 변화하고 있었다.

사람들은 손에 땀을 쥐고 그 광경을 지켜보았다. 그들은 지금까지 살면서 이런 무서운 독이 존재한다는 것을 꿈에도 생각해 본적이 없었다.

소운은 그 광경을 보며 속으로 감탄을 했다.

'사저의 연기가 이미 신기에 달했군. 여태껏 모르고 있었는데 사저도 남을 속일 줄 아는군.'

사실 소운이 내려놓은 세 알의 단약은 그가 아끼던 삼종의 영약이었다.

능아연은 그것을 삼킨 후 중독된 척하며 오히려 독단의 중상을 내는 단약들을 해약처럼 삼키고 있었다.

마지막에 내놓은 무영마독의 경우 세상에 아예 존재하지도 않는 독단이다. 그런데 능아연은 그걸 정말 훌륭하게 세상에 둘도 없는 독처럼 보이게 손을 썼다.

어떻게 저렇게 생생하게 중독 상태를 표현할 수 있을까? 소운조차 능아연이 정말로 중독된 것이 아닌가 하고 착각할 정도니 내막을 모르는 다른 사람들은 말할 필요도 없다.

그러는 사이 이윽고 능아연의 피부를 물들인 독이 점점 흐려지기 시작했다.

그리고는 마침내 원래의 하얀 그녀의 피부로 돌아갔다. 중독되기 전과 전혀 다를 바 없는 잡티하나 없는 피부였다. 오히려 전보다 더욱 깨끗해진 것처럼 느껴질 정도였다.

능아연은 그때서야 눈을 뜨고 자리에서 일어났다. 어디에도 그녀가 중독된 흔적이 보이지 않았다.

"와아아아! 백약선자 만세!"

사람들은 환호성을 질렀다. 그토록 무서운 독을 능아연은 해독을 한 것이다.

소운 역시 크게 감탄한 표정을 지으며 포권을 취했다.

"감복했소. 과연 활선문의 의술은 천하제일이라 할 만하오."

- 괜찮아요? 그렇게 피부에 심한 자극을 가하면 별로 좋지 않을 텐데…….

능아연 역시 포권을 하며 고개를 숙여 답례를 했다.

"천만의 말씀이에요. 제가 운이 좋았습니다."

- 이건 원래 피부의 불순물을 태우는 약이야. 요즘 밤잠을 못자서 그런지 생각보다 약효가 강하게 나왔네.

소운은 다시 한 번 포권을 취했다.

- 과연 사저의 단약은 천하제일이군요.

소운은 그렇게 진심어린 칭찬을 하고는 고개를 들어 사람들에게 외쳤다.

"앞으로 우리 천마신교는 활선문의 깃발이 세워진 곳에서 삼십 장 이내에 있는 부상자들은 공격을 가하지 않겠소."

와아아아!

사람들은 다시 환호했다. 마교와의 싸움에서 누가 죽고 누가 살지 모르는 이 시점에 그들은 살아날 수 있는 휴식처를 얻은 셈이다.

"그럼 본인은 이만 신교로 돌아가겠소."

소운은 얼른 표정 관리를 하여 엄숙하게 말을 하고는 마차에 올랐다. 그리고는 묵묵히 말을 몰아 감숙으로 향했다.

'이것으로 활선문은 안전해졌다.'

소운은 그동안 무리를 해가며 비무행을 한 것에 대한 보람을 느꼈다.

진곡을 제거하고, 활선문을 안전지대로 만들었다. 그리고 또 한 가지, 각 문파의 후대가 발전을 할지 퇴보를 할지를 스스로의 눈으로 확인했다. 이것을 토대로 천외신무회의 정책이 바뀔 것이다.

'비무행이 성공적으로 끝나서 다행이다. 이제는 혈불을 제거하고 마교의 모든 것을 얻는 것만 남았군.'

소운은 현재의 성공을 기뻐했지만 언제까지나 그 기분에 도취되어 있지는 않았다. 그는 또 다시 미래의 계획에 대해 생각하기 시작했다.

『칠대천마』5권에 계속.

입소문을 통해 아는 분은 다 알고 계십니다!
올 한해 공인중개사 최고의 화제작!

1~2권 합본 | 이용훈 지음
3~4권 합본 | 이용훈 지음
5~6권 합본 | 이용훈 지음
용어해설 | 이용훈 지음

수험생 기본 필독서
만화 공인중개사

제목 : 만화공인중개사 쓰신 분에게 감사드립니다.

학원을 두 달 다녔어요. 근데 과연 그 숫자 외우기 그런 게 몇 문제나 나올까 생각을 했어요.
아니라는 생각이 드네요. 학원강의를 뒤로하고 서점을 갔어요. 내 머리에 가장 이해될 수 있는
책이 없나 하구요. 거기서 만화를 발견했어요. 무조건 세 번 봤어요. 3개월 걸렸어요. 문제집을 보라고
했는데 그건 시행을 못했어요. 근데 합격을 했네요.
어떻게 감사의 말을 해야 될지……
도서관에서 만화책 들고 다니니까 사람들이 비웃더라구요. 만화책으로 공인중개사를 공부한다고
미친 사람처럼 보더라구요. 근데 그거 다 감수하고 했던 내가 자랑스럽습니다.
어떻게 감사의 말을 해야 할지… 정말 감사합니다.
부디 행복하세요. 제 나이 41살에 좋은 스승을 만난 것 같습니다.
엎드려 감사드립니다.

−본사 홈페이지에 독자분이 올린 메일 中에서 발췌−